白眉劍仙

# 백미검선

휘(暉) 新무협 장편 소설

**FANTASTIC ORIENTAL HEROES**

# 백미검선 1

휘 新무협 판타지 소설

초판 1쇄 찍은 날 § 2007년  8월 24일
초판 1쇄 펴낸 날 § 2007년  8월 31일

지은이 § 휘
펴낸이 § 서경석

편집장 § 문혜영
편집책임 § 이재권
편집 § 유경화 · 유혜림

펴낸곳 § 도서출판 청어람
등록번호 § 제1081-1-89호
등록일자 § 1999. 5. 31
어람번호 § 제2-1276호

주소 § 경기도 부천시 원미구 심곡1동 350-1 남성B/D 3F (우) 420-011
전화 § 032-656-4452  팩스 § 032-656-4453
http://www.chungeoram.com
E-mail § eoram99@chollian.net

ⓒ 휘, 2007

ISBN 978-89-251-0871-1 04810
ISBN 978-89-251-0870-4 (세트)

# 백미검선



# 白眉劍仙

1

휘(暉) 新무협 판타지 소설

FANTASTIC ORIENTAL HEROES

# 白眉

## 第一章

외지(外地)의 잠룡(潛龍)

# 劍仙

# 장가촌(張家村)

　유구한 역사와 기름진 대지를 자랑하는 호남(湖南)의 동북부에는 그 끝이 보이지 않을 만큼 드넓은 지상의 대해(大海) 동정호(洞庭湖)가 펼쳐져 있고, 서북부에는 삼라만상(森羅萬象)이 장엄한 산세와 절묘한 조화를 이루며 그 신비로움을 더해주는 지상의 무릉도원 장가계(張家界)가 자리하고 있다.

　장가계로 불리는 대융의 서북쪽에는 웅장한 산세를 자랑하는 천자산(天子山)이 놓여 있고, 그 거센 산자락이 굽이쳐 흘러 완만한 경사를 이루는 지점에 장가촌이라 불리는 마을이 있었다.

'장가촌(張家村)!'

현재 장가계 지역 내의 대부분은 토가족(土家族)으로 구성된 비파문(琵琶門)의 영향력하에 있었다.

하지만 이곳 장가촌만은 예외였다. 오래전부터 이어져 내려온 장씨들의 집성촌이기에 한족(漢族)이 대다수를 차지하는 지역이었다.

뿐만 아니라, 예로부터 각종 생필품을 팔기 위해 지리적으로 가까운 상덕은 물론, 악양과 장사에 이르기까지 멀리에서 상인들이 모여드는 장소였다. 따라서 천자산의 끝 자락에 위치한 외지임에도 인근에서는 저잣거리가 형성되어 있는 제법 큰 마을이었다.

비파문 역시 상인들이 들여오는 물품의 상당량이 필요하기에 장가촌과는 묘한 공존 관계를 이루고 있었다.

천자산 내로 이어지는 숲길의 좌우에는 기암절벽과 청송(靑松)이 한데 어우러진 그림 같은 계곡이 펼쳐져 있었다.

산허리에 쉬어가는 운무를 뚫고 당당히 서 있는 높은 봉우리들은 마치 선계(仙界)에서나 볼 수 있는 신장(神將)들의 모습을 보는 것 같았다.

또한 하늘을 찌를 듯 솟아 있는 장엄한 광경은 인간에게 자연의 경이로움이 무엇인가를 새삼 일깨워 주고 있었다.

그 계곡의 심처로 이어지는 숲길을 따라 한 청년이 터벅터벅 발걸음을 옮기고 있었다. 그의 어깨에는 고색창연한 검이 걸쳐져 있고, 그 검의 끝 부분에는 약초 바구니가 애처롭게 매달려 있었다.

'벌써 해가 기우는구나!'

잠시 주위를 둘러보던 청년이 발걸음을 멈추고는 널따란 바위에 걸터앉았다.

곧이어 검과 약초가 가득 찬 바구니를 내려놓으며 품속에서 큼지막한 육포를 꺼내 한입 가득 베어 물었다. 한참을 꼭꼭 씹어 삼키더니 문득 하늘로 시선을 향했다.

"후유! 벌써 숙부님의 제를 올릴 기일이 이십여 일 앞으로 다가왔구나!"

청년은 한숨을 내쉬며 천천히 고개를 가로저었다.

반듯한 이마에 굵은 눈썹이 적절히 조화를 이루고 있는 준수한 용모이건만 특이하게도 양 눈썹의 절반은 허옇게 세어 있었다.

'백미(白眉) 장산!'

장가촌 사람들은 항시 그의 이름 앞에 백미라는 말을 넣어 불렀다.

올해 나이 스물셋. 기억 속에 남아 있는 삶이라고는 어려서부터 늙은 숙부에게 무공을 배우며 이곳 천자산에서 지내온 세월이 전부였다.

　사실 그가 세상과 접할 수 있는 유일한 수단은 약초를 캐어 생필품과 교환하기 위해 장가촌에 들르는 일이 고작이었다. 하지만 그 단순하면서도 행복했던 삶은 일 년 전 막을 내리고 말았다.

　문득 당시의 가슴 저리던 기억이 떠올랐다.


　숙부께서 갑자기 모옥을 떠나신 후 달포가 지난 어느 날이었다.

　약초를 캐기 위해 천자산 깊은 지역까지 들어갔다가 늦게야 돌아와 보니 숙부께서 전신에 선혈이 낭자한 상태로 앞마당에 쓰러져 계셨다.

　"숙부님!"

　장산은 약초 바구니를 내팽개치고 숙부에게 달려갔다.

　조심스럽게 신형을 살펴보니 단단하게 상체를 동여맨 천 아래로 가슴에서 아랫배에 이르는 긴 혈선이 그어져 있었다.

　"숙부님! 정신 차리세요!"

　"으으으……"

　하지만 숙부께서는 계속해서 신음만 흘릴 뿐 정신을 차리지 못하셨다.

　'안 되겠구나!'

　장산은 재빨리 숙부를 둘러업고 모옥으로 향했다.

　당시 경황이 없는 와중에서도 온갖 약재와 추궁과혈을 통해 구사일생으로 목숨만은 건질 수 있었다.

　그런데 문제는 바로 내상이었다. 외상은 둘째 치고, 내상이 너무 심해 회복 불가능한 상태로 수개월 동안 혼수상태로 지낼 수밖에 없었다.

　그런데 운명이란 참으로 얄궂었다. 하늘은 더 이상 숙부께서 힘겨운 삶을 이어가는 것을 허락하지 않았던 것이다.

　서서히 찬바람이 불며 천자산에 겨울이 다가오는 것을 알려주던 어느 날이었다. 그날도 영약을 찾아 천자산 구석구석을 내 집 앞마당처럼 휘젓고 다니다가 힘없이 돌아왔을 때였다.

　'응……?'

　모옥으로 다가서던 그의 눈이 휘둥그레지고 말았다.

　개울가에는 휑한 눈동자에 파리한 안색을 띤 한 노인이 뒷짐을 지고 서 있었다. 바로 숙부셨다.

　'숙부님께서?'

　하지만 살아 숨 쉬는 것조차 버거운 듯 힘에 겨운 표정을 짓고 있었다. 안타깝게도 그의 얼굴에는 이미 죽음의 그림자가 짙게 드리워져 있었다.

　"산이 왔느냐?"

"예, 숙부님. 다녀왔습니다. 그런데 어찌……?"

"허허허, 글쎄다. 어찌 된 일인지 조금 전 갑자기 정신이 맑아지더구나."

잠시 고개를 갸우뚱거리던 장산은 어디선가 불어온 찬바람에 퍼뜩 정신을 차렸다.

"숙부님, 바람이 차갑습니다. 어서 안으로 드시지요."

"아니다. 이곳의 풍경을 보는 것이 마지막이라는 생각이 드는 것을 보니 이제 떠날 시간이 얼마 남지 않은 것 같구나."

"그 무슨 말씀을……."

장산의 얼굴에 안타까운 표정이 떠올랐다.

잠시 주변을 둘러보니 모옥의 주위로 서서히 어둠이 깃들기 시작했다. 하지만 회색빛 하늘은 어둠에게 자리를 내어주기 싫은 듯 마지막 저항을 하며 하늘을 온통 잿빛으로 불들이고 있었다.

"산아!"

"예, 숙부님."

"인명은 재천이라 했느니라. 내 삶에 후회가 없다면 그것으로 족한 게야. 죽음이란 그저 살아 있는 자가 망자에 대해 가지는 미련일 뿐이란다."

"하지만……."

장산이 말끝을 흐리자 숙부는 천천히 말을 이으셨다.

"네가 그동안 이 숙부를 위해 천자산을 백방으로 뒤지고 다닌 사실을 잘 알고 있단다. 하지만 내 상세는 그 어떤 성약으로도 돌이킬 수 없다는 사실을 너도 알고 내 스스로도 잘 알고 있지 않느냐? 그러면 된 게야. 그저 하늘의 명을 기다리면 되는 게야."

"숙부님……!"

그의 눈가에 서서히 이슬이 차오르기 시작했다.

'제가, 제가 해드릴 게 없습니다.'

그랬다. 사실 그가 해줄 수 있는 일은 아무것도 없었다.

전신의 혈도가 가닥가닥 막혀 있고, 오장육부는 이미 심하게 썩어 들어간 상태였다. 대라천(大羅天)의 신선이 온다 해도 결코 어떻게 해볼 수 있는 그러한 상세가 아니었다. 그나마 본래의 심후한 내력이 있었기에 여태껏 힘겨운 호흡을 이어왔던 것이다.

그런데 이제 그마저도 한계에 다다른 것 같았다. 갑자기 거센 슬픔의 격랑이 밀려들고 복받쳐 오르는 서러움이 응어리가 되어 목을 메어왔다.

'조금이라도, 아주 조금만이라도 무엇인가 도움이 되고 싶건만…….'

하지만 자신이 할 수 있는 일은 아무것도 없었다.

그저 고통 속에 힘겨워하시는 숙부의 모습을 지켜보는 것이 전부일 뿐이었다. 바로 그때였다. 숙부의 힘없는 목소리가 들려왔다.

"허허허, 힘이 드는구나."

"어서 안으로……."

숙부께서는 천천히 고개를 저으셨다. 그리고는 주변의 바위에 걸터앉으며 빙그레 미소를 지으셨다.

"이제 떠날 시간이 얼마 남지 않은 듯하구나. 태극일원검(太極一圓劍)을 펼쳐 보아라. 마지막으로 네가 검을 펼치는 모습을 보고 싶구나."

"예? 태극일원검을요?"

"그래. 어서 너의 마음을 담아… 펼쳐 보……."

숙부께서는 힘에 겨운 듯 더 이상 말을 잇지 못하셨다.

문득 장산의 눈에서 이슬이 흘러넘치고, 숙부의 신형이 조금씩 떨리기 시작한 것은 거의 같은 시각이었다.

'아, 안 돼!'

바위에 걸터앉은 채 조용히 고개를 떨어뜨리고 있는 숙부의 모습이 시선을 가득 메워왔다.

순간, 태극일원검을 펼치기 위해 심호흡을 가다듬던 그의 신형이 벼락을 맞은 듯 굳어지고 말았다.

'수, 숙부님!'

갑자기 주위에서 들려오던 나무들의 숨소리가 멈춰지고

눈앞에 펼쳐지던 모든 움직임이 정지했다. 그저 자신과 숙부 사이의 공간만이 존재할 뿐이었다.

그런데 이상하게도 멀게만 느껴졌다. 칠팔 장밖에 안 되는 거리였지만 마치 억겁의 세월이 지나야만 닿을 수 있을 듯 한없이 멀게만 느껴졌다.

‘아아……!’

한참 동안 넋을 잃고 바라보던 장산의 신형이 부르르 떨렸다. 곧이어 처절한 절규로 이어지며 하늘이 무너져 내리듯 주저앉고 말았다.

“숙부—님!”

밤새 모옥 앞에는 서러움을 토해내는 장산의 울부짖음만이 가득했다.


휘이이잉!

어디선가 시원한 한줄기 바람이 불어오며 긴 상념에서 깨어났다. 하지만 그의 얼굴에는 무엇인가 풀리지 않는 의문이 담겨 있었다.

‘대체 상대가 누구였기에……?’

그랬다. 그 점만은 도무지 이해가 되지 않았다.

그가 아는 숙부는 경천동지할 능력을 지닌 무인이셨다. 기억을 더듬어보면 이미 오래전에 적지 않은 내상을 입은 상태임에도 자신이 실전을 방불케 하는 비무를 통해서도 결코 넘어설 수 없는 벽이 바로 숙부였던 것이다.

'천하에 누가 있어 그 하늘 같은 분께 회복 불가능한 부상을 입힐 수 있다는 말인가?

참으로 황망한 노릇이 아닐 수 없었다.

이후, 정신이 들 때마다 사건의 경위에 대해 물어보았지만 그가 들을 수 있었던 대답은 단 한 번뿐이었다.


"태극일원검의 삼초 무극이오(無極二五)를 익히기 전까지는 이곳을 벗어나지 마라. 그것을 완벽히 펼칠 수 있을 때 비로소 호북(湖北)의 강릉에 자리한 태극검문(太極劍門)을 찾아가면 되느니라. 그곳이 문주로 있는 태극검천(太極劍天) 진웅에게 내 이야기를 하면 너를 친아우처럼 맞아줄 것이다. 너 역시 그를 친형님처럼 따르며 의지하도록 하여라."

"진(陳)씨 성을 쓰시는 분이라면……."

"그래, 바로 내 자식이란다. 손녀도 하나 있지만 워낙 어려서 떠나온지라 기억마저 가물거리는구나. 아마도 잘 자랐다면 네 나이 또래가 되었을 것이다. 아무튼 이후, 태공(太公)이란 인물이 그곳을 방문하면 웅이가 너와 그와의 만남을 주선해 줄 것이다. 그러면 지금 벌어진 사건의 내막에 대해서 정확히 알 수 있으니 그때까지는 오직 무공에만 전념하기 바란다."

그 말이 전부였다. 그 외에는 일체 함구하셨기에 자신 역시 사건의 내막에 대해 아는 것을 포기하고 말았다.

'후후후!'

사실 장산은 자신의 신상 내력뿐 아니라 숙부에 대해서도 거의 아는 바가 없었다.

그저 기억나는 것이라고는 어린 시절부터 그의 손에 이끌려 검을 쥐었고, 태극일원검을 수련해 왔다는 사실이 전부였다.

하지만 아무리 궁금해도 직접 말씀을 하시기 전에는 아무것도 묻지 않았다. 숙부께서는 자신의 하늘이었던 것이다. 그동안의 세월 속에 유일한 부모님이자 사부님이셨던 것이다.

'으음……!'

얼마만큼의 시간이 흘렀을까?

문득 고개를 들어보니 태양이 서산마루로 뉘엿뉘엿 기울며 서쪽 하늘을 온통 붉게 물들이고 있었다.

그 모습이 마치 거대한 혼돈을 가르며 모습을 드러내고 있는 일원(一圓)을 보는 것 같았다.

'귀일(歸一)이라…….'

사실 그는 언제부터인가 한 가지 의문을 지니게 되었다.

그것은 태극일원검과 혼원진경(混元眞經) 사이에 느껴지는 묘한 연관성이었다.

'태극일원검!'

숙부의 절기로 유(柔)와 강(剛)이 조화를 이루는 상승의 검학이었다.

유가 곧 강이요 강이 곧 유가 되는 절학으로, 그 위력이 미치는 범위 내에서는 가히 절대적이라 할 수 있었다. 숙부조차도 대성에 이르지 못했다는 파천의 검이었다.

'혼원진경!'

상편의 혼원심공(混元心功)과 하편의 현경(玄經)이란 도(道)에 대한 이야기들로 이루어진 아주 오래된 고서였다.

장산은 태극일원검을 연마하기 전부터 혼원심공을 익혀왔다. 언제부터인지 정확한 기억은 없지만 항시 동틀 무렵과 해질 무렵 각각 한 시진씩 수련해 왔던 것이다.

나중에야 그것이 도가 일맥으로 내려오는 비전심공인 동시에 태극일원검이 진정한 위력을 발휘하기 위해서 꼭 필요한 상승의 심법이란 사실을 알 수 있었다.

혼원심공이 일정 수준에 이르자 숙부의 도움을 받아 임, 독맥으로 진기의 흐름이 자유로워질 수 있었다.

이후에는 굳이 잠을 자지 않아도 운공만으로 대체가 가능해진 상태였다. 따라서 혼원심공을 익히며 밤을 지새우는 날 역시 늘어만 갔다.

하지만 언제부터인가 이상하게도 진전이 없었다. 바로 현경의 정체에서 오는 현상이었다. 그에 따라 태극일원검 역시 답보 상태에 머물고 있었다.

'흐음! 음(陰)과 양(陽)이 유와 강으로 화하고, 그 모태인 태극이 태허인 무극에서 나온다……?'

그는 잠시 턱을 쓰다듬으며 생각에 잠겼다.

혼원심공이 텅 빈 기(氣)의 본체인 태허라면 태극일원검은 마치 그 혼돈을 가르며 붉거져 나오는 태극을 보는 것 같았다.

또한 태극일원검상의 수많은 검로가 마치 하나로 귀일되는 듯한 느낌을 받았던 것이다. 하지만 이상하게도 생각하면 할수록 무엇인가 잡힐 듯 잡힐 듯 잡히지 않았다.

'에휴!'

장산은 고개를 저으며 생각을 접었다.

사실 숙부께서 돌아가신 후 무공에 소홀한 상태였다. 숙부라는 존재가 사라짐으로써 무공에 대한 열정 역시 식어버린 것이다.

잠시 후, 그는 엉덩이를 털며 신형을 일으켜 세웠다. 이제 해도 저물고 있으니 그만 모옥으로 돌아가야 할 시간이었다.

쏴아아아!

그가 발걸음을 옮긴 지 이각쯤 지났을 때다.

갑자기 물소리가 요란해지며 양 갈림길이 나타났다.

장산이 지체없이 우측으로 접어들며 백 보가량 들어가자 칠 장 높이의 암벽 위에서 세차게 떨어져 내리는 굵은 물줄기가 그 장관을 드러냈다.

'천옥소(天玉沼)!'

그 아래에는 고운 옥빛의 소가 놓여 있었다.

폭포수는 천옥소에서 일엽(一葉)이 편주가 되어 떠돌다 모여드는 끝 지점에서 다시 개울을 이루며 어디론가 흘러가고 있었다.

그리고 그 옆이 개울가에 펼쳐진 평지에는 아담한 모옥이 한 채 자리해 있었다. 그 옆에 높이 솟아오른 노송의 가지 위에서 새들이 지저귀며 노니는 풍경이 마치 한 폭의 그림을 보는 것 같았다.

그저 지붕 위에 빽빽이 널려 있는 육포만이 이곳의 정경이 그림이 아닌 사람의 내음이 살아 숨 쉬는 장소라는 사실을 가르쳐 주고 있었다.

잠시 그 광경을 바라보던 장산이 고개를 가로저었다.

'모든 것은 그대로이건만……'

그랬다. 모든 것은 이전과 다름없었다. 그저 자신이 홀로 남았다는 사실만이 변해 있을 뿐이었다.

그는 한참 동안 말없이 바라보더니 천천히 발걸음을 옮겨 그 아름다운 풍경 속으로 들어갔다.

'으음!'

모옥에 들어서자 썰렁한 빈 공간이 그를 맞아주었다.

멍한 시선으로 주변을 둘러보던 장산이 불을 켜기 위해 탁자 앞으로 다가서는 순간이었다.

'응?'

곧 그의 신형이 멈춰 서고 말았다.

그곳에는 다 타버린 촛농만이 어지럽게 흐트러진 채 차갑게 굳어 있었다. 그 모양이 마치 심란한 자신의 마음을 보는 것 같았다.

'내일은 장가촌에 나가봐야겠구나.'

장산은 생각을 접으며 주위를 둘러보았다.

문득 모아놓은 약재들을 내다 팔아야겠다는 생각이 들었던 것이다. 각종 생필품은 떨어지고 쌀독마저 바닥을 드러내고 있으니 한동안 이곳에서 지내기 위해서는 적지 않은 물품을 들여와야 할 것 같았다.

그는 모옥을 벗어나 어둠 속에 달빛이 드리워진 공간을 배회하기 시작했다.

하지만 그 느낌도 잠시, 머릿속은 온갖 상념으로 복잡해져

갔다. 결국 그는 이런저런 생각에 잠겨 까만 밤을 하얗게 지
새웠다.


크고 작은 상점과 노점들이 길게 늘어서 있는 장가촌의 저
잣거리는 항시 상인들과 오가는 행인들로 크게 붐비는 장소
였다.

"소금입니다, 소금! 동나기 전에 어서들 사가지고 가세
요!"

"자! 용정차(龍井茶)입니다, 용정차! 절강(浙江) 내에서도
그 유명한 서호(西湖)의 특산품 용정차입니다! 어렵게 들여온
물품이니 모두 구경들 하고 가세요!"

저잣거리는 물건을 팔기 위해 외쳐 대는 상인들의 목소리
로 시끌벅적했다.

그 사이를 유유히 걷다가 들고 있던 고검을 어깨에 걸치며
걸음을 멈추는 청년이 있으니 바로 장산이었다.

그는 조금 전 정 의원 집을 떠나온 상태였다.


"허, 참으로 알 수가 없단 말이야! 언젠부터인가 눈썹이 하얗게
세더니 이제는 더 이상 세지를 않는구먼. 아무리 진맥을 해봐도
건강하기만 하고, 온갖 의서(醫書)를 다 뒤져 봐도 그러한 증세가
있다는 병명(病名)은 찾아볼 수 없으니……."

정 의원은 이순(耳順)이 넘은 나이에 넉넉한 마음을 지닌 장가촌의 의원이었다.

약초 값도 제법 후하게 쳐줄 뿐 아니라 볼 때마다 하얗게 변해가는 장산의 백미에 대해 지대한 관심을 보이는 유일한 인물이었다. 그와는 처음 장가촌에 발을 내디뎠을 때부터 거래해 오는 사이였다.

아무튼 정 의원과의 만남으로 주머니가 든든해진 그의 시선은 저잣거리의 한 모퉁이에 위치한 만두 가게를 향하고 있었다.

'홍 매!'

문득 기억 속에 한 여인의 모습이 떠올랐다.

돌이켜 보면 소중했던 기억의 중심 속에 선숙부와 함께 그녀가 있었다.

자신이 만두를 살 때면 항시 두세 개씩 더 얹어주던 만두 가게 주인집 딸이었다. 홍조 띤 얼굴에 살포시 미소 짓던 모습은 아직도 생생한 기억으로 남아 있었다.

"후유!"

문득 그의 입에서 긴 한숨이 흘러나왔다.

그 행복했던 시절은 삼 년 전 슬픈 사연으로 막을 내리고 말았다. 세월이 흘러 서로 오라버니와 홍 매라 부르며 가까워질 때쯤이었다.

그가 정성 들여 말린 토끼 털가죽을 가지고 만두 가게를 찾은 날이었다. 그녀의 커다란 두 눈에는 이슬이 가득 고여 있었다. 그리고 원망스런 표정을 지으며 울먹이던 모습이 그녀와의 마지막이었다.

"오라버니, 오라버니가 미워요! 이제 더 이상 소매를 볼 수 없을 거예요! 흑흑흑!"

이후, 그녀는 정말 만두 가게에서 사라지고 말았다.

혼기가 차면 여인은 시집을 가야 한다는 세상의 이치를 배운 데기치고는 너무도 가슴 아픈 사연이었다

그 슬픈 추억은 지금까지 기억 속에 지워지지 않는 편린으로 남아 있었다. 그동안 못내 아쉬움으로 남아 있는 짧은 인연이었던 것이다.

'후후후!'

잠시 후, 천천히 고개를 저으며 쓴웃음을 지었다.

이미 오래전에 끝난 인연이건만 이곳에 들를 때면 자신도 모르게 만두 가게로 시선이 향하니 참으로 알 수 없는 일이었다.

'그래, 잊자꾸나. 좋은 곳으로 시집갔다고 들었으니 잘 지

내고 있겠지.'

아픈 기억과 함께 한번 지나간 세월은 다시 돌아올 수 없다는 사실을 이제는 충분히 알 만한 나이가 되어 있었다.

내심 필요한 물품이나 사야겠다는 생각에 신형을 돌려세우며 막 한 걸음을 내디디려 할 때였다.

"이놈아! 뒈지고 싶지 않으면 지금 당장 돈을 갚으란 말이다! 그렇지 않으면 어서 이 가게를 넘기라고 하지 않았느냐?"

"송 형, 그러지 말고 시간을 조금만 더……."

"어라? 이거 놓지 못해? 이놈이!"

"어이쿠!"

갑자기 사내의 거친 목소리와 함께 누군가 땅바닥에 세차게 내동댕이쳐지는 소리가 들려왔다.

"이놈아! 누군 땅 파먹고 사는 줄 아느냐? 어서 꿔간 돈을 갚으란 말이다!"

우당탕! 콰앙! 쾅! 쾅!

"안 돼! 그것만은… 으아악!"

곧이어 사정없이 기물 부수는 소리와 함께 커다란 비명이 들려왔다.

'무슨 일인데……?

장산이 의아한 표정을 지으며 고개를 돌리는 순간이었다.

'응?'

그의 눈이 큼지막하게 떠지고 말았다.

웅성거리며 주위로 모여든 사람들 사이로 눈에 익숙한 오십대 초반의 사내가 땅바닥을 나뒹굴고 있었다. 바로 홍 매의 부친이었다.

코에서 흘러나온 선혈로 붉게 물들어 있는 그의 얼굴은 고통으로 가득 차 있었다. 하지만 잠시 멍한 표정을 띠고 있는 사이 누군가의 시커먼 발끝이 날아들며 그의 복부를 사정없이 파고들었다.

"크흑!"

그는 너무도 고통스러운 나머지 비명조차 내지르지 못했다. 그저 전신이 새우등처럼 크게 휘어지며 움츠러들 뿐이었다.

그의 앞에는 험상궂게 생긴 사십대 중반의 사내가 인상을 찌푸린 채 서 있었다. 하지만 무엇이 분에 풀리지 않았는지 씩씩거리며 소매를 둥글게 말아 올렸다.

곧이어 주위가 떠나갈 듯 목청을 돋우었다.

"마침 잘되었구나! 그렇지 않아도 요즘 돈을 빌려가고는 제때 갚지 않는 놈들이 많아 은근히 신경이 쓰였는데… 약속을 지키지 않으면 어떤 험한 꼴을 당하는지 내 오늘 제대로 보여주도록 하마!"

사내는 부서진 기물의 한쪽에서 상다리를 뽑아 들더니 차가운 미소를 떠올렸다.

"저, 저런! 누가 좀 말려봐!"

"허! 오늘 궁 형의 시신을 치르게 생겼구먼!"

여기저기서 탄식에 가까운 소리가 터져 나왔다. 하지만 나서서 말리는 이는 아무도 없었다.

사내는 요즘 저잣거리에서 한창 악명을 떨치고 있는 전귀(錢鬼)라는 악덕 고리대금업자인데다가 눈빛에 살기마저 감돌고 있으니 그의 험악한 기세에 모두 주눅이 든 상태였다.

"흐흐흐! 명년 오늘이 네놈의 제삿날인 줄 알아라! 퉤엣!"

전귀는 단단해 보이는 상다리를 높이 치켜들었다. 그리고는 일말의 망설임도 없이 홍 매 부친을 향해 강하게 내려쳤다.

"으악! 사람 죽는다!"

"안 돼! 누가 좀 말려……!"

다급한 고함이 터져 나오는 순간이었다.

"헉! 어이쿠!"

전귀의 입에서 헛바람 켜는 소리가 흘러나왔다.

동시에 세차게 내려치던 상다리의 절반이 부러져 허공 높이 솟아오르며 신형이 강하게 땅바닥에 내팽개쳐졌다.

그의 전방에는 한 청년이 홍 매의 부친 앞을 막아서고 있었다. 바로 장산이었다. 그의 예상치 못한 등장으로 인해 장내는 고요한 침묵 속에 빠져들었다.

문득 전귀가 조심스러운 표정을 지으며 물었다.

"자네는 누구인가?"

"장산이라고 합니다. 무슨 일인지 모르겠지만 너무 심한 것 같군요."

"장산? 그런데 자네는 지금 저놈과 나 사이에 무슨 일이 있는지 그 내용이나 알고 나서는 것인가?"

"그것이……."

장산은 갑자기 말문이 막히는 것을 느꼈다.

사실 뒤에서 지켜보다가 상황이 급박해지자 자신도 모르게 나선 것뿐이었다.

그가 난처해하는 표정을 짓자 주변을 슬쩍 둘러보던 전귀의 눈빛이 일순간 반짝였다. 곧이어 그를 사납게 노려보며 목청을 돋우었다.

"이런 망할 놈을 보았나! 새파랗게 젊은 놈이 감히 어디서 어르신의 일을 방해하고 나서는 것이냐?"

의기양양해진 그의 신형 뒤로는 어느새 세 명의 장한이 모습을 드러내고 있었다.

'으음!'

순간, 장산의 눈썹이 꿈틀거렸다.

그들은 일반 하오문도와는 달리 제법 투박한 기운을 내뿜는 무인들이었다.

"흐흐흐, 겁없는 애송이 놈 같으니라고!"

전귀가 가슴을 세차게 두드리며 차가운 미소를 지었다.

"감히 귀하신 몸을 건드리다니! 제 주제도 모르고 날뛰는 놈들의 말로가 어떤 것인지 확실히 보여주도록 하마!"

곧이어 뒤쪽의 사내들에게 시선을 향하자 무심한 표정의 사내들이 앞으로 나섰다.

그들의 등장으로 인해 장내는 찬물을 끼얹은 듯 차갑게 식어가며 고요한 침묵 속에 빠져들었다.

하지만 사내들은 매서운 눈빛만 번뜩이고 있을 뿐 쉽게 달려들지 못했다. 그렇게 양측 간에 묘한 긴장이 흐를 때였다.

"이보게, 백미 장산이!"

홍 매 부친이 힘겹게 몸을 일으키며 다가왔다.

피로 얼룩진 그의 얼굴에는 안도의 표정보다는 짙은 근심의 그림자가 드리워져 있었다.

"목숨을 구해준 것은 고맙네만 자네가 나설 일이 아닐세."

장산이 의아한 표정을 짓자 조심스럽게 말을 이었다.

"저들은 일반 하오문도가 아닐세. 바로 만금장(萬金場)이란……."

그의 말은 더 이상 이어지지 못했다.

곧바로 전귀의 쩌렁쩌렁한 고함이 장내를 뒤흔들었다.

"네 이놈, 궁가야! 어서 입 닥치지 못할까? 어디서 감히 주둥이를 함부로 나불대고 있는 것이냐? 아예 뒈지고 싶어서 안달이 난 모양이로구나!"

"이보시오, 송 형! 이 청년은 우리의 일과는 아무런 상관이 없소!"

"시끄럽다! 너희 두 놈은 오늘로써 끝장인 줄 알아라!"

순간, 그들의 대화를 듣고 있던 장산이 피식 웃음을 터뜨렸다.

그 모습에 전귀의 얼굴이 뻘겋게 달아오르며 더욱 험악한 인상으로 돌변했다. 곧이어 두 눈에 시퍼런 살기를 띠며 북설(北雪)을 방불케 하는 차가운 음성을 내뱉었다.

"감히 어르신의 말씀을 비웃다니! 네놈이 아예 간덩이가 부은 모양이로구나!"

하지만 장산의 반응은 의외였다.

냉랭한 분위기에 전혀 위축되지 않은 채 오히려 전귀를 직시하며 입을 열었다.

"그것참, 듣자 듣자 하니 참으로 안하무인이구려! 당신 말대로 괜한 일에 끼어든 것 같아서 가급적이면 물러서려 했더니 이제는 나까지 말려든 상황인 것 같소! 그러니 어찌하겠소? 모든 일을 그렇게 힘으로 해결하고 싶다면 나 역시 힘으로 맞설 수밖에!"

"뭣이라?"

순간, 전귀의 볼따구니가 벌겋게 부풀어 오르며 푸들거렸다.

그 모습을 지켜보던 홍 매의 부친이 다급한 표정을 지으며 장산의 옷소매를 붙잡고 늘어졌다.

"이보게, 백미 장산이! 지금 객기를 부릴 상황이 아닐세! 자칫하다가는 자네에게 큰 화가 미칠 수 있네! 그러니 어서 이곳을 떠나도록 하게!"

그의 만류에도 불구하고 그의 얼굴에는 아무런 변화도 없었다.

"너무 걱정하지 마시고 잠시 물러나 계시지요."

"이보게! 자네가 위험하다는 말… 헉!"

그의 말은 더 이상 이어지지 못했다.

장산이 세차게 신형을 밀어넴과 동시에 빠르게 신형을 돌려세운 것이다.

쐐액! 쐐액! 쐐애액!

전방에는 이미 삼 인의 도신이 흰빛을 토해내며 빠른 속도로 날아들고 있었다.

합공에 능숙한 듯 삼 인의 예리한 도는 일체의 틈을 허용하지 않은 채 그의 흉부와 하복부, 그리고 허벅지를 향하고 있었다. 그들의 예상치 못한 기습에 그의 신형이 난도질당할 것만 같은 순간이었다.

갑자기 그의 신형이 땅을 박차고 오르며 비스듬히 눕혀졌다. 곧이어 하복부와 허벅지로 날아들던 두 도신을 살짝 흘려보내는가 싶더니 흉부로 날아들던 도신을 빠르게 쳐내며 신형을 비틀었다.

동시에 형언할 수 없는 속도로 양발이 뻗어져 나오며 중앙과 좌측에서 달려들던 두 사내의 인중(人中)을 파고들었다.

"크흐… 흑!"

"크이와!"

두 마디 비명이 연이어 터져 나왔다.

하지만 그의 움직임은 거기서 멈추지 않았다. 어느새 반동을 이용해 허공 높이 솟구쳐 오르며 검을 휘감아 내렸다.

순간, 우측에서 멈칫거리던 사내가 기겁을 하며 도를 쳐올렸다. 그러나 그의 본능적인 움직임은 헛수고에 지나지 않았다.

널따란 도신이 애꿎은 허공을 가르는 사이 새하얀 검면이 정확히 그의 정수리 일 촌 옆을 강타했다.

짜악!

그것으로 끝이었다. 더 이상의 움직임은 없었다.

사내는 비명도 내지르지 못한 채 두 눈을 허옇게 치켜뜨며 그대로 고꾸라지고 말았다.

문득 장내는 고요한 침묵 속으로 빠져들었다. 그 무거운 침묵의 공간을 깬 이는 바로 전귀였다.

"두, 두고 보자! 감히 만금장의 인물들을 건드리다니……! 곧 우리를 건드린 대가가 무엇인지 뼈저리도록 느끼게 해주마!"

그는 말을 마침과 동시에 형언할 수 없는 속도로 뒷걸음질 치며 사라져 갔다. 어디선가 시원한 바람이 불어오며 저잣거리를 스쳐 가는 순간이었다.

"와! 아주 잘했네, 잘했어! 속이 다 시원하구먼! 알고 보니 백미 장산이 천하의 고수였어!"

"백미 장산이 숨은 고수인 줄 몰랐네그려! 더 이상 우릴 괴롭힐 놈들은 이제 없을 게야! 암, 그렇고말고!"

"와아! 이제 전귀 패거리들에게서 해방이다! 백미 장산 만세!"

장내에는 그를 환호하는 목소리로 가득했다.


일다경쯤 지난 후, 기물들이 어지럽게 나뒹구는 만두 가게 한쪽에 이 인이 마주 보며 앉아 있었다. 바로 장산과 홍 매의 부친이었다.

'홍 매 부친과 백미 장산!'

그들의 인연은 참으로 묘했다.

한때 장인과 사위가 될 수 있었던 두 사람의 어긋난 인연은 삼 년이란 시공을 초월해 폐허가 되다시피 변해 버린 만두 가게의 한쪽 귀퉁이에 마주 앉게 만든 것이다.

홍 매 부친은 성이 궁씨요 이름은 진으로, 그는 부모를 따라 장가촌에 정착한 후 대를 이어 만두 가게를 운영해 온 인물이었다. 그동안 넉넉지는 않았지만 부인과 일찍 사별한 것을 제외하면 그런대로 행복한 삶이었다.

하지만 삼 년 전, 단 한 번의 잘못된 선택으로 말미암아 끝없는 나락 속으로 빠져들고 말았다. 그 깊고 어두운 나락의 끝에서 우연히 장산을 만난 것이다.

한참 동안 이어지던 어색한 침묵은 궁진에 의해 끝을 맺었다.

"뭐라고 고맙다는 인사를 해야 할지 모르겠구먼."

"아닙니다. 누구라도 그 상황이었다면 그렇게 했을 겁니다."

순간, 궁진의 얼굴에 안타까움이 서렸다.

"휴우! 내가 눈이 멀었지. 자네 같은 사람을 몰라보고 그런 망나니 같은……."

그의 말은 더 이상 이어지지 못했다.

오늘날 이루어진 불행의 시작은 전적으로 자신에게 있었던 것이다. 싫다는 딸을 강제로 시집보내 자처한 일이니 유구무언이요, 돌이킬 수 없는 상황이니 억장만 무너져 내릴 뿐이었다.

잠시 그 모습을 지켜보던 장산이 조심스럽게 물었다.

"혹여 무슨 일인지 알 수 있을까요?"

궁진이 한숨을 내쉬며 고개를 저었다.

"후유! 모르는 것이 좋을 걸세. 알아봐야 어떻게 할 수 있는 일도 아니고……. 그나저나 자네가 괜한 일에 말려든 것 같아 참으로 걱정이로구먼. 그들은 아주 무섭고 질긴 작자들이라……."

그가 말끝을 흐리자 장산이 답답한 표정을 지었다.

"괜찮습니다. 몰랐다면 모를까 이미 엎질러진 물이 아닙니까? 대체 어찌 된 영문인지 알고 싶습니다. 너무 걱정하지 마시고 어서 정확한 내용을 말씀해 주세요."

잠시 갈등의 눈빛을 띠던 궁진이 입을 열었다.

"예전에 딸아이가 자네에게 마음을 두고 있었던 사실을 어렴풋이 짐작하고 있었네. 하지만……."

잠시 말끝을 흐리더니 천천히 말을 이었다.

"솔직히 아비 된 입장에서 홍이가 좀 더 나은 혼처로 시집

가길 바라는 마음이 앞섰던 것이 사실일세. 때마침 전가장에
서 매파를 보내오는 바람에 서둘러 혼인을 시키게 되었지. 그
런데……."

그랬다. 그것이 곧 불행의 시작이었다.

장가촌 내의 이대가문에 속하는 전가장의 독자인 전유는
천하의 망나니로 주색은 물론 도박에 젖어 세월을 보내는 천
하의 한량이었다.

다만 그 영역이 주로 비파문 내의 기루이거나 도박장이었
기에 장가촌에서는 그 사실을 까맣게 모르고 있었던 것뿐이
다.

이후, 갈수록 커지는 그의 씀씀이에 부친인 전가장주 전필
마지 등을 돌리자 결국 그 감당할 수 없는 화살은 고스라히
자신에게 돌아왔다.

"정말이지……."

하지만 그의 뒤를 돌봐주는 일은 불가능했다.

한 푼 두 푼 모아둔 금전으로는 어림도 없었던 것이다. 어
느새 수중의 돈은 바닥나고 밤낮으로 시달리는 홍이를 보며
한숨만 내쉬던 어느 날이었다.

험악한 인상의 사내가 그를 방문했다. 바로 전귀였다.


"뉘시오?"

"이곳이 전유란 놈의 빙부(聘父) 댁으로 알고 왔는데……."

"그렇소만, 무슨 일이신지……?"

그는 말없이 품속에서 한 장의 서찰을 내보였다.

그 내용을 읽어보던 궁진은 기절해 나자빠질 뻔했다. 그것은 인신매매에 대한 각서였고, 그 대상이 바로 홍이였던 것이다.

멍한 표정으로 넋을 잃고 있는 사이 전귀의 냉랭한 목소리가 들려왔다.

"자, 어떻게 할 것이오? 오늘 당장 갚지 않으면 어쩔 수 없이 중원의 기루에 팔아넘길 수밖에 없구려."

"그 무슨 말도 안 되는……."

궁진이 할 말을 잃자 그가 싸늘한 미소를 떠올리며 말을 이었다.

"흐흐흐! 말이 되고 안 되고는 두고 보면 알겠지."

전귀가 곧바로 신형을 일으켜 세우자 궁진이 그의 바짓가랑이를 잡고 늘어졌다.

"이보시오! 잠시만 앉아보구려! 이렇게 그냥 가면 어쩌라는 말이오?"

전귀가 슬며시 고개를 돌리며 차가운 미소를 지었다.

"흐음! 이제야 말이 통하는구먼!"

궁진의 입에서 탄식이 흘러나왔다.

"후유! 결국 이 가게를 담보로 그에게서 급전을 빌릴 수밖에 없었네. 사실 그에게 급전을 빌린 이는 나뿐만이 아닐세. 이곳 저잣거리의 소규모 가게를 운영하는 이들 대부분이 그의 고리를 감당하지 못해 머지않아 길거리로 나앉을 판이라네."

장산이 고개를 저으며 그에게 시선을 향했다.

"그런데 홍이는 지금 어디에 있습니까?"

순간, 궁진이 미간을 찌푸리며 입을 다물었다.

"어서 말씀해 주세요! 홍이는 대체 어디에 있는 것입니까?"

그가 목청을 돋우자 잠시 뜸을 들이더니 어렵게 입을 열었다.

"홍이는……."

궁진의 말이 이어지자 그의 미간이 찌푸려지기 시작했다.

얼마 후, 만두 가게를 벗어난 장산의 신형이 잠시 머뭇거리는가 싶더니 비파문이 자리한 지역으로 발걸음을 옮겼다.

그의 사라지는 뒷모습을 바라보는 한 쌍의 눈동자가 있으니 바로 궁진이었다.

'아비 된 입장에서 정말 지푸라기라도 잡고 싶은 심정일세. 자칫 사지가 될지도 모르는 곳으로 향한다는 사실을 알면

서도 붙잡지는 못할망정 오히려 한가닥 기대를 걸고 있는 나를 용서해 주게.'
  그의 얼굴에는 짙은 어둠의 그림자가 드리워져 있었다.

# 만금장(萬金場)

장가계의 심처에 하늘을 향해 우뚝 솟아오른 기암괴석의 봉우리들이 운무 속에 모습을 감추고 있는 천하절경이 펼쳐져 있었다.

그들이 군락을 이루며 마치 병풍처럼 둘러서 있는 절경 아래 무릉도원을 연상케 하는 심산선곡(深山仙谷)이 그 신비한 광경을 드러내고 있었다.

'비파곡!'

천자산이 기암괴석의 봉우리들과 거칠게 굽이쳐 흐르는 산세가 묘한 조화를 이루며 위용을 과시하고 있다면, 이곳 비파곡은 겹겹이 둘러서 있는 웅장한 기암괴석의 봉우리들이 깊은 계곡과 한데 어우러져 신비로움을 더해주는 선계(仙界)를 보는 것 같았다.

다만 난간식 가옥인 적각루(吊珏樓)들이 즐비하게 늘어서 있는 풍경이 선계가 아닌 많은 이가 기대어 살아가는 장소라는 사실을 가르쳐 주고 있었다.

'비파문!'

토가족은 중원의 무림과는 달리 족장이 우두머리를 맡아 부족을 이끄는 공동체로 오래전부터 장가계 전 지역을 터전 삼아 삶을 영위해 온 소수민족이었다.

중원에서는 토만(土蠻)이라 부르며 오랑캐 취급을 하지만 자신들의 전통을 소중히 여기며 고유 풍속을 이어오는 다소 호전적인 성정을 지닌 이들이었다.

특이한 점은 드센 기질과는 달리 모계 중심의 사회이기에 자식들이 모친의 성(姓)을 따르고, 여인이 시집을 가기 전에 슬피 우는 곡가가(哭嫁歌)를 부르는 것이 통례였다.

'으음!'

비파곡의 입구에 이르자 장산의 발길이 멈춰 섰다.

그의 앞에는 좌우로 접어드는 두 갈래 길이 놓여 있었다.

그는 잠시 생각에 잠기더니 고개를 저으며 우측 길로 접어들었다. 바로 기루와 도박장이 자리한 외곽 지역으로 향하는 길이었다.

'저곳인가 보구나!'

일다경쯤 걸어가자 기루로 보이는 별채가 딸린 이층 전각이 모습을 드러냈다.

그 옆에는 다소 허름해 보이지만 제법 큰 규모를 지닌 목조 건물이 자리하고 있었다. 바로 만금장이었다. 잠시 머뭇거리던 그의 발길이 천천히 목조 건물로 향했다.

잠시 후, 그가 그곳으로 들어서는 순간이었다.

'누구⋯⋯?'

삼십대 중반으로 보이는 건장한 체구의 사내가 묘한 표정을 지으며 눈빛을 반짝였다.

그의 뒤쪽에 서 있던 두 사내 여시 일제히 그에게 시선을 향한 상태였다. 그들의 눈에는 짙은 의구심이 떠올라 있었다.

한참 동안 장산의 아래위를 훑어보더니 선두에 서 있던 사내가 고개를 갸웃거리며 다가왔다. 그의 얼굴에는 의아해하는 표정이 역력했다.

"실례지만 혈패(血牌)를 지니신 분입니까?"

혈패는 이곳을 출입하는 이들이 지니고 다니는 일종의 출입패였다.

낯익은 손님이라면 모를까 도박판에 전혀 어울릴 것 같지 않은 청년이 들어서며 두리번거리고 있으니 혈패의 소지 여부를 물어보는 것은 당연한 일이었다.

하지만 장산이 그것을 지니고 있을 리 만무했다. 잠시 머뭇거리자 사내의 인상이 차갑게 굳어졌다.

"이곳은 혈패를 지닌 자만이 출입할 수 있는 장소요. 보아하니 발을 잘못 들인 것 같은데, 기루라면 바로 옆에 위치한 이층 건물이니 그곳으로 가보시구려."

문득 돌아서려던 사내가 미간을 찌푸렸다.

청년의 행동이 참으로 가관이었던 것이다. 자신이 정중하게 나가기를 권유했음에도 아랑곳하지 않은 채 장내의 곳곳에서 벌어지고 있는 도박판을 둘러보기에 여념이 없었다.

'뭐 이런 놈이 다 있어?'

그의 미간이 점차 심하게 찌푸려지기 시작했다.

'썩을 놈!'

잠시 후, 그의 인상이 험악하게 돌변했다.

"이봐! 좋게 말할 때 썩 꺼지라고! 이곳은 너 같은 촌닭이 들락거리는 곳이 아니란 말이야! 괜히 객기 부리다가 서너 군데 부러져 나간 놈이 어디 한둘인 줄 알아? 아예 부지기수란 말이야!"

순간, 장산의 무심한 시선이 사내를 향했다.

'뭐야?'

사내는 갑자기 소름이 돋아나며 주눅이 드는 것을 느꼈다.

청년에게서 예상치 못한 강한 기운이 흘러나온 것이다. 저런 기운을 흘릴 수 있는 이들은 무림의 고수라는 사실을 익히 들어 알고 있었다.

'하지만……'

잠시 후, 그의 고개가 갸웃거려졌다.

아무리 보아도 약초꾼으로 보이는 꼬락서니가 영 아닌 것 같았다. 빛이 바래기는 했지만 고풍스러워 보이는 검이 오히려 아까워 보일 정도였다.

어디선가 어깨너머 삼재검이나 배워 이제 막 무림인 행세를 하려는 강호 초출로 보일 뿐이었다.

'그래, 내가 너무 긴장을 한 게야.'

사내가 깊은 심호흡을 한 후 눈에 쌍심지를 켜는 순간이었다.

"내 심사가 그리 편치 않구려. 가능하면 몇 가지 물어보고 가도록 하겠소."

"그래? 그럼 어서 물어… 뭐, 뭣이라? 이런 망할 놈을 보았나? 감히 뉘 앞에서 망발을 부리는 것이냐?"

사내의 입에서 고함이 터져 나왔다. 동시에 큼지막한 주먹이 빠른 속도로 날아갔다.

문득 사내의 입꼬리가 말려 올라가며 씰룩거렸다. 자신의 일권이 안면 가까이 이르고 있음에도 청년은 전혀 반격의 자세를 취하지 않고 있었다. 역시 예상대로 괜한 기우였다는 생각이 드는 순간이었다.

"크흐… 흑!"

갑자기 그의 얼굴이 심하게 구겨지고 말았다.

뾰족한 그 무엇이 명치 아래 위치한 거궐(巨闕)을 깊숙이 파고든 것이다.

끔찍한 고통이 임맥을 타고 거꾸로 치달아 올랐다. 더불어 등허리가 절로 휘어지며 눈앞이 흐려지는 것을 느꼈다.

그의 거궐에는 이미 장산의 검이 검집째 깊숙이 박혀 있었다. 그가 본 것은 그저 한줄기 시커먼 그림자가 형언할 수 없는 속도로 날아든 것이 전부였다.

아예 비명도 나오지 않았다. 그저 두 눈을 허옇게 치켜뜨며 고꾸라질 뿐이었다.

"형님!"

"흑귀 형님!"

뒤에 서 있던 사내들이 목청을 돋우며 달려왔다.

한 사내가 흑귀라 불린 쓰러져 있는 사내를 부축하는 사이 또 한 사내가 장산과 마주 서며 크게 목청을 돋우었다.

"네놈은… 누구냐?"

그의 음성은 왠지 모르게 조금씩 떨리고 있었다.

"대답하기도 귀찮구려. 굳이 다툼을 원한다면 어서 오시구려."

장산의 입에서 담담한 목소리가 흘러나왔다.

하지만 사내는 불안한 눈빛을 띠며 주춤거렸다. 그가 함부로 달려들지 못하는 것은 어찌 보면 당연한 일이었다.

형님으로 모시던 흑귀(黑鬼)라는 사내는 만금장 내에서도 제법 한 수 하는 인물이었다. 그런 그가 손 한번 제대로 써보지 못한 채 눈 깜빡할 사이 고꾸라지고 말았으니 쉽게 덤벼들 수 없었던 것이다.

"그렇게 계속 서 있기만 할 것이오?"

장산의 물음에 사내가 주변을 힐끗 둘러보았다.

장내에는 이미 시끌거리며 마조(馬弔) 등 온갖 도박에 정신이 팔려 있던 도박꾼들의 동작이 일제히 멈춰 선 상태였다. 모두 궁금한 표정을 지으며 자신과 눈앞의 청년에게 시선을 향하고 있었다.

'젠장!'

그랬다. 이대로 물러서기에는 참으로 애매한 상황이었다.

도박장 내에서는 그 누구를 막론하고 난동을 부리는 자는 가차없이 손을 봐주어야만 잡음을 잠재우고 소란을 미연에 방지할 수 있었다. 그것이 만금장의 율법이자 온갖 군상들이 모여드는 도박판의 생리였다.

사내는 용기를 내어 더욱 목청을 돋우었다.

"네놈은 무슨 억하심정이 있어 이곳에 들어와 난동을 부리는 것이냐?"

그의 물음에 장산이 답답하다는 표정을 지었다.

"왜 그리도 말뜻을 못 알아듣는 것이오? 나는 당신들과 싸우러 온 것이 아니고 몇 가지 물어볼 것이 있다고 하지 않았소이까? 그런데 이자가 다짜고짜 달려드니 어쩔 수 없이 손을 쓴 것뿐이오!"

문득 사내는 할 말을 잃었다.

청년의 말인즉, 흑귀가 앞뒤 가리지 않고 달려들다가 험한 꼴을 당했다는 것이나 다름없었다.

하지만 이대로 멍하니 있을 수만은 없었다. 어차피 나선 마당이니 무엇인가 반박할 만한 말을 떠올리려 할 때였다.

"이런, 이런! 드디어 장가촌의 숨은 고수가 예까지 모습을 드러내셨구먼!"

갑자기 안쪽 깊숙한 곳에서 문이 열리더니 한 노인이 모습을 드러냈다.

'으음!'

장산은 직감적으로 노인의 기도가 심상치 않음을 알 수 있었다.

평범해 보이는 외모 속에 번뜩이는 눈빛이 예사 고수가 아니었다. 그의 옆에는 장가촌에서 부리나케 꽁무니를 뺐던 전귀가 따르고 있었다.

노인이 장내를 둘러보더니 천천히 입을 열었다.

"죄송하지만 오늘 만금장의 영업은 계속할 수 없을 것 같소이다."

그의 말이 끝나는 순간이었다.

"안 돼! 이제 막 끗발이 오르기 시작했는데 그 무슨 말도 안 되는 소리야!"

"그렇소, 염 노야! 지금까지 모두 은자 닷 냥을 잃었소! 이대로 영업을 그치면 나는 어쩌라는 말이오?"

"흥! 어림도 없는 소리 집어치우라고! 누구 맘대로 문을 닫는다는 게야!"

장내의 곳곳에서 노성이 터져 나왔다.

하지만 염 노야라 불린 노인의 표정에는 일말의 변화도 없었다. 그저 잔잔한 미소를 떠올릴 뿐이었다.

'만금장주 염 노야!'

이곳 만금장의 주인이자 비파문의 외곽 지역에서 절대적인 영향력을 행사하는 인물이었다.

일 년 전에 홀연히 나타나 군소 도박판을 장악하더니 만금장으로 일통한 후, 옆에 위치한 비파문 내의 유일한 기루인 취홍루(醉紅樓)마저 인수해 실질적으로 인근 일대를 장악하고 있었다.

최근에는 장가촌을 중심으로 군소 상인에게 마수를 뻗치고 있는 고리대금업의 전주라는 소문마저 나돌고 있는 상황이었다.

하지만 그에 대해 알려진 것이라고는 염씨 성을 가졌다는 사실을 제외하면 전무할 만큼 신비에 싸여 있는 인물이기도 했다.

문득 염 노야가 너털웃음을 터뜨렸다.

"허허허, 노부의 말을 끝까지 들어보시오."

순간, 장내가 고요해지며 일제히 시선이 그에게 쏠렸다.

"조금 전에 말한 대로 더 이상의 영업은 없을 것이오. 다만 오늘에 한해서 금전을 잃은 분들께 그만큼의 손실을 보상해 드리겠소."

그의 말이 끝나자 일부 도박꾼들이 목청을 돋우었다.

"하지만 이미 끗발이 오른 사람은 어떻게 보상해 주겠다는 것이오?"

"그렇소! 이제 겨우 본전을 되찾고 재미 좀 보려 했더니 예서 영업을 그치면 어쩌라는 말이오?"

일확천금을 꿈꾸다가 돈을 날리면 원금이 생각나고, 운이 좋아 원금이라도 회복하면 끗발이 올랐다고 생각하며 이전에 잃은 본전까지 만회하기 위해 눈에 불을 켜고 달려드는 것이 도박꾼의 심리였다.

하지만 도박판에서 한두 번의 짜릿한 승리는 있을지언정 계속 이길 수는 없었다. 오히려 그로 인해 거금을 벌 수 있다는 헛된 미몽에서 벗어나지 못한 채 시간이 흐를수록 패가망신하는 것이 그들의 말로였다.

염 노야가 그 점을 모를 리 없었다. 만면에 미소를 떠올리더니 천천히 입을 열었다.

"참으로 옳으신 말씀이외다. 그래서 노부가 오늘의 마지막을 장식할 수 있는 화끈한 판을 벌일까 생각 중이오."

"화끈한 판? 대체 그것이 무엇이오?"

누군가의 물음에 모두 눈빛을 반짝이며 호기심 어린 표정을 지었다.

"바로 저 청년이오."

염 노야의 손가락이 장산을 가리켰다.

순간, 장내의 모든 시선이 일제히 그에게 쏠렸다. 문득 장산이 자신에게 향한 시선들을 의식하며 의아해하는 표정을 떠올릴 때였다.

곧바로 염 노야의 말이 이어졌다.

"저 청년은 백미 장산이라 부르며 약관의 나이에 장가촌 내에서 한창 떠오르고 있는 숨은 고수요. 그가 우리 만금장의 이인자이자 최고수라 할 수 있는 혈영검(血影劍) 이규와 격검(擊劍)을 벌이는 것이 오늘의 마지막 판이 될 것이오. 그러니 관심있는 분들은 판돈을 걸어주시구려.”

그의 말이 끝나는 순간이었다.

잠시 웅성거리는가 싶더니 곧바로 앞 다투어 판돈을 걸기 위해 몰려들었다.

“이봐, 비키라고! 내가 먼저야!”

“그 무슨 개뼈다귀 같은 소리야! 내가 이미 줄서고 있는 게 안 보여?”

“자, 자! 시간은 충분하니 서둘지 말고 줄을 서시오!”

갑자기 장내는 목청을 돋우는 소리로 시끄러워지며 난장판으로 변해갔다.

‘이 무슨……?’

장내의 혼란스러움과는 상관없이 멍한 표정을 짓고 있는 청년이 있으니 바로 장산이었다.

그는 지금 눈앞에 벌어지고 있는 어이없는 상황에 기가 막힐 뿐이었다. 그저 판돈을 걸기 위해 아웅다웅하며 줄을 서고 있는 도박꾼들을 멍하니 바라보고 있을 때였다.

염 노야가 환한 웃음을 지으며 다가왔다.

“허허허, 첫 대결을 축하하네.”

“이게 대체 무슨 짓입니까?”

장산이 얼굴을 붉히며 목청을 돋우자 그가 두 손을 넓게 벌리며 양어깨를 으쓱거렸다.

"너무 의아하게 생각할 것 없네. 자네가 이곳에 찾아온 목적을 해결함과 동시에 노부는 그에 따른 금전적 손실을 만회하기 위함일세."

"그게 무슨 말입니까?"

순간, 염 노야가 정색을 하며 말을 이었다.

"백미 장산! 천자산 내에서 숙부와 함께 지내다가 일 년 전 혼자의 몸이 되었음! 상당한 무공을 지녔을 것으로 추측되는 청년 고수로 궁진의 독녀인 궁홍과의 만남이 있었으나 연분으로까지 이어지지는 못했음! 오늘 궁진의 만두 가게에서 전귀와 마주친 후 심한 다툼이 있었음! 자, 어떤가? 자네가 이곳에 온 이유가 전유라는 얼간이 놈의 아내 때문이 아닌가?"

"그걸 어떻게……?"

장산이 놀란 표정을 떠올리자 염 노야는 천천히 고개를 끄덕였다.

"물론 놀랐겠지. 하지만 장가계 전역에서 발생하는 일을 모르고 이 장사를 할 수 있다고 생각하는가? 아닐세. 그러다가는 쪽박 차기 딱 십상이지. 아무튼 사소한 일에서부터 큰일에 이르기까지 모든 일은 반 시진이 지나지 않아 모두 이곳에서 알 수 있네. 자, 그건 그렇고……."

잠시 뜸을 들이더니 말을 이었다.

"놈의 빚이 은자 마흔 냥에, 아내의 인신매매 각서를 쓰고 또다시 빌린 금액이 은자 열 냥일세. 그중 궁가가 만두 가게를 담보로 열 냥을 변제했지만 그 역시 빚을 졌으니 은자 쉰 냥이 고스란히 남는 것이네. 거기에 그동안 밀린 이자까지 합치면 자그마치 은자 쉰 하고도 여덟 냥일세. 자네는 그것을 변제할 능력이 있는가?"

순간, 장산은 머릿속이 뿌예지는 것을 느꼈다.

강북 지역에 비해 상대적으로 물자가 풍부한 이곳 호남에서조차 은자 한 냥이면 백미(白米) 네 석을 살 수 있고, 은자 쉰여덟 냥이라면 금으로 따져 석 냥 가까이 되는 많은 금액이었다.

열심히 약초를 캐어봐야 구리 동전이나 쥐어볼 수 있는 그에겐 은자 한 냥조차 버거운 금액이거늘 은자 쉰여덟 냥이라 함은 상상조차 할 수 없는 액수였다.

그가 멍한 표정을 짓자 염 노야가 미소를 떠올렸다.

"자네의 순수한 열정을 높이 사는 뜻에서 내 은자 대신 빚을 청산할 수 있는 방법을 모색해 보았네. 바로 격검일세. 오늘은 예외로 한 번의 대결로 인정해 주겠지만 앞으로 아홉 번에 걸쳐 격검 시합을 치러야 할 걸세."

염 노야는 잠시 눈빛을 반짝이더니 말을 이었다.

"만일 참가한 경쟁자들을 물리치고 우승을 할 수 있다면 은자 여섯 냥이 주어질 것이니 순차적으로 우승할 수 있다면 자네가 원하는 문제를 해결하고도 남음이 있을 걸세. 자, 어떻게 할 것인가?"

순간, 장산은 말문이 막히는 것을 느꼈다.

더불어 왠지 모르게 끈끈한 거미줄에 걸려든 날벌레가 된 기분이었다. 그는 분명 홍이네 가족과 관련 지어 자신을 교묘히 끌어들이고 있었다.

하지만 그의 의도대로 끌려가기에는 무엇인가 석연치 않은 구석이 있었다. 내심 격검에 참가하지 않겠다는 말이 목구멍까지 치밀었지만 이상하게도 입 밖으로는 나오지 않았다.

그가 머뭇거리자 염 노야가 만족스러운 미소를 지었다.

"허허허! 그럼 무운을 빌겠네."

그는 참가 여부도 확인하지 않은 채 당연히 거래가 성사되었다는 듯 신형을 돌려세우며 발걸음을 옮겼다.

'으음!'

장산은 멀어져 가는 그의 뒷모습을 바라보았다.

그사이 탁자가 치워지고 어느새 장내에는 넓은 공간이 만들어졌다. 그 둥그런 공간 안으로 날카로운 인상을 지닌 중년의 사내가 모습을 드러냈다.

조금 전 염 노야가 이곳의 이인자라 소개했던 이규라는 사내임에 틀림없었다. 곧 염 노야의 커다란 목소리가 들려왔다.

"자, 이제 곧 격검을 시작하도록 하겠소! 이번 대결에서 장가촌의 고수 백미 장산이 승리할 경우, 순차적으로 이곳과 장가촌을 번갈아가며 격검 시합이 벌어질 것이오! 만일 그가 목숨을 잃거나 회복 불가능한 상처를 입지 않는 한 시합은 아홉 번에 걸쳐서 진행될 예정이니 여러분의 많은 참여를 바라겠소!"

그의 말이 끝나는 순간이었다.

"하하하. 아홉 번은 무슨 얼어 죽을 놈의 아홉 번이야, 오늘로써 끝장이지!"

"혈영검! 당신에게 모든 것을 걸었으니 빨리 끝내시오!"

"하하하, 이렇게 손쉽게 재복(財福)이 굴러들어 올 줄은 미처 몰랐구먼! 애송이를 처리하는 데 일각을 넘기지 말아주게! 그래야 일찍 집으로 돌아가 어여쁜 마누라 엉덩이라도 두들겨 줄 수 있지 않겠는가?"

여기저기서 혈영검을 응원하는 고함이 터져 나왔다.

그랬다. 그들에게 이번 대결은 가만히 앉아 맞이하는 호기라 할 수 있었다. 여타 도박과 달리 패가 나빠 고민할 것도 없고, 이것저것 생각할 필요도 없었다. 그저 모 아니면 도의 양자택일인 것이다.

'혈영검 이규!'

그 역시 염 노야의 오른팔이라는 사실을 제외하면 정확히 알려진 것이 없는 만금장의 이인자였다.

하지만 이곳에 드나드는 이치고 그를 모르는 사람은 없었다. 예전에 그의 무위를 직접 눈으로 확인한 사실이 있기 때문이었다.

염 노야가 군소 도박판을 장악하자 그곳에서 기생하던 하오문도 사십여 명이 앙심을 품고 몰려든 적이 있었다. 당시 살기등등한 기세 속에서도 그는 가소롭다는 표정을 지으며 검도 뽑지 않은 채 그들을 상대했다.

'만금장의 혈투!'

결과는 일방적으로 끝을 맺었다. 몰려온 하오문도는 단 일각을 넘기지 못한 채 전원이 차가운 만금장 바닥에 나뒹굴고 말았다.

더욱이 검집으로 두들겨 맞았음에도 제 발로 걸어나가는 이가 드물었다. 거의 태반이 탈골되었거나 뼈가 부러진 상태로 엉금엉금 기어나가야만 했다.

이후, 만금장에서 더 이상의 소란은 발생하지 않았다. 그저 멋모르고 처음 출입하는 이들이 목청을 돋우다가 조용히 사라져 갈 뿐이었다.

그런 그가 나서는 대결이었다. 묘하게도 눈썹의 반쪽이 하얗게 생긴 장가촌의 숨은 고수라는 애송이와는 비교 자체가 불가능한 것이다.

"어서 시작해라!"

"빨리 끝내라! 모처럼 취홍루에서 거나하게 한잔 들이켜야겠다!"

여기저기서 두 사람의 대결을 재촉하는 고함이 터져 나왔
다.

"자! 오늘의 격검을 빛낼 백미 장산은 앞으로 나오게!"

염 노야의 중후한 목소리가 울려 퍼졌다.

장산은 잠시 머뭇거리다가 둥그런 공간 속으로 발걸음을
옮겼다. 곧이어 상대와 마주 서며 시선이 마주치는 순간이었
다.

슈우욱!

갑자기 혈영검의 검신이 흰빛을 토해내며 형언할 수 없는
속도로 날아들었다.

'우웃!'

그는 예상치 못한 속공에 재빨리 상체를 틀었다. 동시에 미
끄러지듯 옆으로 비켜서며 하복부를 향해 날아드는 검을 쳐
올렸다.

채앵!

맑은 쇳소리가 장내에 울려 퍼지는 사이 혈영검이 튕겨진
검을 빠르게 휘돌리며 횡으로 갈랐다.

쐐애액!

날카로운 파공성과 함께 기이한 각도로 날아드는 검신이
막 장산의 늑골을 파고드는 순간이었다.

그는 기이한 보법을 밟으며 미끄러지듯 물러섰다. 동시에 검을 흘려보내는가 싶더니 오른발을 축으로 팽그르르 신형을 돌리며 커다란 원을 그렸다.

갑자기 동그랗게 휘도는 검신을 따라 희뿌연 그림자가 피어오르며 출렁거렸다. 곧이어 꿈틀거리던 백영(白影)이 검의 움직임을 따라 전방을 향해 쏟아져 갔다.

"헉!"

혈영검의 두 눈이 크게 부릅떠졌다.

꿈틀거리던 백영이 일선(一線)을 그리며 허공을 가르자 예리한 기운이 전신 곳곳으로 파고들었던 것이다.

달리 신형을 움직일 수도, 생각할 겨를도 없었다. 그저 쇄도해 오는 배영을 향해 극성의 진기를 쏟아 부으며 검을 내리꽂았다.

까앙!

마치 철판을 두들기는 듯한 굉음이 주위로 퍼져 나갔다.

"크흑!"

순간, 혈영검의 꽉 다문 입술을 비집고 신음이 흘러나왔다.

동시에 식도를 따라 빠르게 솟구친 한 움큼의 선혈이 입 밖으로 뿜어지자 짙은 피보라가 허공에 뿌려졌다.

하지만 들끓는 진기를 가라앉힐 여유가 없었다. 어느새 흰빛을 토해내는 검신이 번개를 방불케 하는 속도로 거궐을 향해 쏘아져 오고 있었다.

'이익!'

혈영검은 사력을 다해 상체를 비틀었다.

그러자 간발의 차이로 새하얀 검신이 꼬리를 남기며 흉부를 스쳐 가는 순간이었다.

"커헉! 끄으으!"

문득 쇠망치를 연상케 하는 상대의 무릎이 늑골을 파고들며 엄청난 충격이 뇌리를 뒤흔들었다.

너무도 심한 고통 속에 입이 절로 벌어지며 머릿속이 하얗게 비어갔다. 곧 눈앞이 새까매지며 말로는 표현하기 어려운 끔찍한 통증이 전신으로 마구 퍼져 나갔다.

하지만 그 무지막지한 고통을 느낄 시간은 오래가지 않았다. 학질을 앓는 듯 부르르 떨고 있는 신형 위로 새하얀 검면이 빠른 속도로 떨어져 내렸다.

짜악!

"크흐… 흑!"

무엇인가 자신의 목덜미를 사정없이 강타하는 것을 느꼈다.

동시에 살을 에는 듯한 통증이 뇌리 속을 맴돌자 세상이 온통 뿌옇게 변해갔다. 그는 자신의 의지와는 상관없이 신형이 기울어지는 것을 느끼며 정신을 잃고 말았다.

순간, 만금장 안에는 질식할 듯 무거운 침묵이 흘렀다.

모두 멍한 표정을 지으며 차가운 바닥에 엎어져 있는 혈영검에게서 눈을 떼지 못했다. 하지만 그 침묵은 오래가지 않았다. 이내 도박꾼들의 처절한 절규로 이어지며 장내를 휩쓸었다.

"컥! 안 돼!"

"으아아! 이럴 수는 없어! 혈영검이 누군데!"

"으으으! 말도 안 돼! 이건 사기야, 사기! 어서 돈 내놔! 내 돈 내놓으란 말이야!"

한참 폭풍처럼 휘몰아치던 그들의 분노는 만금장의 인물들이 험악한 인상을 쓰며 막아섬으로써 빠르게 수습되었다.

이각쯤 지나자 장내에 앉아 있던 도박꾼들이 하나둘 엉덩이를 털며 일어서기 시작했다. 곧이어 힘없는 모습으로 고개를 숙인 채 만금장 밖으로 사라져 갔다.

'으음!'

그들의 모습을 바라보는 장산의 마음은 편치 않았다.

비록 지인을 위해 나선 격검이었지만 또 다른 피해자가 속출한 것이다. 잠시 안타까운 표정으로 생각에 잠겨 있는 사이 염 노야가 빠른 걸음으로 다가왔다.

"정말 대단하구먼! 혈영검 이규가 십초지적이 되지 못하다니……. 다행히 격검은 계속 이어질 수 있겠어!"

"저들은 어떻게 되는 겁니까?"

그의 물음에 염 노야가 너털웃음을 터뜨렸다.

"허허허! 어디선가 또다시 밑천을 마련해 와 얼굴을 내밀 것이니 너무 걱정하지 말게. 이곳에서 저들의 모습이 사라지는 것은 불의의 사고를 당해 거동을 할 수 없는 상태이거나 더 이상 자금을 융통할 수 없을 만큼 극악한 상황에 처했을 때뿐일세."

그는 잠시 숨을 고르더니 천천히 말을 이었다.

"천하의 그 어떤 명의도 고칠 수 없는 병이 바로 도박일세. 한번 빠져들면 영원히 헤어 나올 수 없는 중병이지. 아무튼 자네는 상관 말고 격검에 최선을 다하면 되는 것이네. 그래서 은자를 얻으면 되는 것이지. 굳이 저들까지 걱정해 줄 필요가 없다는 말일세. 그런데……."

문득 염 노야는 궁금한 표정을 지으며 물었다.

"조금 전 자네가 펼친 검이 무엇인가?"

"달리 이름은 없습니다. 그냥 가문에 대대로 전해 내려오는 호신용 검이라 들었습니다."

사실 그가 펼친 검은 태극일원검이었다.

삼초 무극이오에 이르면 상상하기 어려운 위력을 지닌 상승의 검학이지만 아직 이초 지도유강(地道柔剛)에 머물고 있는 그로서는 만족스럽지 못한 부분이 많았다. 따라서 검법 자체를 들먹이기는 싫었던 것이다.

순간, 염 노야가 묘한 표정을 떠올렸다.

"그런가?"

"그렇습니다. 그런데 무슨 이유로 묻는 것입니까?"

"아, 아닐세. 그저 예전에 불패의 신화를 남긴 한 무인이 사용했다는 검과 유사한 것 같아 물어본 것일세."

장산이 고개를 갸웃거리자 염 노야가 너털웃음을 터뜨렸다.

"허허허! 신경 쓰지 말게나. 내 말은 그저 그렇다는 것일세."

그의 말을 끝으로 두 사람 사이에는 잠시 침묵이 흘렀다.

'그나저나……'

문득 장산의 얼굴이 수심으로 물들어갔다.

앞으로 벌어질 일이 은근히 신경 쓰였던 것이다. 뿐만 아니라 그에게 일방적으로 끌려가고 있다는 느낌을 지울 수가 없었다.

하지만 홍이네 가족과 관련된 일이니 이대로 발을 빼기도 애매한 상황이었다. 잠시 호흡을 고른 후, 염 노야를 바라보았다.

"만일 격검에 참가하지 않겠다면 어떻게 되는 겁니까?"

"응? 격검에 나서지 않을 경우를 말하는 것인가?"

장산이 고개를 끄덕이자 염 노야가 흰 이를 드러내며 미소를 지었다.

"허허허! 아직 자네가 현 상황을 잘 인식하지 못하고 있는 것 같구먼. 그 놈팡이 놈의 아내를 한번 만나보도록 하게. 그 래야 그런 생각이 들지 않을 테니까 말일세."

곧바로 입구 쪽을 손가락으로 가리키며 말을 이었다.

"밖으로 나가서 옆에 있는 취홍루의 뒤뜰로 가보게. 지금 쯤이면 그곳에 한 여인이 모습을 드러내고 있을 것이네. 가서 직접 눈으로 확인한 후 다시 찾아오도록 하게."

"예?"

장산의 표정이 굳어지자 그는 천천히 고개를 끄덕이며 말 을 이었다.

"너무 걱정하지 말게. 앞으로 자네의 행보에 따라 달라질 수 있겠지만 아직은 아닐세. 어서 가보도록 하게. 가보면 알 수 있을 게야."

그는 말을 마침과 동시에 미련없이 신형을 돌려세웠다.

잠시 그의 뒷모습을 바라보던 장산은 만금장 인물들의 날 카로운 시선을 뒤로한 채 입구를 향해 발걸음을 옮겼다.


태양이 서산마루를 붉게 적시며 하루해가 저물고 있었다.

겉보기와는 달리 아방궁(阿房宮)을 연상케 하는 취홍루를 빠른 걸음으로 지나치며 뒤뜰로 향하는 청년이 있으니 바로 장산이었다.

'후유!'

그의 어깨는 맥없이 축 늘어져 있었다.

취홍루 내에서 화사한 치장을 한 상태로 바삐 오가는 기녀들과 간간이 내실 안에서 터져 나오는 호탕한 사내들의 웃음 속에 섞여 나오는 그녀들의 교성이 그의 가슴을 철렁이게 만든 것이다.

아직은 아니라던 염 노야의 말이 떠오르자 다행이라는 생각이 들었지만 가슴 한구석이 답답해지는 것은 어쩔 수 없었다.

'헉!'

문득 뒤뜰을 두리번거리던 장산이 빠르게 노송 뒤로 몸을 숨겼다.

곳간으로 보이는 한편에서 눈에 익숙한 여인이 쟁반에 무엇인가를 가득 담아 힘겨운 발길을 옮기고 있었다.

'홍 매!'

그랬다. 그녀는 마음속에 항시 아련한 영상으로 남아 있던 홍 매였다.

그는 갑자기 가슴이 세차게 뛰는 것을 느꼈다. 비록 삼 년 만에 보는 얼굴이었지만 조금 성숙해진 모습을 제외하면 그녀라는 사실을 단번에 알아볼 수 있었다.

서쪽 하늘을 온통 붉게 물들이는 저녁노을 사이로 힘에 겨

운 듯 찡그리고 있는 그녀의 모습이 선명하게 시선을 메워오
는 순간이었다.

'어떻게……?

그의 얼굴이 서서히 일그러지기 시작했다.

그녀를 보는 순간, 그동안 생각해 왔던 모든 상상이 일시에
무너져 내린 것이다.

그 곱던 용모는 사라지고 거칠어진 피부는 물론이요, 푸르
뎅뎅하게 눈언저리를 물들이고 있는 멍 자국과 함께 입술에
달라붙은 피딱지까지 그녀의 얼굴에는 실로 어이없는 흔적이
남아 있었다.

'저럴 수가?

장산은 뜨거운 그 무엇이 불쑥 치솟아오르는 것을 느꼈다.

이건 아니었다. 어쩔 수 없이 극한 상황에 처했을 거라고
생각은 했지만 설마 저런 모습일 거라고는 상상조차 하지 못
했다. 활활 끓어오르는 노기를 곱씹으며 막 홍이에게 다가가
려 할 때였다.

"꺼억!"

갑자기 그녀가 향하던 우물가 뒤쪽에서 인기척이 느껴졌
다.

곧이어 몸을 제대로 가누지도 못할 정도로 심하게 취한 사
내가 비틀거리며 모습을 드러내더니 다짜고짜 거친 말을 내

뱉었다.

"이런 망할 계집을 보았나? 서방님이 돌아오셨는데 감히 쳐다보지도 않아?"

"그만 씻고 들어가서 쉬세요."

홍이의 입에서 힘없는 목소리가 흘러나오는 순간이었다.

"네 이년!"

"으악!"

문득 커다란 호통과 함께 홍이가 들고 있던 쟁반이 허공 높이 솟아올랐다. 동시에 그녀의 신형이 세차게 걷어차이며 땅바닥에 거칠게 내팽개쳐졌다.

남편인 전유의 행동은 거기서 멈추지 않았다. 험악한 인상으로 돌변하더니 팔소매를 둘둘 말아 올리며 장내가 떠나갈 듯 고함을 내질렀다.

"예전으로 돌아갈 수 있는 방법은 오로지 만금장에서 한 건 하는 것뿐이라는 사실을 그렇게 말해주어도 모르겠느냐? 그런데 구해오라는 밑천은 고사하고 감히 이 서방님을 무시해?"

전유는 잠시 씩씩거리더니 말을 이었다.

"그래, 바로 그것이었어! 네년이 불쌍해서 한동안 손을 안 보아주었더니 아예 간덩이가 부어버린 게야!"

순간, 고통에 찬 표정으로 미간을 잔뜩 찌푸리던 홍이가 힘

겹게 주저앉았다. 그리고 아픈 배를 움켜쥐며 떨리는 목소리
로 입을 열었다.

"도, 돈을 구할 데가 없어요……."

그녀가 말끝을 흐리는 순간이었다.

가뜩이나 붉어진 전유의 얼굴이 더욱 흉신악살로 변해갔
다.

"뭣이라? 돈을 구할 데가 없다고? 이 계집이 아직 정신을
차리지 못했네그려! 바로 눈앞에 돈방석이 놓여 있건만 돈을
구할 데가 없어? 네년이 진정 서방을 위한다면 적지 않은 밑
천을 구할 데가 바로 코앞에 있거늘 어찌 그따위 소리가 입
밖으로 나올 수 있다는 말이냐?"

"어, 어찌 그런 말씀을……!"

홍이가 말을 더듬자 그의 눈동자에 핏발이 섰다.

"아무래도 안 되겠어! 정신 상태를 제대로 뜯어고쳐 놓아
야겠어! 어디 오늘 한번 죽도록 맞아봐라!"

그의 노성에 홍이의 안색이 새파랗게 변해갔다.

"자, 잘못했어요! 용서… 아악!"

전유는 그녀의 흐트러진 머리채를 끌어당기며 패대기치더
니 광기에 휩싸이기 시작했다.

퍽! 퍼버벅! 퍽!

"흐으윽! 살려주세… 아아악!"

무지막지하게 퍼붓는 그의 손발에 그녀의 처절한 비명이 장내를 휩쓸며 퍼져 나갔다.

'이런!'

순간, 너무도 어이없는 현실에 멍하니 바라보던 장산이 퍼뜩 정신을 차렸다. 동시에 자신도 모르게 신형이 막 쏘아져 나가려 할 때였다.

갑자기 기루의 뒷문이 활짝 열리더니 건장한 체구의 초로인이 모습을 드러냈다. 곧이어 그의 고성이 뒤뜰에 울려 퍼졌다.

"야이, 연놈들아! 예가 너희들 집구석인 줄 아느냐? 어서 조용하지 못할까? 빚을 갚기 위해 잡일이나 하는 것들이 시도 때도 없이 어디서 떠들어대고 난리야, 난리가? 한 번만 더 소란을 피워봐라! 그때는 내 가만히 있지 않을 게야! 알겠느냐?"

순간, 간사한 표정으로 변한 전유가 두 손바닥을 부리나케 비벼대며 살웃음을 지었다.

"헤헤헤, 아무렴입쇼. 총관 어르신의 말씀이 지당하십니다요. 다음부터는 소란스럽지 않도록 뒷산으로 데려가 조용히 처리하도록 하겠습니다."

그의 말에 총관이라 불린 초로인이 어이없다는 표정을 지었다.

"광견(狂犬) 같은 놈!"

곧이어 홍이를 힐끗 쳐다보더니 신형을 돌려세웠다.

그가 기루 안으로 사라지자 전유의 눈썹이 역팔자로 휘어지며 뿌드득 이를 갈았다.

"이년! 오늘은 운 좋은 날인 줄 알아라! 하지만 내일 이 시간까지 밑천을 마련해 오지 못한다면 뒷산으로 끌려가 치도곤을 당할 줄 알아라! 다시 한 번 말한다! 내일 이 시간까지다!"

"흐윽! 흑흑흑!"

그가 사라지자 홍이가 땅바닥에 엎드려 흐느껴 울기 시작했다.

'홍 매……'

그 모습을 바라보는 장산의 가슴은 찢어질 것만 같았다.

아무리 어긋난 연분이라지만 그 곱고 착하기만 하던 그녀가 삼 년이란 시간이 흐른 지금, 저런 모습으로 변해 있으리라고는 상상조차 하지 못했다.

문득 그의 눈에 몸을 일으키려다가 부르르 떨더니 맥없이 주저앉는 그녀의 모습이 시선을 가득 메워왔다.

'으음!'

순간, 장산의 동공이 벌겋게 물들어갔다.

동시에 머릿속이 하얗게 비어가며 전신은 날벼락을 맞은

듯 파르르 떨려왔다. 무엇인가 무섭게 들끓어오르며 응어리가 되어 목을 메어왔다.

증오심이었다. 그것은 증오심이었다. 펄펄 끓어오르는 증오심이었다. 예전에는 결코 느껴보지 못했던 커다란 증오심이었다.


"피이! 오라버니가 좋아하는 음식이 겨우 동파육이에요? 그럼 소매에게 잘해보세요! 음, 그러니까… 이다음에 오라버니와 함께 지내게 되면… 호호호, 제가 맛있게 요리해 드릴게요!"


그의 떨리는 신형이 천천히 돌아섰다. 그가 서 있던 노송 아래 땅바닥에는 깊은 족적이 새겨져 있었다,


다음날 새벽이었다. 취홍루가 발칵 뒤집어지고 말았다.

"응? 이게 뭐야? 카악! 퉤, 퉤엣! 전유 살려! 누구 좀 살려주세요!"

밤새 모습을 보이지 않던 전유가 새벽녘이 되어서야 비로소 뒷간에 빠져 고래고래 소리를 지르다가 겨우 구함을 받은 것이다.

'한량 전유!'

하지만 역시 대단한 인물이었다.

팔다리가 하나씩 부러지고 밤새 기절한 사이 똥독이 잔뜩 올라 전신이 거무죽죽하게 변한 상태에서도 목숨에는 하등의 지장이 없었다.

다만 계속해서 뒷간에는 무시무시한 홍안귀(紅眼鬼)가 살고 있으며 자신은 그에게 당했다는 헛소리를 읊어대는 바람에 실성한 놈 취급을 당할 뿐이었다.

# 기이한 인연

**찌**르르! 찌르르!

고요한 밤하늘의 정적을 깨며 풀벌레가 구슬피 울어대는 깊은 밤이었다.

휘영청 밝은 달 아래 기암절벽으로 둘러싸인 넓은 공터에 검을 휘두르며 검무에 취해 있는 청년의 모습이 보였다. 바로 장산이었다.

반 시진 내내 쉴 새 없이 이어지던 그의 동작이 한순간 검을 땅에 세차게 꽂으며 멈춰 섰다.

"혹! 혹! 후욱!"

순간, 거친 숨을 내쉬더니 그대로 땅바닥에 드러누웠다.

둥근 달 주위로 총총히 떠 있는 별들이 무리를 지어 하얗게 쏟아져 내릴 듯 어두운 밤하늘을 수놓고 있는 풍경이 시선을 하나 가득 메워왔다.

'으음!'

그 사이로 떠오르는 고운 영상이 있으니 바로 홍 매였다.

장산은 오늘로써 만금장에서 벌어진 혈영검 이규와의 대결을 포함해 모두 여덟 번의 격검을 마치고 저녁이 되어서야 모옥으로 돌아왔다.

하지만 취홍루의 뒤뜰에서 모진 고생을 하고 있는 홍 매의 모습이 떠오르자 왠지 쉽게 잠을 이룰 수가 없었다.

결국 바람이라도 쏘일 겸 밖으로 나왔지만 어지러운 마음은 쉽게 가라앉지 않았다. 심란한 마음을 떨쳐 버리기 위해 검무를 추어보았지만 그마저도 여의치 않았다.

'인사라도 나눌 수 있으면 좋으련만……'

그랬다. 이미 남의 아내가 되어버린 그녀에게 이성으로서의 감정은 없었다.

그저 단 한 번만이라도 당당한 모습으로 인사를 나누고 싶을 뿐이었다. 하지만 상황이 상황인지라 그녀 앞에 나서기가 상당히 껄끄러웠다.

그동안 취홍루의 뒤뜰로 향했다가 결국 나서지 못하고 지켜만 보다가 돌아 나온 적이 한두 번이 아니었다.

'참으로 묘한 인연이로구나.'

그녀와의 인연은 생각할수록 묘하다는 생각이 들었다.

그녀를 통해 자신의 행보가 전혀 예상치 못한 곳으로 흘러가고 있었다. 아무리 자신이 강호에 대해 문외한이라 할지라도 만금장이 의심스런 조직이라는 사실은 미루어 짐작할 수 있었다.

달포의 간격으로 이어지는 격검에 대한 소문이 퍼지면서 장가계 곳곳에서 무인들이 모여들었다. 갈수록 참가하는 인원도 많아지고 판돈을 거는 이들 역시 늘어만 갔다.

하지만 묘하게도 항시 마지막에 마주 서는 무인은 염 노야가 출전시킨 만금장의 새로운 인물이었던 것이다.

'으음!'

그의 미간이 서서히 좁아져 갔다.

그동안 격검을 통해 자신의 무위가 결코 낮지 않음을 확인할 수 있었다. 참가하는 무인들 중에는 자신의 상대가 될 만한 이가 없었던 것이다.

하지만 만금장의 무인들은 달랐다. 아직 위협을 느낄 만한 이들은 없었지만 이곳의 무인들과는 분명 달랐다. 제대로 기초 공부가 이루어져 있고, 내력을 바탕으로 펼치는 무공을 익힌 자들이었다.

‘염 노야는 누구일까?

가끔씩 날카로운 안광을 뿌리며 자신을 쏘아보는 그를 볼 때면 왠지 모골이 송연해지는 느낌이었다.

그것은 그가 상당한 고수라는 사실을 알려주는 본능의 울림이었다. 예전에 선숙부께서 드물게 무림에 대해 이야기할 때면 항시 마지막에 이런 말을 강조하셨다.

“산아, 훗날 네가 부담스럽다 여겨지는 상대를 보거든 가능하면 부딪치지 말아라. 자칫 예상치 못한 상황에 빠지거나 사건에 휘말려 짧은 생을 마감하는 무인들이 강호에는 부지기수니라. 그러니 항시 조심, 또 조심해야만 한다.”

그 때문에 이런저런 이유로 한동안 등한시해 오던 무공 수련에 박차를 가하게 되었다. 더불어 선숙부의 가르침을 다시 한 번 되새기는 계기가 되었다.

‘후유! 일단 남은 대결에 최선을 다하도록 하자!’

장산은 크게 한숨을 내쉬며 복잡한 심사를 접었다.

그랬다. 지금 당장 그가 할 수 있는 일은 아무것도 없었다. 최소한 남은 두 차례의 격검 시합을 마칠 때까지는 그저 흘러가는 대로 몸을 내맡길 수밖에 없는 입장이었다.

‘그런데 이상하다는 말이야?

　문득 격검을 치르면서 예전에 가졌던 의문이 되살아났다.

　그것은 태극일원검에 대한 의구심이었다. 분명 숙부의 절기인 태극일원검은 태극의 음양이 갈라져 나오기 위해 용솟음치는 거대한 움직임을 담아내는 상승의 절학이었다.

　제일초 천도음양(天道陰陽), 하늘의 도를 일컬어 음과 양이요,

　제이초 지도유강(地道柔剛), 땅의 도를 일컬으니 유와 강이라,

　제삼초 무극이오(無極二五), 무극은 음양을 이루고 음양은 오행을 낳는구나.

　단 삼 초로 이루어진 검법이지만 각 초마다 상황에 따라 무궁한 변식으로 이어지는 광대한 검로를 지니고 있었다.

　현재 장산은 이초 지도유강을 펼칠 수 있는 상태였다. 하지만 혼원심공의 답보 상황에서 오는 목마름 때문인지 왠지 깊이 다가서지 못하고 있다는 느낌을 지울 수 없었다.

　반면 한 가지 의문을 떨칠 수 없으니 만변의 수많은 검로가 마치 하나로 귀일되는 듯한 느낌을 강하게 받았던 것이다.

　그것을 말로 표현하기는 어렵지만 마치 태극 속의 꿈틀거

리는 음과 양이 유와 강으로 변해 회오리치다가 다시 모여드는 극히 자연스러운 움직임이었다.

'으음……!'

하지만 머릿속에 맴도는 그 움직임을 막상 검으로 펼치려면 이상하게도 유, 또는 강 어느 한쪽으로 치우치는 것을 느꼈다.

의식적으로 두 기세를 담아내려면 오히려 검의 위력이 현저히 줄어들 뿐만 아니라 검로마저 자연스럽게 이어지지 못했다. 그 점은 선숙부께서도 마찬가지였다는 말을 들은 적이 있었다.

예전에 자신이 한참 검을 수련하다가 불만족스런 얼굴로 앉아서 휴식을 취하고 있을 때였다.


"허허허! 검이 마음대로 움직여 주지를 않느냐?"

"예, 그렇습니다."

숙부께서는 고개를 끄덕이며 말씀하셨다.

"산아, 보아하니 머지않아 태극일원검이 이초 지도유강에 이를 것 같구나. 지도유강에 이르면 어렴풋이 검의 실체를 느낄 수 있을 뿐 아니라 선택의 귀로에서 고민하게 될 것이다. 분명 대성을 이루기 위해서는 유와 강의 구분이 따로 없는 경지에 이르러야 하지만 그것은 참으로 요원한 일이란다. 나 역

시 그 길을 찾지 못해 유보다는 강에 치우친 검이 되고 말았
지.”

문득 하늘로 시선을 향하더니 숙부는 말을 이으셨다.

“솔직히 대성을 이룬 상태에서 펼쳐지는 검의 위력이 어떠
할지는 나 역시 모르겠구나. 물론 유와 강 어느 한쪽에 치우
치더라도 극에 이를 수만 있다면 현존하는 강호의 그 어떤 무
공에도 결코 뒤지지 않을 거라 확신한다. 그 점은 내가 몸소
강호를 주유하며 경험한 사실이기에 자신할 수 있단다. 다
만…….”

잠시 말끝을 흐리더니 장산을 바라보았다.

“가능한 한 너는 진정한 태극일원검을 완성해야 하느니라.
그 해답은 분명 혼원진경의 하편인 현경 내에 있을 것이니 정
진 또 정진하여 꼭 이루기를 바란다. 그래야 훗날 닥칠 수 있
는 위기에서 벗어나는 데 큰 도움이 될 것이다.”


당시 장산은 훗날 닥칠 수 있는 위기라는 말에 잠시 의구심
을 가졌지만 무심코 흘려보냈다.

이후, 오래지 않아 선숙부께서 심한 부상을 당하는 바람에
더 이상 심오한 대화를 나누는 것이 불가능해지고 말았다.

‘후유! 아무래도 마지막 문구에서 해답을 찾아야 할 것 같
구나.’

그는 자신도 모르게 긴 한숨을 내쉬었다.

사실 현경에 대해 개괄적으로 이해는 하고 있었다. 그것은 도가의 선인(仙人)들이 전하는 도(道)에 대한 하나의 거대한 이야기였다.

다만 몇몇 문구에 대해서는 도무지 무슨 내용인지 이해할 수 없었다. 특히 가장 난해한 것은 현경의 마지막 부분에 적혀 있는 문구였다.


태허생기(太虛生氣), 기생태극(氣生太極), 태극생천지만물(太極生天地萬物), 자연만변(自然萬變), 복귀어무극(復歸於無極), 반자 도지동(反者 道之動).

지극히 크고 텅 빈 시원이 기를 낳고, 기는 태극을 낳아, 태극이 천지만물을 이루도다! 스스로 그러함으로 만변하다가 다시 무극으로 돌아가노니 이를 도의 운행이라 하노라!


장산이 천천히 고개를 가로저었다.

아무리 생각해 봐도 그 문구만큼은 도무지 이해가 되지 않았다. 그것은 아직 자신이 현경상의 오의에 가까이 다가서지 못하고 있다는 것이나 다름없었다.

'참으로 답답하구나!'

그랬다. 솔직히 은근한 부담으로 다가오는 현실에서 벗어나고 싶었다.

그것은 곧 자신의 무위를 한 단계 끌어올려야 한다는 사실과 일맥상통하는 말이었다. 하지만 무공의 향상은 고사하고 오히려 퇴보하는 느낌마저 들고 있으니 참으로 난감할 뿐이었다.

"후—유!"

그의 긴 한숨과 함께 시간은 하염없이 흘러만 갔다.

그렇게 얼마의 시간이 흘렀을까? 문득 풀벌레마저 잠이 들었는지 사위가 고요해지는 순간이었다.

'혹시?'

그는 무엇인가 생각난 듯 벌떡 신형을 일으켜 세웠다.

곧이어 검을 빼어 들고는 중단세를 취하는가 싶더니 이내 미끄러지듯 왼발을 내뻗으며 검을 휘두르기 시작했다.

잠시 후, 그는 넋을 잃은 채 흰빛을 토해내는 검신과 더불어 무아지경에 빠져들었다. 쉴 새 없이 이어지던 움직임이 한순간 땅바닥 깊숙이 검을 꽂음과 동시에 멈춰 섰다. 그렇게 잠시 신형을 지탱하는가 싶더니 서서히 팔괘(八卦)를 밟아 나갔다.


중궁(中宮)에서 건(乾)과 태(兌)를 밟아 좌우로 휘돌리던 검을 빠르게 휘감아 내리며 리(離)를 밟아 내뻗고, 진(震)으로 돌아서며 내리긋는 흰빛의 검신이 허공을 갈랐다.

상체를 숙여 지면을 박차고 떠올린 두 다리가 손(巽)에서 감(坎)으로 이어지며 넓게 휘도는 움직임을 따라 검신이 백영(白影)을 토해내고, 간(艮)에 이르러 또다시 박차고 오른 신형을 따라 꿈틀거리는 백영 역시 솟구쳐 올랐다.

곧바로 두 다리를 가슴에 모으고 곤(坤)의 방위로 내려서며 내리꽂는 검신을 따라 백영이 긴 꼬리를 남기며 떨어져 내렸다. 땅거죽이 일직선으로 파이며 피어오른 흙먼지 사이로 휘돌아 오른 흰빛의 검신이 다시 중궁을 밟아서는 신형을 따라 쭉 내뻗어지며 멈춰 섰다.


"훅! 후욱! 훅!"

그 자세 그대로 검을 내뻗고 있던 장산이 거친 숨을 내쉬며 그대로 드러누웠다.

하지만 잔뜩 찡그린 그의 미간은 무엇인가 풀리지 않는 의문을 담고 있었다. 그가 마지막에 펼친 보법은 바로 구궁팔괘보(九宮八卦步)였다.

'구궁팔괘보!'

이 역시 도가 일맥의 비전으로 단순히 무공만을 위한 보법이 아니었다.

천지(天地)가 합(合)을 이루는 팔괘상에서 음양이 교차하는 팔괘선을 따라 보를 밟아나감으로써 심신의 극을 넘어서는 선인들의 발걸음이었다.

꾸준히 연마하면 웬만한 심법을 익히는 것보다 오히려 정순한 내력을 쌓는 데 탁월한 효력을 발휘하는 천고의 보법이었다.

더욱이 그 호흡을 이루는 도인술(道引術) 대신 혼원심공을 운용하여 익히면 내력의 상승은 물론 그 움직임마저 한줄기 바람과도 같았다.

'복귀어중궁(復歸於中宮)!'

구궁팔괘보 역시 중궁에서 시작하여 다시 중궁으로 돌아가는 보법이었다.

팔괘를 밟아나가다가 다시 중궁에서 끝을 맺으니 문득 복귀어무극이란 오의가 떠올랐던 것이다.

또한 혼원심공을 담아 보법을 펼치면 그 위력이 배가 되어 물 흐르듯 이어지니 왠지 유사한 맥락이라는 생각이 뇌리를 스쳤던 것이다.

하지만 막상 그 오의를 떠올리고 시전해 보니 무엇인가 머릿속에서 빙빙거리며 맴돌기만 할 뿐 잡힐 듯 잡힐 듯 잡히지 않았다.

"후유!"

장산은 가슴 한구석에 천 근 바위가 들어앉은 느낌이었다.

아직 현경에 가까이 다가서는 일은 요원하기만 했다. 분명 그 어떤 돌파구가 필요한 시점이었다.

하지만 이제는 숙부께도 도움을 받을 수 없는 입장이니 참으로 답답한 노릇이었다. 그렇게 한참 상념에 빠져 있을 때였다.

'응? 누구지?

문득 의아한 표정을 지으며 좌측으로 시선을 돌렸다.

무성한 수풀로 뒤덮인 야산 너머에서 누군가 내지르는 고함이 들려왔던 것이다.

이곳 천자산은 토가족의 발길조차 드문 지역이었다. 따라서 선숙부와 자신을 제외하면 약초꾼조차 들어서지 않는 지역이건만 한밤에 누군가 큰 소리를 내지르니 참으로 기이한 일이 아닐 수 없었다.

잠시 고개를 갸웃거리던 장산이 엉덩이를 털며 일어섰다. 곧이어 야산을 가로지르는 숲길을 향해 터벅터벅 발걸음을 옮겼다.

*　　　*　　　*

야산 너머에는 하늘을 찌를 듯 높이 솟아 있는 거대한 봉우리들이 줄을 이루며 늘어서 있었다.

그 아래 지(之) 자 형태를 이루는 깊은 계곡에는 울퉁불퉁한 바위로 이루어진 험로가 놓여 있고, 그 험로의 중간 지점에 자리한 제법 넓은 공터에는 지금 기괴한 풍경이 펼쳐지고 있었다.

"야, 이놈들아! 계속 버티고 있으란 말이다!"

정확히 열 명의 무인이 큼지막한 바위를 든 채 바르르 신형을 떨고 있었다.

그들 앞에는 족히 팔 척은 되어 보이는 큰 키에 울퉁불퉁한 근육이 마치 바위를 연상케 하는 중년의 거한이 목청을 돋우고 있었다.

"똑바로 팔을 들어라! 만일 바위를 떨어뜨리는 놈이 있다면 내 호천검(虎天劍)이 용서치 않을 것이야! 그놈의 목부터 벨 것이란 말이다!"

거한의 검은 족히 오 척은 되어 보였다.

검신의 넓이 또한 한 뼘은 되어 보이는, 도와 유사해 보이는 기병을 내보이며 잔뜩 긴장된 분위기를 조성하고 있었다.

그의 날카로운 시선은 좌우로 두리번거리며 한참 비지땀을 쏟아내는 사내들을 쏘아보기에 여념이 없었다.

특히 가뜩이나 험한 인상에 두 눈마저 부릅뜨고 있으니 마치 그 모습이 절간의 입구에서 악귀를 짓밟고 서쪽을 향해 눈을 부라리고 있는 광목천왕(廣目天王)의 모습을 보는 것 같

있다.

그는 분한 마음을 삭이지 못했는지 더욱 목청을 돋우었다.

"얼마 전 우리 적호단(赤虎團) 서열 십이위를 차지하는 진울린이라는 놈이 금전에 눈이 멀어 본 단주의 허락도 없이 최근 벌어지고 있는 격검에 참가했다! 그런데 우승은 고사하고 눈썹의 반쪽이 하얗게 생긴 백미 장… 뭐라는 놈과 벌인 대결에서 일격에 나자빠지는 어이없는 상황이 발생하고 말았다!"

잠시 뜸을 들이더니 세차게 가슴을 두드렸다.

"그것은 우리 적호단의 체면과 직결되는 문제인 것이다! 뿐만 아니라 네놈들이 그동안 얼마나 수련을 게을리 해왔는가를 여실히 증명해 주는 충격적인 사건이었다! 아무튼 우리는 다음 격검에 참가할 것이다! 그래서 놈의 코를 납작하게 만들어 반드시 명예 회복을 해야만 한다!"

문득 표정을 굳히는가 싶더니 장내가 떠나갈 듯 고함을 내질렀다.

"본 단주는 고심에 고심을 거듭한 결과, 그동안 안일하게 진행해 오던 수련 방식에 다소 변화를 주기로 결정했다! 너희들은 적호단의 서열 십위 안에 드는 용사들이다! 따라서 극한의 수련을 이겨내지 못한다면 적호단의 명성에 먹칠을 한다고 생각할 뿐만 아니라 나 광검(狂劍)의 수하가 될 자격이 없는 것으로 간주하겠다! 알겠느냐?"

“복명!”

순간, 사내들이 이구동성으로 외쳐 댔다.

하지만 안타깝게도 힘찬 대답과는 상관없이 상체가 바르르 떨리며 하체마저 휘청거리고 있었다. 낑낑거리며 사력을 다해보지만 이제 들고 있는 바위를 떨어뜨리는 일은 시간문제일 뿐이었다.

‘적호단!’

토가족 내에서 제법 힘깨나 쓴다는 백여 명의 용사로 이루어진 비파문의 제일 조직이었다.

반면, 단주를 맡고 있는 광검이라는 거한은 족장인 천비창(天飛槍) 원훌루가 심하게 골머리를 앓는 인물이었다.

‘광검 왕달치!’

호익검(虎翼劍)이라 불리는 비파문의 절기를 익힌 최고의 용사로 그 명성이 자자한 인물이었다.

비록 내력을 바탕으로 펼치는 내가무공은 아니지만 비파문 내에는 대대로 사냥과 전쟁을 통해 탄생한 그들만의 고유 무공이 전해지고 있었다.

그중 광검이 익히고 있는 호익검은 일체의 변식을 제외한 채 거칠면서도 순간적으로 날카로움을 토해내는 강력한 실전 무예에 속했다.

제아무리 중원의 고수라 할지라도 천생 신력을 바탕으로

펼치는 그의 호익검을 상대하기란 결코 쉽지 않을 것이다.

반면, 그에게 심각한 단점이 있으니 바로 지극히 단순하다는 점이었다. 도무지 생각하는 것을 싫어하고 흥분만 하면 물불을 가리지 않는 성격이니 한마디로 골치가 아픈 인물인 것이다.

아무튼 그의 말은 계속해서 이어지고 있었다.

"본 단주의 생각으로는 너희들에게 부족한 것은 근력이라고 생각한다! 우리의 무공은 강한 근력을 바탕으로 펼쳐야 하건만 그동안 수련을 게을리 한 결과, 검에 힘이 실리지 않을 뿐더러 쉽게 지쳐 제 능력을 발휘할 수 없는 것이다! 거기에 대처 능력 또한 현저하게 떨어지니 상대의 움직임을 보면서도 빤히 당하는 것이란 말이다!"

곧 수하들을 들러보며 침을 튀었다.

"중요한 것은 하체의 근력이다! 그것을 키우기 위해서는 장시간 마보(馬步)를 취하거나 꾸준히 산길을 오르내리는 것이 좋은 방법이다! 하지만 그 기초적인 마보 자세를 취하는 것조차 한 시진을 채 버텨내지 못하고 있으니 참으로 실망하지 않을 수 없구나! 오늘은 그에 상응하는 벌로써 바위를 들고 있는 것으로 대신하겠지만 계속해서 본 단주를 실망시킬 경우, 내 직접 요절을 내고 말……!"

갑자기 그가 말끝을 흐리는가 싶더니 재빨리 애검인 호천검을 빼어 들었다. 동시에 신형을 돌려세우며 크게 목청을 돋우었다.

"웬 놈이냐?"

실로 커다란 덩치에 어울리지 않는 기민한 동작이었다.

순간, 칠팔 장가량 떨어진 어두운 숲길에서 누군가 터벅터벅 걸어나왔다. 조금 전 야산을 넘어 이동해 온 장산이었다.

'으음!'

그는 삼 장의 거리를 두고 걸음을 멈춰 섰다.

언덕 위에서 보던 것과 달리 고함을 내지르던 거한의 기도가 의외로 뛰어났던 것이다. 막상 마주 서고 보니 마치 커다란 바위와 마주 선 느낌이었다. 잠시 이어지던 침묵을 깬 이는 바로 광검이었다.

"네놈이 누구냐고 묻지 않았느냐?"

순간, 장산의 미간이 꿈틀거렸다.

초면임에도 다짜고짜 욕설부터 튀어나오니 그의 심사가 편할 리 없었다.

"장산이라 하오!"

'장산……?'

문득 광검의 얼굴에 묘한 표정이 떠올랐다.

분명 어디선가 들어본 이름 같은데 도무지 기억이 떠오르지 않는 것이다. 그렇게 잠시 주춤거리고 있을 때였다.

"단주님! 저자가 바로 장가촌의 백미 장산입니다요! 어이쿠!"

가운데 서 있던 사내가 흥분한 목소리로 외치다가 그만 바위를 떨어뜨리고 말았다.

사내는 기겁을 하며 다시 바위를 들어 올리려 애를 썼지만 이미 지칠 대로 지친 몸으로 그 무거운 바위를 들어 올리는 일은 불가능했다. 그저 하늘을 향해 솟구친 엉덩이만이 들썩거리고 있을 뿐이었다.

"이런 쓸모없는 놈!"

곧바로 광검의 입에서 고함이 터져 나왔다.

"쿠웩!"

사내는 강하게 엉덩이를 걷어차이며 돼지 멱따는 소리를 내질렀다. 동시에 서너 바퀴 구르더니 그 움직임을 멈추고 말았다.

잠시 그 모습을 지켜보던 광검이 빠르게 신형을 돌려세우며 장산을 노려보았다.

"네놈이 이곳에는 무슨 일이냐?"

그가 대답을 하지 못하고 눈만 끔뻑거리자 갑자기 눈에 쌍심지를 켜며 목청을 돋우었다.

"무슨 일이냐고 묻지 않느냐? 오호라! 대답하지 못하는 것을 보니 우리를 염탐하러 온 것이 분명하구나!"

“그 무슨…….”

장산은 갑자기 말문이 막히는 것을 느꼈다.

너무도 기가 막혀 잠시 멍한 표정을 짓고 있으니 그가 더욱 목청을 돋우었다.

“그러면 그렇지, 답변을 못하는 것을 보니 제대로 정곡을 찔린 모양이로구나! 하긴 네놈이 무슨 볼일이 있어 이곳에 나타났겠느냐? 분명 어디선가 우리 적호단의 용사들이 다음 격검을 대비해 수련에 박차를 가하고 있다는 얘기를 훔쳐 듣고 몰래 지켜보러 온 것이 아니더냐?”

‘허!’

장산은 할 말을 잃어 아예 입을 다물고 말았다.

“사내놈이 정정당당히 격검에서 병장기로 맞설 일이지 비겁하게 상대의 약점을 노리고자 뒤나 캐고 다니다니 참으로 한심한 놈이로구나!”

상황이 점점 점입가경으로 치닫자 장산이 더 이상 참지 못하고 입을 열었다.

“이보시오! 지금 무엇인가 중대한 착각을 하고 있는 것 같소. 이곳 천자산은 내가 지내고 있는 지역이오. 그런데 느닷없이 몰려와 수련을 한답시고 소리를 질러대는 이유가 무엇이오?”

“그것은 네놈과의……!”

그가 말을 더듬자 장산은 빠르게 말을 이었다.

"난데없이 들려오는 고함에 의아한 마음이 들어 와본 것인데 오히려 당신이 큰소리를 치고 있으니 참으로 어이가 없구려! 적반하장이란 바로 이러한 경우를 두고 말하는 것이구려!"

"끄응!"

순간, 그의 얼굴이 소태를 씹은 듯 변하고 말았다. 동시에 달아오른 볼따구니가 푸들거리며 거센 콧김이 뿜어져 나왔다.

'이놈을 그냥……!'

생각 같아서는 자신의 주먹만 해 보이는 면상에 달린 요상한 반백미에 일권을 꽂아 넣고 싶은 심정이었다. 하지만 딱히 반박할 만한 말이 떠오르지 않으니 속만 부글거리며 끓어오를 뿐이었다.

'으으으!'

할 수 없이 노기를 가라앉히기 위해 비지땀을 쏟아내며 목구멍까지 차오른 분노의 화염을 가까스로 되삼키려 할 때였다.

"더 이상 할 말이 없으면 나는 이만 돌아가겠소. 시끄럽게 떠들면서 계속 수련이나 하시구려!"

장산이 신경에 거슬리는 말을 내뱉으며 매몰차게 신형을

돌려세우자 그의 눈썹이 꿈틀거리는가 싶더니 참고 있던 노화(怒火)가 터져 나오고 말았다.

"이─놈!"

그의 커다란 목소리가 밤하늘에 울려 퍼졌다.

동시에 그의 신형이 형언할 수 없는 속도로 전방을 향해 쏘아져 갔다. 정녕 믿을 수 없을 수 없는 쾌속한 움직임이었다.

'응……?

순간, 장산은 거센 움직임과 함께 무엇인가 예리한 기운이 등짝을 향해 날아드는 것을 느꼈다.

달리 무엇을 생각할 겨를이 없었다. 그저 위험을 알리는 본능의 외침에 따라 빠르게 신형을 옆으로 날렸다.

쌔애애!

무지막지한 파공성과 함께 흰빛을 뿌리는 검신이 옷깃을 스치며 지나갔다.

'우웃!'

그는 등골이 시려오며 전신에 소름이 돋아나는 것을 느꼈다. 상대는 자신의 예상을 뛰어넘는 고수였다.

조금만 늦었어도 검신의 넓이가 족히 한 뼘은 되어 보이는 기이한 검에 신형이 두 토막 날 뻔했던 것이다.

하지만 그냥 멍하니 넋 놓고 있을 틈이 없었다. 어느새 땅거죽에 흙먼지를 일으킨 검신이 휘돌아 오르며 정수리를 향해 내리꽂히고 있었다.

"천도음양!"

순간, 장산의 입에서 낭랑한 외침이 터져 나왔다.

고오오!

흰빛을 토해내는 새하얀 검신이 굽이쳐 올랐다.

분명 검을 제대로 펼치기 어려운 자세이건만 흰빛의 백영은 기이한 각을 그리며 형언할 수 없는 속도로 숫구쳐 올랐다.

곧이어 묘한 기운이 형성되는가 싶더니 기괴한 곡선의 백영이 흐릿하게 둘로 나뉘어졌다. 동시에 꿈틀거리며 떨어져 내리는 새하얀 검신과 세차게 맞부딪쳤다.

번쩍! 퍼―엉!

"크흐… 흑! 끄으으……!"

광검의 입에서 고통에 찬 신음이 터져 나왔다.

동시에 입에서 뿜어져 나온 진홍색 피보라가 허공에 뿌려지며 거세게 튕겨 나갔다. 삼 장가량을 정신없이 뒷걸음질치던 그는 결국 중심을 잡지 못해 나자빠지고 말았다.

그의 휘둥그레진 두 눈은 무엇인가 모를 의문으로 가득 차 있었다. 더불어 믿을 수 없다는 표정이 역력했다.

정신이 들자 신형을 일으켜 세우기 위해 안간힘을 다해보지만 안타깝게도 몸은 움직여 주지 않았다. 제법 심한 부상을 당한 듯 꿈틀거리며 발버둥질 칠 뿐이었다.

'흐윽!'

반면 장산의 반 백미 역시 심하게 꿈틀거렸다.

그는 지금 들끓어오르는 진기를 다스리기 위해 안간힘을 쓰는 중이었다. 순간적으로 펼친 검이라 제대로 내력을 싣지 못한 것이다.

분명 상대의 검에는 내력이 실리지 않았다. 그럼에도 예상을 뛰어넘는 위력 앞에 그저 어이가 없을 뿐이었다.

선숙부를 제외하면 처음 상대해 보는 강한 위력이었다. 순간적인 움직임 또한 격검에 참가했던 이들과는 비교조차 되지 않았다. 괜히 정면 대결을 펼치는 바람에 적지 않은 손해를 보고 말았나.

"후유!"

진탕된 내부가 가라앉자 자신도 모르게 한숨이 흘러나왔다.

검병을 꼭 움켜쥐고 있던 손을 조심스럽게 펴서 옷자락에 문지르자 손바닥에 배어 있던 땀이 축축이 젖어들었다. 순간적으로 얼마나 긴장했는지 미루어 짐작할 수 있었다.

'왜 서둘렀을까?'

그랬다. 그의 무지막지한 공격에 잠시 당황했던 것이다.

굳이 정면 대결을 할 필요가 없었다. 그저 구궁팔괘보를 밟아 적절한 변식을 펼치거나 급하게 달려드는 상대의 허점을 노리고 일격을 가하면 충분한 대결이었다. 그만큼 상대는 흥분한 상태였던 것이다.

'조심해야겠구나!'

더불어 심한 무리수를 두었다는 생각을 지울 수 없었다.

그나마 상대가 혼자였으니 망정이지 그와 같은 무인이 한 명이라도 더 있었더라면 지금쯤 차가운 바닥에 나뒹구는 것은 자신이 되었을 것이다.

'으음!'

장산은 천천히 바위를 떨어뜨린 채 멍한 표정을 짓고 있는 적호단의 용사들을 바라보았다.

"제게 용무가 있는 분들이 계십니까?"

순간, 그들이 눈을 동그랗게 뜨며 나란히 고개를 가로저었다.

"그럼 이만 가보도록 하겠습니다."

용사들이 일제히 고개를 끄덕이자 막 신형을 돌려세우려 할 때였다.

"야, 이 눈썹이 하얗게 센 놈아! 어디를 허락도 없이 도망가려는 것이냐?"

'허!'

장산은 목청을 돋우고 있는 광검을 보자 어이가 없었다.

전혀 상황 파악을 못하고 소리를 내지르는 모습이 참으로 가관이었던 것이다.

문득 눈을 부라리며 절간을 지키고 있는 사대천왕의 얼굴 같은 낯짝에 일격을 가하고 싶다는 생각이 들었다. 하지만 굳이 더 이상의 심한 부상을 입힐 필요는 없었다.

"이보시오! 그럼 내가 이곳에 쭈그리고 앉아 당신이 자유로이 움직일 수 있을 때까지 기다려 주어야겠소? 그렇다면 언제까지 기다려야 될지 한번 얘기해 보시구려!"

"뭣이라?"

"왜, 내 말이 틀렸소?"

순간, 광검의 얼굴이 벌겋게 달아올랐다.

하지만 장산은 전혀 개의치 않았다. 오히려 눈빛을 반짝이며 직시하더니 또박또박 말을 이었다.

"달포 후에 장가촌에서 격검이 벌어질 것이니 그때까지 거동할 수 있다면 직접 참가하면 될 게 아니오?"

그는 말을 마침과 동시에 매몰차게 신형을 돌려세웠다.

곧이어 뒤도 돌아보지 않은 채 건너편 야산으로 이어지는 숲길을 향해 성큼성큼 발걸음을 옮겼다.

'이익……!'

그 모습을 바라보던 광검의 얼굴이 터질 듯 부풀어 올랐다.

"야, 이 백미 장, 장… 아무튼 눈썹이 하얗게 생긴 놈아! 내 격검에 참가할 것이니 네놈도 꼭 나와야 한다! 만일 참가하지 않는다면 내 천자산을 몽땅 불질러 버리고 말 테다! 알겠느냐?"

'후유!'

장산이 잠시 걸음을 멈추는가 싶더니 다시 발걸음을 재촉했다. 하지만 여전히 등 뒤에서는 그의 고함이 들려왔다.

"잊지 말아라! 네놈이 격검에 참가하지 않으면 사내대장부가 아니란 말이야! 알겠느냐, 이놈아! 도망가면 알아서 해… 커헉! 끄으으……!"

"단주님!"

"정신 차리십시오, 단주님!"

쩌렁쩌렁 울려대던 그의 고함이 잦아지는가 싶더니 이내 용사들의 당황스러워하는 목소리가 울려 퍼졌다.

'걱정하지 마시오. 빠지고 싶어도 빠질 수가 없구려. 격검에 참가하지 않을 수 없는 입장이란 말이오.'

장산은 씁쓸한 미소를 떠올리며 짙은 어둠이 드리워진 숲길 속으로 사라져 갔다.

# 중원의 방문객

**쨍!** 쨍! 쨍!

해가 중천에 걸려 있어 따가운 햇볕이 내리쬐는 시각, 먼 길을 떠나온 듯 희뿌연 먼지로 뒤덮인 이남일녀가 저잣거리 안으로 들어서고 있었다. 이, 삼십대로 보이는 이 인의 청년과 이십대 초반으로 보이는 여인이었다.

청색 도복의 청년은 출중한 기도를 뿌리고 있고, 명문의 자제로 보이는 청년 역시 형형한 안광을 뿌리고 있었다. 반면, 유난히 뽀얀 피부를 지닌 여인은 주위가 환해질 만큼 뛰어난 미모를 지니고 있었다.

상인들과 행인들로 붐비는 저잣거리를 둘러보던 일행의 시선이 멀리 떨어진 넓은 공터를 향했다.

챙! 챙! 챙!

그곳에는 많은 구경꾼이 둘러선 채 웅성거리며 무엇인가에 열중하고 있었다.

그들에게 가려 잘 보이지는 않지만 병장기 부딪치는 소리가 요란한 것으로 보아 격검이 벌어지고 있는 것이 분명했다.

잠시 그 모습을 지켜보던 일행이 발걸음을 옮겨 저잣거리의 끝 지점에 자리한 조그만 객잔 안으로 들어서려 할 때였다.

"와! 우달루가 이겼다!"

"와아! 역시 우달루가 최고다!"

갑자기 커다란 함성이 그들의 고막을 두드렸다.

순간, 도복을 입은 청년이 궁금한 표정을 지으며 일행을 둘러보았다.

"우리도 구경이나 할까?"

"아니에요, 사형. 피곤하니 요기나 하며 쉬었으면 좋겠어요."

여인이 고개를 저으며 반대하자 청년이 아깝다는 듯 입맛을 다셨다.

"쩝! 그렇다면 할 수 없지! 사매가 피곤하다니 객잔으로 들어설 수밖에…….”

그는 말꼬리를 흐리며 못내 아쉬운 표정을 지었다.

하지만 일행은 그의 아쉬움을 뒤로한 채 객잔 안으로 들어섰다.

“어서 옵쇼!”

객잔에 들어서자 왜소한 신형의 점소이가 환한 웃음을 지으며 빠른 걸음으로 다가왔다.

“헤헤헤, 먼 길을 오셨나 보군요? 어서 이쪽으로 오시지요.”

그가 안내한 자리는 창문이 활짝 젖혀진 창가로 객잔 밖의 풍경이 한눈에 내다보이는 장소였다.

일행은 요기를 마친 후 이에 객실까지 잡아놓고 하루 서어가기로 합의를 보았다. 어느새 허기진 배를 채우고 든든해진 배를 쓰다듬으며 조금은 여유로운 표정으로 차를 마시고 있을 때였다.

문득 도복을 입은 청년의 시선이 여인을 향했다.

“사매, 이곳에 정말 그분이 계실까?”

청년의 물음에 여인이 입술을 꼭 깨물었다.

“분명 이곳 어딘가에 계실 거예요. 아니, 꼭 계셔야만 해요. 그래야만…….”

여인은 말을 맺지 못한 채 슬픈 사슴의 눈을 연상케 하는 녹목(鹿目)에 이슬이 가득 차올랐다.

'끄응! 괜한 얘기를 꺼내가지고…….'

청년은 무안한 표정을 지으며 슬그머니 창밖으로 시선을 돌렸다.

순간, 옆에 앉아 있던 청의를 걸친 청년이 위로하듯 여인의 어깨를 다독이며 입을 열었다.

"해월 형님께서는 적지 않은 시간이 흘렀으니 혹여 그분이 이곳을 떠나지 않으셨는지 그 점을 염려하는 거야. 하지만 너무 걱정하지 마. 분명 사매의 말대로 그분께서는 이곳 어딘가에 계실 거야."

"그렇죠? 분명 이곳에 계시겠죠?"

"그럼. 분명히 계실 거야. 그러니 용기를 내라고."

청년의 말을 끝으로 일행 사이에는 침묵이 흘렀다.

'복마검룡(伏魔劍龍) 해월(海月)!'

현 공동 장문인 운허 진인(雲虛眞人)의 대제자이자 일대제자인 해(海) 자 항렬의 대사형으로 강호에서는 복마검룡이라 불리는 인물이었다.

올해 서른셋의 나이로 구파일방 내의 후기지수 가운데 단연 그 무위를 손꼽는 인물이었다. 하지만 워낙 낙천적인 성격에다가 마당발이라 틈만 나면 강호를 주유하고 다녔다.

그런 그의 역마살로 인해 일부 호사가 사이에서는 장래의

장문인 자리는 사제인 해허(海虛)에게 돌아갈 거라는 소문까
지 나돌고 있는 실정이었다.

'청운벽검(靑雲壁劍) 사공천!'

오늘날 사대세가의 명성을 뛰어넘는 사공세가(司空世家)를
이룩한 벽검신군(碧劍神君) 사공후의 손자로 무림에서 촉망받
는 인재였다.

올해 스물아홉의 나이로 준수한 용모를 지닌 그는 전 중원
의 무가(武家) 사이에서 단연 첫 손가락에 꼽히는 신랑감 후
보였다.

'검설화(劍雪花) 진령!'

삼십여 년 전 홀연히 검 한 자루를 둘러메고 강호를 누비며
붙패의 신화를 이룩한 태극검신(太極劍神) 진무의 손녀였다.
올해로 스물두 살이었다.

그녀의 조부인 태극검신은 호북의 강릉에 태극검문(太極劍
門)을 세운 후, 무림삼천(武林三天)의 일인으로 불리다가 돌연
자취를 감춰 버린 전설적인 인물이었다. 그것이 어느덧 이십
여 년 전의 일이었다.

이들 삼 인은 태극검문의 창시자인 태극검신 진무와 공동
의 전대 장문인 허공 진인, 그리고 사공세가의 전대 가주인
벽검신군 사공후 등 무림삼천으로부터 이어진 친밀한 관계
였다. 따라서 평소 사형, 사매라 부르며 가깝게 지내는 사이

였다.

그러던 어느 날, 해월과 사공천은 진령의 다급한 요청을 받고 함께 태극검신을 찾아 나섰다.

그런데 두 사람은 평소 명석하고 침착하던 그녀가 무척이나 서두르고 있다는 느낌을 지울 수 없었다.

더욱이 호위무사도 없이 홀로 자신들과 움직이려는 것으로 보아 태극검문 내에 무엇인가 중대한 문제가 발생했음을 미루어 짐작할 수 있었다.


"할아버님께서 남기신 서찰에는 호남의 악양에서 동정호를 건너 상덕에 이른 후, 상인들을 따라 서쪽으로 향하면 천하절경으로 둘러싸인 곳이 있다고 적혀 있었어요. 또한 언젠가 당신이 필요하면 찾아오되, 그 이전에는 절대 찾지 말라는 신신당부의 말씀이 적혀 있었어요. 그곳이 아무래도 장가계로 불리는 대용 지역인 것 같아요."


진령의 요청에 따라 그들은 태극검신의 발길이 마지막으로 닿은 곳이라 추정되는 이곳까지 먼 길을 떠나온 상태였다.

하지만 오랜 시간이 지난 상황이기에 아직 그가 이곳에 남아 있을지는 미지수였다. 그녀 역시 그 사실을 잘 알고 있기에 얼굴에는 짙은 근심의 그림자가 드리워져 있었다. 그렇게 한참 동안 서로 말없이 침묵이 이어지고 있을 때였다.

"와! 광검 만세!"

"와아! 역시 장가계 최고 용사다!"

또다시 공터에서 요란한 함성이 들려왔다.

무심코 창밖을 내다보던 해월의 얼굴에 궁금한 표정이 떠올랐다. 분명 공터에서는 흥미로운 격검 시합이 벌어지고 있음이 분명했다.

평소 궁금한 것을 참지 못하는 그가 그냥 이대로 조용히 지나칠 리 없었다. 어느새 그의 시선은 두 사람을 향하고 있었다.

"사매, 그리고 사공 아우, 우리 허기진 배도 채웠으니 저곳에서 벌어지고 있는 격검 시합을 구경하도록 하세."

"푸웃!"

순간, 굳은 표정으로 앉아 있던 진령이 피식 웃음을 터뜨렸다. 사공천 역시 입가에 미소를 떠올리며 입을 열었다.

"참으로 궁금하신 점이 많으십니다. 어찌하겠습니까? 형님께서 구경하고 싶으시다니 소원을 풀어드릴 수밖에요."

곧이어 진령을 바라보며 입을 열었다.

"사매, 우리도 바람이나 쏘일 겸 구경하도록 하지."

"예, 그럴게요."

의외로 그녀가 흔쾌히 승낙을 하자 해월의 얼굴에 환한 미소가 맺혔다.

사실 두 사람 역시 그곳에서 벌어지는 대결에 내심 흥미를 느끼고 있던 참이었다. 일행은 곧바로 자리에서 일어나 객잔 밖으로 향했다.

잠시 후, 일행이 한참 난장판을 이루고 있는 공터에 다가서자 곳곳에서 고함이 터져 나왔다.

"어서 판돈을 걸어라!"

"나는 광검을 택하겠네! 자네는 누구를 택할 것인가?"

"그야 당연히 백미 장산이지! 나는 이번에도 그에게 딴 액수를 모두 걸도록 하겠네!"

조금 전 무리를 지어 둘러서 있던 구경꾼들이 제각기 목청을 돋우며 판돈을 거는 데 여념이 없었다.

서로 멱살을 움켜쥔 채 옥신각신하며 다투고 있는 이들의 모습도 심심치 않게 보이고 있었다.

'그것참!'

해월은 어이가 없자 공터의 중앙으로 시선을 향했다.

'호오!'

순간, 그의 얼굴에 호기심이 서렸다.

그곳에는 이십대 초반으로 보이는 반듯한 이마에 굵은 눈썹을 지닌 준수한 용모의 청년이 서 있었다. 다만 특이한 점은 그의 양 눈썹의 절반이 백미라는 사실이었다.

그의 손에는 한 자루 고검이 쥐어 있었다. 그런데 풍기는 기도가 예사롭지 않았다. 결코 자신의 아래가 아니었던 것이다.

'흐음!'

어찌 이런 외지에 저런 청년고수가 존재하고 있는지 이해가 되지 않았다. 하지만 그것도 잠시, 해월의 두 눈이 휘둥그레지고 말았다.

'허! 저 인간은 누구라는 말인가?'

청년 앞으로 민머리의 거한이 널따란 검신을 지닌 거검(巨劍)을 늘어뜨린 채 천천히 다가서고 있었다.

족히 팔 척은 되어 보이는 큰 키에 근육으로 꿈틀거리는 팔뚝 하나가 웬만한 장정의 허벅지에 버금가는 사십대 초반의 인물이었다.

잠시 넋을 잃고 바라보는 사이 또다시 범상치 않아 보이는 노인이 두 사람 앞으로 다가섰다. 바로 만금장주 염 노야였다.

'으음! 저 노인은 또 누구라는 말인가? 아예 고수들이 줄지어 등장하는구나.'

그랬다. 해월은 갈수록 어이가 없었다.

생각지도 못한 고수들이 속속 등장하고 있었다. 그의 의문과는 상관없이 노인의 큰 목소리가 장내에 울려 퍼졌다.

"자네들도 알다시피 이번 판이 오늘의 마지막 격검일세! 승자에게는 은자 여섯 냥이 돌아갈 터이니 최선을 다해주길 바라네!"

그의 말이 끝나는 순간이었다.

"와! 광검의 명성이 헛되지 않음을 보여주어라!"

"무슨 헛소리를 하는 게야! 볼 것도 없어! 이번 역시 백미 장산의 승리가 틀림없으니 두고 보라고! 백미 장산 만세!"

여기저기서 두 사람을 응원하는 목소리가 들려왔다.

'대단하구나!'

해월의 미간에 깊은 골이 새겨졌다.

일견해도 무지막지해 보이는 광검이라는 사내 역시 예사 무인이 아니었다.

어찌 이 외진 곳에 전혀 알려지지 않은 고수들이 존재하고 있으며, 은자 여섯 냥에 목숨을 걸고 격검을 벌이고 있는지 참으로 이해가 되지 않았다.

잠시 후, 주위의 소란이 가라앉자 광검의 시선이 천천히 장산을 향했다.

"흐흐흐, 백미 장산! 내 얼마 전에 당한 치욕을 단단히 설욕해 주마!"

순간, 장산의 미간이 좁아졌다.

'대단한 신체로구나!'

그랬다. 왠지 그의 믿기지 않는 회복력에 어이가 없었다.

달포 전에 천자산에서 마주친 이후, 그가 오늘의 격검에 참가하리라고는 예상하지도 못했다.

당시 그의 상세는 웬만한 무인 같으면 족히 한 달은 누워 있어야 할 만큼 적지 않은 내상을 입은 상태였다.

그런데 오늘 벌어진 시합에 참가한 것도 모자라 당당히 경쟁자들을 누르고 결승에 오른 것이다. 그들 중에는 염 노야가 참가시킨 무명의 무인도 포함되어 있었다. 다만 다행인 것은 아직 회복이 덜 되었는지 다소 동작에 무리가 있어 보였다.

'아무래도 일격을 노려야겠구나!'

장산은 그의 둔화된 동작을 이용해야겠다는 생각이 들었다.

오늘 정도의 움직임이라면 충분히 승산이 있는 노림수였다. 조심스럽게 그의 신형을 주시하며 노려보는 순간이었다.

"야, 이 눈썹이 하얗게 생긴 놈아! 왜 그리 잔뜩 웅크리고 있는 것이냐? 막상 나와 마주 서고 보니 겁이 나는 것이냐?"

"어서 오기나 하시오!"

장산의 입에서 담담한 목소리가 흘러나오자 그의 눈썹이 역팔자로 휘어지더니 크게 목청을 돋우었다.

"이런 시건방진 놈을 보았나! 내 오늘만은 기필코 네놈의 목을 베어 판돈을 건 놈들의 코를 납작하게 만들어놓고 말리라!"

말이 끝남과 동시에 그의 신형이 미끄러지듯 다가섰다. 실로 덩치에 어울리지 않는 기민한 동작이었다.

다가서는 그의 신형과 함께 거검이 흰빛을 토해내며 허공 높이 솟구쳐 올랐다. 그에 따라 주변이 온통 검영에 휩싸이며 그 사이로 일선(一線)이 그어지는 순간이었다.

쐐애액!

거친 파공성이 일며 꿈틀거리는 널따란 검신이 장산의 정수리를 향해 내리꽂혔다.

'확실히 둔해졌구나!'

문득 떨어져 내리는 일선을 바라보는 그의 눈빛이 반짝였다. 곧이어 그의 신형은 기이한 보법을 밟아 비켜서며 왼발을 쭉 내뻗고 주저앉았다.

파바박! 팍! 파악!

광검의 무지막지한 일검이 애꿎은 허공을 가르며 그 여파로 땅거죽에 흙먼지가 피어오르는 순간이었다.

그 사이를 꿰뚫는 새하얀 검신이 흰빛을 토해내며 그의 하복부를 향해 쏘아져 갔다.

"헉!"

광검은 기겁을 하며 신형을 비틀었다.

하지만 중심이 흐트러지는 와중에서도 결코 상대의 움직임을 놓치지 않았다. 두 다리를 앞뒤로 벌린 채 검을 내뻗고 있는 상대의 목을 향해 재빨리 검을 쳐올렸다.

쐐애액!

거친 파공성과 함께 장산의 상체가 비스듬히 누워졌다. 동시에 검신을 슬쩍 흘려보내더니 두 발을 휘돌리며 신형을 일으켜 세웠다.

'흐흐흐, 이놈! 이제 마지막이다!'

갑자기 광검의 두 눈에 불꽃이 튀었다.

불완전한 착지로 인해 상대의 왼 어깨가 흔들리며 틈이 보인 것이다.

결코 그 한 호흡의 허점을 놓칠 광검이 아니었다. 어느새 허공으로 솟구치던 검을 재빨리 휘감아 내리며 사정없이 견골(肩骨)을 향해 내리꽂았다.

순간, 장산이 새하얀 이를 드러내며 차가운 미소를 지었다. 동시에 기이한 보법을 밟아 슬쩍 검신을 흘려보내는가 싶더니 형언할 수 없는 속도로 튕겨지며 광검의 품으로 날아들었다.

빠각!

마치 도끼날에 장작이 쪼개지는 듯한 타격음이 터져 나왔다. 어느새 그의 목젖 아래에는 장산의 단단한 팔꿈치가 틀어박혀 있었다.

"큭! 끄으, 끄으으……!"

광검은 입에 거품을 물며 목젖을 부여잡았다.

정말 말로는 표현하기 어려운 끔찍한 고통이 뇌리를 뒤흔들며 전신으로 마구 퍼져 나갔다. 그 와중에서도 부르르 떨리는 신형을 가까스로 지탱하고 있을 때였다.

가물거리는 시야 속으로 상대의 시커먼 발그림자가 거궐을 향해 날아드는 것이 보였다.

'허억!'

내심 피해야겠다는 생각에 몸을 날리려 했지만 안타깝게도 몸이 움직여 주지 않았다. 마음과는 달리 강한 충격의 여파로 인해 일순간 사지가 마비된 것이다.

퍼—억!

또다시 장내에 둔탁한 타격음이 터져 나왔다.

그것으로 끝이었다. 더 이상의 저항은 없었다. 그는 비명도 지르지 못한 채 거목이 쓰러져 내리듯 고꾸라지고 말았다.

순간, 장내에는 고요한 침묵이 흘렀다. 눈앞에 펼쳐진 믿을 수 없는 현실 앞에 모두 멍한 표정이었다. 하지만 그 침묵은 오래가지 못했다.

"으아아! 이럴 수는 없어!"

"으으으! 말도 안 돼! 이건 사기야, 사기!"

"와! 광검이 쓰러졌다!"

"와아! 역시 백미 장산이다! 최고야, 최고!"

갑자기 장내에 희비가 교차하며 원성과 탄성이 줄지어 터져 나왔다.

'으음……!'

그들의 대결을 지켜본 해월의 미간은 좀처럼 펴지지 않았다.

장산이라 불린 청년의 움직임이 예상을 뛰어넘었던 것이다. 그가 광검이라 불린 거한과의 대결에서 전력을 다하지 않았음을 느낄 수 있었다.

물론 상대가 의도대로 쉽게 말려들어 빨리 끝낼 수 있었지만 거한 정도 되는 인물을 그렇게 상대할 수 있다는 것은 결코 말처럼 쉬운 일이 아니었다.

잠시 그의 과감한 움직임에 대해 생각하는 사이 사공천의 낮은 목소리가 들려왔다.

"상당한 고수로군요."

해월이 고개를 끄덕이며 입을 열었다.

"그렇다네. 또한 쓰러지기는 했지만 광검이라는 거한 역시 예사 인물이 아니었네. 그런데 어찌 이 외진 곳에 저런 인물들이 존재하고 있는지 참으로 알 수가 없구먼."

일행은 멀어져 가는 백미청년의 뒷모습에서 시선을 떼지 못했다. 그렇게 한참을 멍하니 바라보고 있을 때였다.

'응……?'

문득 해월의 얼굴에 의아한 표정이 떠올랐다.

청년이 사라져 간 방향을 바라보는 진령의 신형이 가늘게 떨리고 있는 것이다. 사공천도 의아한 생각이 들었는지 그녀에게 시선을 향했다.

"사매, 사매?"

순간, 진령이 움찔거리며 퍼뜩 정신을 차렸다.

곧이어 이슬이 그렁그렁한 녹목으로 환한 미소를 떠올리며 입을 열었다.

"할아버님은 분명히 이곳에 계세요."

"응? 그게 무슨 말이야?"

사공천이 반문하자 그녀가 조용히 눈물을 훔쳤다.

하지만 얼굴에 떠오른 눈부신 미소는 여전히 가시지 않고 있었다.

"구궁팔괘보예요!"

순간, 해월의 두 눈이 부릅떠졌다.

"응? 조금 전 그 백미청년이 밟았던 기이한 보법을 말하는 것인가?"

"예, 사형. 조금 변형된 듯 보이지만 구궁팔괘보가 분명해요. 아버님께서는 늘 할아버님의 구궁팔괘보가 마치 물 흐르 듯 이어졌다고 말씀하셨어요. 제가 아주 어려서 태극검문을 떠난 할아버님이기에 기억에는 없지만 저렇듯 각 방위를 자연스럽게 밟아나가는 움직임은 할아버님께서 사용하셨다는 구궁팔괘보라고밖에 말할 수 없어요.”

“그렇다면⋯⋯.”

해월이 미간을 좁히며 말끝을 흐렸다.

청년이 사라져 간 방향을 바라보는 삼 인의 가슴은 잔뜩 기대에 부풀어 올랐다. 이제는 강호의 전설이 되어버린 삼천 중 일인과의 만남이 가시권 안에 들어선 것이다.

또한 진령의 확신에 찬 대답은 내심 막막하기만 했던 그들의 행보에 중지부를 찍는 일이었다.


*　　　　*　　　　*


천하절경이 좌우로 펼쳐져 있는 험한 숲길을 힘없이 걸어가는 이남일녀의 모습이 보였다. 바로 해월과 사공천, 그리고 진령이었다.

삼 인의 얼굴에는 왠지 낭패스러운 표정이 역력했다. 장가촌에서 격검이 끝난 후 그들은 곧바로 백미청년을 뒤따라왔다.

그런데 묘하게도 천자산 내에 들어서자 마치 아침 안개가 사라진 것처럼 청년의 신형이 감쪽같이 자취를 감춰 버린 것이다.

'대체 어디로 사라졌다는 말인가?'

선두에서 주위를 두리번거리는 해월의 미간이 잔뜩 찌푸려 있었다.

괜히 청년을 찾아 헤매다가 오히려 길 잃은 처량한 신세가 된 것이다. 언제부터인가 눈을 씻고 주위를 둘러보아도 오직 하늘을 찌를 듯 당당히 서 있는 높은 봉우리들과 운무에 휩싸여 있는 깊은 계곡이 전부였다.

또한 해가 기울며 점차 어둠마저 깃들고 있으니 참으로 난감할 수밖에 없었다. 졸지에 이곳에서 노숙이라도 해야 할 판이었다.

'에구! 황천길이 따로 없구나!'

그랬다. 처음에는 그 장엄한 광경에 절로 감탄이 흘러나오더니 이제는 아예 자신들의 주위를 막아서고 있는 거대한 악귀의 형상을 보는 것 같았다.

'만약 내가 청년이라면……'

잠시 생각에 잠겨 있던 해월이 갑자기 신형을 멈춰 섰다. 그러자 뒤를 따르던 사공천과 진령 역시 의아한 표정을 지으며 걸음을 멈추었다.

"형님, 무슨 일이십니까?"

"아무래도 여기서 잠시 쉬고 있어야겠구먼."

"예? 그게 무슨 말씀이십니까? 이미 해도 기울고 있는데 어서 백미청년을 찾아야 하지 않겠습니까?"

"아닐세. 아무래도 백미 장산이라는 청년이 우리를 애먹이고 있다는 생각이 드네. 차라리 이곳에 앉아서 그가 나타나기를 기다리는 것이 좋을 것 같네."

이번에는 진령이 궁금한 표정을 지으며 물었다.

"이곳에서요? 그렇다면 그가 우리의 움직임을 알면서도 일부러 모습을 드러내지 않고 있다는 말이세요?"

"그럴 가능성이 높아."

그는 잠시 주변을 둘러보더니 천천히 말을 이었다.

"아마 지금도 주변 어디선가 우리를 지켜보고 있을 게야."

"왜 우리 앞에 나서지 않고 숨는 걸까요?"

"그거야 자신의 뒤를 쫓고 있는 우리가 적인지 아닌지 구분이 가지 않으니 조심스러울 수밖에 없겠지. 우리 역시 처음 보는 이들이 뒤를 쫓는다면 어떤 확신이 들기 전까지는 우선 피하고 보지 않겠어?"

해월의 말에 두 사람의 고개가 끄덕여졌다.

잠시 후, 해월이 장난기 가득한 얼굴로 진령을 바라보았다.

"사매, 아무래도 사매가 힘 좀 써줘야겠어."

"제가요?"

"그럼. 그래야 빨리 그를 볼 수 있지."

"어떻게요?"

그녀가 의아해하는 표정을 떠올리자 빠르게 말을 이었다.

"그냥 간단해. 전방을 향해 이렇게 외치는 거야. 어서 모습을 드러내시오! 우리는 지금 무지하게 배가 고프다는 말이오! 빨리 허기진 배를 채워주시오!"

"풋하하하!"

사공천의 입에서 커다란 웃음이 터져 나오는 순간이었다.

"사형!"

진령의 입에서 뾰족한 목소리가 터져 나왔다.

'어쩜 저럴 수가……?'

그녀의 고운 아미가 정중앙을 향해 빠르게 모여들었다.

슬그머니 고개를 돌린 채 먼 산을 바라보고 있는 해월의 모습이 시선을 가득 메워온 것이다.

그런데 그 모습이 그렇게 얄미워 보일 수가 없었다. 그녀의 얼굴이 서서히 뾰로통하니 샐쭉한 모습으로 변해갔다.

곧이어 두 손을 허리에 턱하고 올린 채 씩씩거리며 날카롭게 쏘아보는 사이 또다시 해월의 일언(一言)이 날아들었다.

"험험, 체면이 그 무슨 문제인가? 그 옛날 솔잎만 먹고 도를 닦다가 쓰러지는 바람에 우화등선하지 못하고 마을 뒷산의 암자에서 동네 악귀나 쫓는 신세가 된 선인들이 얼마나 많은데……."

그는 잠시 뜸을 들이더니 독백에 가까운 말을 내뱉었다.

"어디 그뿐인가? 중생을 구제하기 위해 절간에 들어앉아 계신 세존께서도 결코 깨우치지 못하신 것이 바로 미(味)의 도(道)이거늘……. 우리는 결코 그러한 전철을 되밟아서는 안 되지. 암, 그렇고말고."

"사—형!"

결국 진령의 노성이 폭발하고 말았다.

그녀의 날카로운 목소리가 숲길을 가득 메우며 빠르게 퍼져 나가는 순간이었다.

"시끄럽구러! 좀 조용히 하시오!"

갑자기 멀리 숲길 한쪽에서 백미청년이 미간을 찌푸리며 모습을 드러냈다. 바로 그들이 찾아 헤매던 장산이었다.

서로의 시선이 복잡 미묘하게 얽혀들고 있건만 오직 한 사람만은 예외였다. 바로 진령이었다. 그녀는 붉어진 얼굴로 살포시 두 손을 모은 채 시선을 아래로 향하고 있었다.

그의 등장으로 인해 장내에는 잠시 침묵이 흘렀다. 일행을 바라보던 장산이 천천히 다가오며 물었다.

"왜 내 뒤를 따라오는 겁니까?"

일행이 아무런 대답이 없자 장산은 품 안에서 무엇인가를 꺼내 들었다. 곧이어 큼지막한 육포 덩어리를 해월에게 건네주며 입을 열었다.

"배가 고프다니 이것으로 요기나 하시지요. 그럼 이만 가 보도록 하겠습니다."

그가 막 신형을 돌려세우려 할 때였다.

"자, 잠깐만요! 한 가지 물어볼 게 있어요!"

진령의 다급한 목소리가 터져 나왔다.

"내게 말이오? 어서 물어보시구려!"

'어쩜……'

그녀는 청년의 무심한 태도에 서운한 감정과 함께 도도한 콧대에 금이 가고 말았다.

자신은 무림에서 삼화(三花)라 불리며 뭇 청년고수들의 선망의 대상이었다. 그런데 할아버님과의 인연만 아니라면 그저 외지의 촌스러운 약초꾼에 불과한 청년이 지극히 무덤덤한 반응을 보이고 있으니 자존심이 크게 상할 수밖에 없었다.

하지만 아쉬운 사람은 자신이었다. 깊은 심호흡으로 서러움을 달래가며 막 무엇인가를 물어보려 할 때였다.

"이곳 천자산은 금세 어둠이 깃드는 지역이오. 해도 기울고 있으니 이제 모옥으로 돌아가야 할 시간이오. 궁금한 점이 있으면 어서 물어보시구려."

'뭐 이런 사람이 다 있어?'

진령은 너무나도 무표정한 그의 모습에 할 말을 잃었다. 동시에 화가 치밀어 오르는 것을 느꼈다.

하지만 그것도 잠시, 또다시 청년의 일언이 날아들었다.

"없소? 그럼 이만 가보도록 하겠소."

순간, 그녀의 고운 아미가 심하게 찌푸려졌다.

그동안 고이 간직해 왔던 소중한 자존심이 와르르 무너져 내린 것이다. 그 분노의 화살은 곧 찢어질 듯한 고함으로 이어졌다.

"이것 보세요! 여인이 공손하게 물으면 같이 예의를 지켜 정중하게 대해야지, 마치 지나가는 여인네 보는 듯하는 게 어디 있어요? 그리고 눈썹의 절반이 하얗게 세었으면 다예요? 내가 그렇게 하찮아 보여요? 감옥으로 돌려보내는 일이 내가 묻는 말보다 중요하느냔 말이에요?"

'어? 그게 아닌데……'

문득 장산의 얼굴에 난처한 표정이 떠올랐다.

선녀 같아 보이던 여인이 갑자기 노성을 토해내며 목청을 돋우니 있으니 어찌할 바를 모르는 것이다.

그런데 자신의 눈썹이 하얀 것이 무슨 상관이며, 언제 그녀를 하찮게 대했다는 말인가? 도무지 무슨 말인지 이해가 되지 않았다. 잠시 냉랭하게 이어지던 분위기는 해월에 의해 끝을 맺었다.

"허! 우리 사매의 신경이 조금 날카로워진 것 같군요. 저는 해월이라 하며 이쪽은 청운벽검 사공천, 그리고 저쪽은 검설화 진령이라고 합니다."

"청운벽검 사공천입니다."

"아, 예. 저는 장산이라 합니다."

서로 인사를 나누자 해월이 궁금한 표정을 지으며 물었다.

"검을 익히신 것 같은데 달리 별호는 없으신지요?"

"예, 없습니다. 그저 이곳에서 살아온 삶이 전부이기에 별호를 가질 기회가 없었지요. 보시다시피 눈썹의 반쪽이 하얗게 세어 있어 이곳에서는 백미 장산이라 부릅니다."

'다행이구나!'

해월이 미소를 띠며 고개를 끄덕였다.

예상외로 청년의 반응이 부드러웠던 것이다.

사실 그가 나 몰라라 하면 정말 난감하기 그지없는 상황이었다. 왠지 일이 순조롭게 풀려 축축한 아침 이슬을 맞으며 노숙을 하는 일은 피할 수 있겠다는 생각이 들었다.

"보시다시피 도우가 이대로 떠나가면 우리는 이곳에서 노숙이라도 해야 할 형편입니다. 물어볼 말도 있으니 도우가 거처하는 곳에서 하루 정도 신세를 지면 어떨까요?"

"예? 아, 예. 그렇게 하시지요."

장산은 대수롭지 않게 대답하며 신형을 돌려세웠다.

곧이어 전방을 향해 성큼성큼 발걸음을 내딛자 진령의 고운 아미가 또다시 꿈틀거리며 막 노성을 토해내려는 순간이었다.

"사매, 사공 아우, 어서 가세나."

그녀는 마지못해 해월의 손에 이끌려 갔다.

하지만 잔뜩 부풀어 오른 양 볼은 뾰루퉁하니 무엇인가 불만으로 가득 차 있었다.


쏴아아아!

삼 장 높이의 폭포수가 세차게 떨어져 내리며 소(沼)를 이루는 개울가에 한 여인이 쭈그리고 앉은 채 수면 위를 떠도는 일엽편주를 바라보고 있었다

그녀의 녹목에는 금방이라도 떨어져 내릴 듯 투명한 이슬이 그렁그렁 맺혀 있었다. 뒤쪽의 모옥에서 그 모습을 안타까운 표정으로 바라보는 이들이 있으니 바로 해월과 사공천이었다.

"저러다가 큰일 나겠구먼."

해월의 나지막한 음성에 사공천이 나섰다.

"그렇습니다. 벌써 열흘째 식음을 전폐하고 있는 상황이지요. 어떻게 해서든지 기운을 차려야 할 텐데… 참으로 걱정스럽습니다."

문득 해월의 얼굴에 다부진 각오가 떠올랐다.

"아무래도 사숙이 돌아오시면 무슨 결말을 보아야겠네."

"저 역시 그러한 생각을 하고 있었습니다. 더 이상 이곳에 머물고만 있을 형편이 아닌 것 같습니다. 사숙이 마지막 격검을 치르면 곧바로 떠나는 것이 좋겠습니다."

"좋아! 그럼 함께 만나보도록 하세."

"예, 형님."

그동안 네 사람은 대화를 통해 서로의 신분을 확인하고 처한 상황에 대해 속속들이 얘기를 나누었다.

덕분에 장산은 무림삼천과의 친분을 내세우는 그들에 의해 졸지에 사숙이 되었지만 더불어 한 가지 문제가 발생하고 말았다. 일행이 이곳을 찾을 당시 만나기를 기대했던 태극검신의 죽음으로 인해 상황이 묘하게 변해 버린 것이다.

'그것참…….'

해월의 이마에 세 갈래 주름이 생겼다.

진령이 입을 열지 않아 정확한 내용은 모르겠지만 태극검문에서는 그의 전인이라고 할 수 있는 장산이라도 꼭 필요한 상황이었다.

하지만 그녀는 태극검신의 죽음에 따른 정신적 충격과 첫 만남의 어색함 때문인지 전혀 말을 꺼내지 못하고 있었다.

자신과 사공천 역시 약속되어 있다는 격검 외에도 태극일

원검이 삼초 무극이오에 이를 때까지 이곳에 머물라는 유언
이 있었다는 말을 듣고 난 후에는 차마 떠나자는 말을 꺼내지
못하고 있는 실정이었다.

'하지만……'

그랬다. 격검은 둘째 치고 그의 태극일원검이 삼초 무극이
오에 이를 때까지 이곳에서 넋 놓고 기다릴 수만은 없었다.
무엇인가 어떤 결정을 내려야 할 시점이었다.

'사매, 너무 걱정하지 마. 잘될 거야.'

해월은 힘없이 앉아 있는 그녀의 모습에서 눈을 떼지 못했
다. 그렇게 각자 생각에 잠긴 채 시간은 하염없이 흘러만 갔
다.

사르륵! 사르륵!

아담한 모옥 안에는 굵은 촛대에서 피어오른 불꽃이 어둠
을 훤히 밝혀주고 있었다.

하지만 창문을 통해 들어온 바람 때문인지 촛불이 심하게
흔들렸다. 그 움직임을 따라 벽면에 드리워진 그림자가 출렁
이고, 그 물결 사이로 굳은 표정의 삼 인이 탁자를 마주 보며
앉아 있었다.

"그렇다면 현재 태극검문 내에 어떤 문제가 발생했다는 말
씀입니까?"

"예, 그렇습니다. 정확한 내용은 모르겠지만 그 때문에 태

극검신 어르신을 찾아뵙기 위해 먼 길을 떠나온 것이지요. 이미 고인이 되셨으니 사숙이라도 나서줘야 할 형편인 것 같습니다. 하지만 사매는 어르신의 유언 때문인지 차마 말을 꺼내지 못하고 있는 실정이지요.”

‘그랬구나!’

장산은 비로소 세 사람이 왜 여태껏 모옥을 떠나지 않고 있는지 알 수 있었다.

그동안 복잡한 배분을 들먹이는 해월 때문에 사숙으로 불리고는 있지만 자신보다 연장자인 두 사람이기에 내심 거북함을 느끼고 있었다.

또한 자신만 보면 냉기를 풀풀 날리는 진령 때문에 불편하기 짝이 없었다. 가능하면 알아서 떠나주기를 바랐지만 어찌된 영문인지 세 사람은 제집처럼 지내고 있었다. 그 이유를 오늘에서야 알게 된 것이다.

‘난처하구나!’

그랬다. 참으로 난처한 상황이었다.

태극일원검이 삼초 무극이오에 이른다 할지라도 이곳을 떠날지는 아직 미지수였다. 비록 예상치 못한 일에 휘말려 격검을 벌이고는 있지만 그마저도 마지막 대결을 앞두고 있는 시점이었다.

‘홍 매의 일만 잘 해결되면 약초나 캐며 살아가려 했는

데…….'

사실 그는 숙부에게 회생 불가능한 상처를 입힌 흉수에 대해 크게 적개심을 느끼지 않았다. 그만큼 생전의 숙부께서는 상대에 대해 무덤덤하셨던 것이다.

그가 누구이며 어떤 관계라는 일언반구도, 철천지한(徹天之恨)으로 여기며 크게 원망을 해본 적도 없었다. 그저 정신이 들 때면 태극일원검이 궁극에 다다르지 못한 것을 탓할 뿐, 전혀 개의치 않았던 것이다.

자신 역시 언제 익힐지 기약할 수 없는 삼초 무극이오이기에 이곳을 떠나는 일에 대해 생각해 본 적이 없었다. 그저 무극이오를 익힌 후 태극검문을 한 번 방문해야겠다는 막연한 생각을 지니고 있을 뿐이었다.

'으음!'

하지만 얘기를 듣고 보니 태극검문과 관련된 일이었다.

나 몰라라 할 수도 없는 입장인 것이다. 그렇게 잠시 생각에 잠겨 있을 때였다.

사공천이 심각한 표정을 지으며 입을 열었다.

"사숙께서 아직 강호의 정세에 익숙지 않아 이해하기 어려우시겠지만 태극검문이 무림에서 차지하는 비중은 실로 절대적입니다. 그곳의 성세에 따라 무림에 미치는 크고 작은 파장이 적지 않기 때문이지요. 삼십여 년 전 혈교(血教)의 등장으로 인해 살얼음판을 걷던 긴장감 속에 등장하신 분이 바로 태극검신 어르신이었습니다.”

“무슨 말씀이신지……?”

“그분이 강호를 주유하며 불패의 신화를 이룩한 후, 호북의 강릉에 태극검문을 세우셨습니다. 그러자 휘하로 많은 무인들이 모여들었지요. 이후 무림삼천으로 불리며 다른 두 분 어르신과 친형제 이상의 친분을 과시하였기에 정파 쪽으로 세력이 급속히 기울 수 있었습니다. 그 결과 무림은 빠른 속도로 안정을 되찾게 되었지요.”

그는 잠시 뜸을 들이더니 천천히 말을 이었다.

“그것은 지금도 마찬가지입니다. 태극검문이라는 명성이 있기에 평온한 상태가 유지되고 있는 것이지요. 하지만 내부의 문제가 불거져 나온다면 얘기가 달라집니다. 혈교에서 가만있지 않을 겁니다. 평화롭던 무림에 크나큰 폭풍이 몰아칠 수밖에 없지요. 그만큼 태극검문의 안정이 절대적인 영향을 미친다는 말입니다. 그 점이 바로 사숙의 과감한 결단이 필요한 이유입니다.”

그의 말을 끝으로 모옥 안에는 침묵이 흘렀다.

‘후—유!’

장산은 자신도 모르게 한숨이 나왔다.

자신의 의지와는 상관없이 자꾸만 예상치 못한 곳으로 흘러가는 느낌이었다. 더욱이 사공천이 말하는 무림의 일은 상당한 부담으로 다가왔다.

이초 지도유강을 만족스럽게 펼치지 못하는 자신이 나서봐야 과연 큰 도움이 될 수 있을지 의구심마저 들었다.

"아직 태극일원검이 삼초 무극이오에 이르지 못한 제가 나선다고 상황이 달라질까요?"

그의 물음은 답답한 심정을 토로하는 것이었다.

잠시 그를 바라보던 사공천이 천천히 말을 이었다.

"그것은 차후의 문제입니다. 사숙의 무위가 다른 청년고수에 비해 월등한 것은 분명합니다. 하지만 더욱 중요한 것은 사숙께서 태극검문에 꼭 필요한 존재라는 사실이지요."

그의 강한 어조에 해월이 거들고 나섰다,

"그렇습니다. 무공이란 스스로 깨우침을 얻을 수도 있고, 혹여 시간이 걸리더라도 나중에 완성할 수도 있습니다. 또한 풀리지 않는 실마리가 의외로 태극검문 내에 존재할 수도 있지요. 하지만 아우의 말대로 지금은 사숙의 존재가 꼭 필요한 시점입니다."

'으음……'

두 사람의 설득력있는 말에 장산의 마음이 흔들렸다.

선숙부를 생각하니 자신의 존재가 태극검문에 필요하다면 굳이 나서지 못할 이유도 없었다. 허무하게 돌아가신 선숙부를 위해서라도 충분히 희생할 수 있는 문제인 것이다. 그렇게 잠시 갈등을 느끼고 있을 때였다.

갑자기 모옥의 문이 활짝 열리며 진령이 들어섰다. 그리고는 장산을 앙칼지게 노려보며 찢어질 듯 고함을 내질렀다.

"그만들 하세요!"

예상치 못한 그녀의 행동에 모두의 시선이 쏠렸다.

그녀는 이슬이 가득 고인 눈망울로 파리한 안색을 띤 초췌한 모습이었다. 다만 원망 어린 동공은 유난히 반짝이며 장산을 향하고 있었다.

"사매, 그게 무슨 말이야?"

해월이 기겁을 하며 묻자 그녀의 양 볼을 타고 또르르 눈물이 흘러내렸다.

"어차피 이곳에 할아버님을 뵈러 왔던 것이 아니에요? 하지만 이미 유명을 달리하셨으니 그냥 떠나면 되는 거예요. 굳이 저 사람에게 매달리며 사정할 필요가 없다는 말이에요."

"허! 숙부에게 그 무슨 말버릇인가?"

"저는 저런 숙부를 둔 적이 없어요. 흑흑흑!"

"사매, 아무리 연배가 비슷하더라도 사매에게는 숙부가 되는 게야. 그 점을 모를 리 없건만 왜 사매답지 않게 구는 거지?"

"싫어요! 저는 저런 사람이 숙부라는 사실이 싫다는 말이에요! 흑흑흑!"

그녀의 뾰족한 목소리가 모옥 내에 울려 퍼졌다.

곧이어 두 손으로 얼굴을 가리더니 눈물을 뿌리며 모옥을 뛰쳐나갔다.

"사매! 사매!"

사공천이 소리치며 뒤따라 나가자 해월이 붉어진 얼굴로 장산을 바라보았다.

"사숙, 너무 노여워하지 마십시오. 사매의 신경이 날카로워져서 잠시 흥분한 것 같습니다."

"아, 아닙니다. 저는 괜찮으니 개의치 마십시오."

"그럼 저희가 말씀드린 일을 잘 생각해 보시기 바랍니다. 저는 아우를 따라 사매에게 가보도록 하겠습니다."

"예, 그렇게 하시지요."

해월은 고갯짓으로 인사를 하고는 밖으로 나갔다.

모옥 안에는 장산만이 홀로 덩그러니 앉아 있었다. 탁자 위로 시선을 향하니 문밖에서 불어오는 바람 때문인지 촛불이 꺼질 듯 누워지며 심하게 흔들리고 있었다. 왠지 그 모양이 갈피를 잡지 못하고 있는 자신의 마음을 보는 것 같았다.

'어찌하면 좋다는 말인가?'

왠지 답답한 생각이 들었다. 홀로 외길에 서서 예상치 못한 일들을 차례로 맞이하는 느낌이었다.

한 걸음 뒤로 물러서자니 천 길 낭떠러지요, 한 걸음 앞으로 내딛자니 그 끝을 알 수 없는 미로와도 같았다.

'숙부님, 아무래도 남기신 유언을 지키지 못할 것 같습니다.'

바람에 거세게 흔들리는 촛불의 현란한 그림자가 유난히 그의 신형 주위를 맴돌고 있었다.

# 별리(別離)

정오가 지난 시각, 따사로운 햇볕이 내리쬐는 만금장 주변의 넓은 공터에는 몰려든 인파로 북적이고 있었다.

그 옆에 자리한 취홍루의 이층에는 모든 창문이 활짝 젖혀져 있고, 각 창문마다 어김없이 화려한 치장을 한 두세 명의 어여쁜 여인들이 화사한 미소를 머금으며 손을 흔들고 있었다.

서시가 울고 갈 듯한 그녀들의 농염한 시선은 둥그렇게 앉아 있는 구경꾼 중 몇몇에게 집중되어 있었다.

"하하하! 옥향아, 잠시만 기다려라! 이 오라버니가 네 치마

폭을 금실로 수놓아주마!"

"어머! 오라버니가 최고야!"

"빨리 끝내라! 취옥이가 기다린다! 오늘 저녁은 창밖을 붉게 물들이는 노을을 바라보며 운우지락(雲雨之樂)을 나눠야겠다!"

"호호호! 오라버니, 소매의 애간장을 그만 녹이고 어서 오시와요!"

그들의 주고받는 대화에 질세라 몇몇 사내가 크게 목청을 돋우었다.

"흥! 취홍루가 어디 별다른 곳인가? 내 오늘 양옆에 저곳의 미인들을 앉혀놓고 원없이 마셔봐야겠네!"

"허허허, 자네의 이야기를 들으니 참으로 부럽구먼! 그런데 그 자리에 내가 좀 끼면 안 되겠는가?"

"흠흠! 내 어찌 자네를 모른 척할 수 있겠는가? 잠시만 기다리게! 오늘 저녁은 자네 역시 바지춤을 풀어놓아야 할 걸세!"

"고맙구먼! 어서 격검이 끝났으면 좋겠네!"

그곳에서 삼 장가량 떨어진 장소에는 호미를 쥐어야 어울릴 것 같은 촌로들의 모습도 보였다.

잔뜩 긴장된 얼굴로 장내를 바라보는 한 촌로의 신형이 사시나무 떨 듯 바르르 떨리고 있었다. 그 모습이 안타까워 보였는지 옆에 앉아 있던 백의를 입은 촌로가 나지막한 목소리로 물었다.

"자네, 그 전답(田畓)을 사야 할 돈으로 이곳에 온 것을 제수씨가 알고 있는가?"

순간, 촌로의 이마에서 또르르 땀 한 방울이 굴러 내렸다.

"쉿! 누가 들으면 어찌하려고 그러는가?"

"아, 아닐세. 왠지 걱정이 되어서 물어본 것이라네. 자네, 젊어서도 도박에 빠졌다가 집을 날린 적이 있지 않은가?"

"으음! 어차피 모 아니면 도일세. 평생 땅만 파먹고 살아왔으니 앞으로는 호의호식하며 살아야 하지 않겠나? 모름지기 사내라면 승부수를 띄워야 할 때가 있네. 오늘이 바로 그 기회일세. 마지막 격검을 치르는 날이기에 판돈도 많이 걸려 있으니 이런 기회는 다시없을 거란 말일세."

"후유, 아무튼 잘되길 빌겠네."

백의를 입은 촌로의 말을 끝으로 두 사람 사이에는 무거운 침묵이 흘렀다.

하지만 조금 전 승부수를 띄워야 한다고 자신있게 말하던 촌로는 좌불안석인 듯 가슴을 짓누르며 심호흡을 하는 데 여념이 없었다.

그렇게 한참 시끄럽던 장내는 한 노인의 등장으로 조용해졌다. 바로 만금장주 염 노야였다.

“오늘따라 유난히 많은 분이 참석해 주셨구려. 참으로 고맙소이다. 이제 곧 비파문의 최고 용사인 광검 왕달치와 우리 만금장의 출전 고수인 풍천검(風天劍) 민룡 간의 격검이 벌어질 것이오.”

잠시 주변을 둘러보더니 말을 이었다.

“두 사람 모두 월등한 무위로 승승장구하며 올라왔을 뿐만 아니라 도와 유사한 기병을 쓰는 무인들이라 아마도 흥미로운 대결이 될 것이오. 아무튼 이번 대결에서 승리한 자가 곧이어 벌어지는 최고의 검사인 백미 장산과의 승부에 나서며 대미(大尾)를 장식하게 될 것이니 마음껏 즐겨주시길 바라겠소.”

그의 말이 끝나는 순간이었다.

“와! 무명의 무인은 결코 광검의 상대가 될 수 없다! 광검 만세!”

“광검! 오늘만은 예전의 명성을 유감없이 발휘해 주시오!”

“흥! 어림도 없는 소리! 풍천검이 펼치는 신랄한 검을 보지 못했는가? 당신의 거친 검에 흠뻑 빠졌소! 판돈을 모두 걸었으니 화끈하게 끝내주시오!”

두 사람을 응원하는 목소리가 여기저기서 터져 나왔다.

예전 같으면 광검에게 전액에 가까운 판돈이 걸렸겠지만 오늘은 아니었다. 달포 전에 벌어진 장산과의 대결에서 완패를 당한 후, 장가계의 최고 용사라던 화려한 명성에 금이 간 상태였다.

더욱이 위험을 감수하더라도 좀 더 많은 이익을 위해 복병을 택하는 것이 도박꾼들의 심리이니 자연히 반액에 가까운 판돈이 풍천검에게 걸린 상태였다.

반면, 그들의 열광적인 모습과는 상관없이 멍하니 장내를 바라보는 청년이 있으니 바로 장산이었다.

'허! 정녕 대단한 신체로구나!'

광검을 보고 있자니 실로 어이가 없었다.

이전보다 민첩함이 줄어들기는 했지만 또다시 격검에 참가한 것을 보니 기가 막히다 못해 오히려 투혼이 가상하다는 생각마서 들었나.

'아무리 요혈을 피했다고는 하지만……'

그랬다. 당시 큰 부상을 입히지 않기 위해 임맥상의 턱 아래 위치한 염천(廉泉)과 목 아래 자리한 천돌(天突) 사이를 강타했던 것이다.

하지만 그 지점 역시 인간에게는 매우 취약한 부분이라 자칫 심한 가격을 할 경우 일반인은 황천을 오갈 만큼 치명적인 부위에 속했다.

분명 그는 아직 충격이 가시지 않은 듯 움직임이 자연스럽지 못했다. 그럼에도 상대를 물리치고 지금까지 오른 것을 보면 정말 타고난 역사(力士)라는 생각밖에 들지 않았다. 그렇게 잠시 생각에 잠겨 있을 때였다.

"정말 대단한 인물이로군요!"

해월이 감탄스러운 듯 말하자 사공천이 거들고 나섰다.

"저 역시 그런 생각을 하고 있었습니다. 기골이 장대하기로 소문난 팽가(彭家)나 황보가(皇甫家)의 인물들보다 오히려 뼈대가 더 굵은 것 같습니다!"

"아우도 그렇게 보이는가?"

"예, 그렇습니다. 저 타고난 신력에 유연성마저 갖추고 있으니 어려서부터 구대문파와 같은 곳에서 제대로 기초 공부를 쌓았다면 아마도 지금쯤 무림에 명성이 자자한 무인이 되었을 겁니다."

순간, 장산이 낭패스런 표정을 지으며 해월을 바라보았다.

"하지만 저는 죽을 맛입니다."

"예? 그래도 표정을 보니 그리 밉지만은 않으신 모양입니다?"

"글쎄요. 사실 말투가 좀 거칠어서 그렇지, 사내다운 기백이 있는 것은 분명하니까요. 아무튼 미운 정이랄까요? 뭐, 그런 것이 있는 것 같습니다."

"하하하, 사숙께서도 농을 할 줄 아십니다."

해월이 크게 웃음을 터뜨렸다.

요 며칠 사이 세 사람은 허심탄회한 대화를 나눈 덕에 상당히 가까워진 상태였다.

장산은 편안하게 느껴지는 해월과 사공천에게 마음을 열었고, 두 사람 역시 무뚝뚝하게만 보이던 그가 의외로 동년배 청년들과 크게 다를 바 없다는 생각이 들었다. 다만 진령만이 계속해서 표독스러운 얼굴로 대하고 있을 뿐이었다.

"너무 걱정하지 마십시오. 그와 맞서는 중년 사내가 왠지 심상치 않아 보입니다. 제아무리 산을 뽑을 힘과 세상을 뒤덮을 기개를 지닌 역발산혜기개세(力拔山兮氣蓋世)의 항우라 할지라도 지금의 몸 상태로는 무리일 겁니다."

해월의 말에 장산이 고개를 끄덕였다.

자신이 보기에도 풍천검이리 불린 중년 사내의 분위기기 예사롭지 않았다. 이전에 출전했던 만금장의 무인들과는 또 다른 기도를 지닌 인물인 것이다.

챙! 챙! 챙!

그들의 대화와는 상관없이 장내에는 이미 두 사람이 일체의 양보도 없이 검영을 토해내며 세차게 마주치고 있었다.

쐐액! 쐐애액!

광검의 널따란 검신이 바람을 가르며 풍천검의 요혈을 노렸다.

하지만 예전과 같이 무지막지한 위력은 없었다. 그저 호익

검의 특징인 순간적인 폭발력으로 간간이 위협을 가할 뿐이
었다.

반면 매서운 눈빛을 번뜩이는 풍천검은 마치 먹잇감을 노
려보는 승냥이를 연상케 했다. 검을 펼치듯 강한 압박을 가하
는 사이사이로 불의의 일격을 노리는 모습이었다.

시간이 흐를수록 쉴 새 없이 몰아치는 그의 신랄한 검에 광
검이 서서히 밀리기 시작했다. 온몸을 비틀고 검을 쳐내며 방
어하기에 급급했다.

"훅! 후욱, 훅! 훅!"

광검의 입에서 거친 호흡이 토해져 나왔다.

전신은 물벼락을 맞은 듯 축축이 젖어 있고, 움직임은 급격
히 둔화된 상태였다. 하지만 상대의 검은 조금의 틈도 허용하
지 않았다. 계속해서 요혈을 노리며 날아들었다.

문득 그가 정신없이 검을 쳐내며 물러서다가 미간 사이로
흘러내린 땀방울에 눈을 끔뻑이는 순간이었다.

쐐애액!

여지없이 날카로운 일검이 견골을 향해 내리꽂혔다.

광검은 기겁을 하며 상체를 뒤로 젖혔다. 하지만 상대의 새
하얀 검신은 이미 그의 흉부를 훑고 지나갔다.

"크흑!"

짧은 신음과 함께 상의가 길게 갈라지며 구릿빛 속살이 드

러났다. 흉부에 새겨진 일선(一線)에 붉은빛이 내비치는가 싶
더니 좌우로 벌어지며 짙은 피보라가 뿌려졌다.

'젠장!'

광검은 내심 욕설을 내뱉었다.

불에 지진 듯 화끈거리는 통증을 느낄 시간이 없었다. 어느
새 휘돌아 오른 상대의 널따란 검신이 정수리를 향해 내리꽂
히고 있었다.

하지만 이미 상체가 뒤로 젖혀져 중심이 크게 흐트러진 상
태였다. 더 이상 뒤로 물러날 수도 피할 수도 없는 상황이었
다.

'이익!'

광검은 이를 악물며 혼신의 힘을 다해 상대의 사타구니를
차 올렸다.

'헉!'

순간, 새하얀 미소를 떠올리던 풍천검의 얼굴이 심하게 일
그러졌다.

혼자 죽을 수 없다는 듯 예상치 못한 일각(一脚)을 날리는
상대의 발길질에 급격히 신형을 틀 수밖에 없었다.

그 결과, 백회(百會)를 내려치던 검신은 빠르게 방향을 틀
며 애꿎은 허공을 가르고 말았다. 그 회심의 일검이 허무하게
땅거죽에 흔적을 남기며 흙먼지를 피워 올리는 순간이었다.

"어어……!"

갑자기 광검의 신형이 형언할 수 없는 속도로 쏘아져 왔다.

또다시 이어지는 예상치 못한 육탄 공세에 주춤거릴 수밖에 없었다. 하지만 곧 본능적인 움직임을 따라 재빨리 옆으로 비켜서며 검을 쳐올렸다.

쐐애액! 퍼—억!

"커억!"

광검의 입에서 거친 신음이 터져 나왔다. 동시에 허벅지 부근에 긴 혈선이 그어지며 시뻘건 선혈이 솟구쳐 올랐다.

그는 눈을 부릅뜬 채 비틀거리며 몇 걸음 옮기더니 그대로 주저앉고 말았다. 그곳은 묘하게도 장산이 앉아 있는 바로 앞이었다.

"크흐흑!"

반면 늑골을 받친 풍천검은 고통에 찬 비명을 지르며 세차게 튕겨 나갔다.

정신없이 뒷걸음치는가 싶더니 돌부리에 걸려 나자빠지고 말았다. 제법 충격이 심한 듯 인상을 찌푸린 채 신형을 부르르 떨었다.

하지만 곧 한 손으로 늑골 부위를 압박하며 천천히 신형을 일으켜 세웠다. 그리고는 광검을 향해 다가서기 시작했다.

'흐흐흐!'

그의 얼굴에는 시리도록 차가운 냉소가 떠올라 있었다. 더불어 팔뚝 위로 불쑥 솟아오른 핏줄의 꿈틀거림을 따라 검신 역시 파르르 떨리고 있었다.

흉신악살로 변한 얼굴로 한 걸음, 한 걸음 내딛는 모습이 마치 유계(幽界)의 저승사자를 보는 것 같았다.

'으음……!'

장내를 주시하던 장산의 얼굴에 당혹감이 떠올랐다.

선혈이 낭자한 광검은 눈을 부릅뜬 채 상대를 노려보고 있을 뿐, 이미 저항력을 상실한 상태였다.

반면 그의 반 장 앞까지 다가선 풍천검의 얼굴에는 이미 짙은 살기가 떠올라 있었다. 그의 입꼬리가 서서히 치켜 올라가며 허공 높이 솟구친 검신이 빛을 빌아 반짝이는 순간이었다.

쐐애액!

거친 파공성이 일며 새하얀 검신이 광검의 목덜미를 향해 내리꽂혔다.

채—앵!

하지만 곧 맑은 쇳소리와 함께 매섭게 허공을 가르던 검신이 정확히 그의 목덜미 삼 촌(三寸) 위에 멈춰 섰다.

어느새 풍천검이 내려친 널따란 검의 검인(劍刃) 아래에는 하나의 검이 막아서고 있었다. 바로 장산의 고검이었다.

문득 의문이 담긴 그의 시선이 장산을 향했다.

"이 무슨 짓인가? 설마 대결 중에 상대의 목숨을 취할 수 있다는 격검의 규칙을 모르는 것은 아닐 테지?"

"그……."

장산의 얼굴에 난처한 표정이 떠오르자 풍천검은 빠르게 말을 이었다.

"만일 내 목이 달아날 상황이 되었어도 이러한 행동을 취했을 것인가? 그게 아니라면 지금의 행동이 무엇을 의미하는 것인지 어서 말해봐!"

하지만 그의 굳세게 다물어진 입은 열릴 줄을 몰랐다.

한참 동안 장내에는 고요한 침묵이 흘렀다. 모두 예상치 못한 상황에 어리둥절한 모습이었다.

특히 커다란 덩치에 어울리지 않게 고개를 푹 숙이고 있는 광검의 얼굴은 붉어지다 못해 아예 터질 듯 부풀어 올랐다. 그렇게 한참 묘한 기류가 흐르고 있을 때였다.

"이번 시합은 무효야, 무효!"

누군가의 커다란 목소리가 장내를 뒤흔들었다.

"그래, 맞아! 제삼자가 끼어들었으니 당연히 무효인 게야! 어서 새로이 판돈을 걸고 재대결을 펼쳐야 해!"

"그 무슨 개뼈다귀 같은 소리야? 이번 격검은 분명 풍천검의 승리야!"

"그야 당연하지! 백미 장산이 덕에 목숨을 건졌으니 이미 승부는 끝난 게야! 어서 배당을 찾도록 하자!"

갑자기 여러 목소리가 터져 나오며 장내는 순식간에 난장판으로 변해갔다.

풍천검에게 판돈을 건 이들은 배당을 찾기 위해 나서고, 광검에게 판돈을 걸어 지옥의 문턱까지 다가섰던 이들은 무효라 외치며 달려드는 바람에 혼란은 극에 달했다.

그 모습을 바라보던 염 노야가 굳은 표정으로 다가섰다.

"으음! 이 사태를 어떻게 수습할 것인가?"

"……!"

장산이 대답을 못하자 그가 갑자기 눈빛을 반짝였다.

"자네가 오늘의 격검을 끝으로 이곳을 떠날지 모른다는 이야기를 들었네. 하지만 오늘 걸린 판돈이 자그마치 은자 일백하고도 예순닷 냥일세. 그중 반액에 가까운 여든 냥이 풍천검 민룡에게 걸려 있지. 그러니 그들에게 두 배에 가까운 배당을 나누어주고 무효를 외치는 이들에게도 판돈을 되돌려주고 나면 배당으로 지급한 은자 여든 냥을 고스란히 떠안아야 하네."

장산의 눈이 휘둥그레지자 천천히 말을 이었다.

"거기에 자네가 그동안 격검으로 벌어들인 액수가 은자 쉰넉 냥이니 전유란 얼간이 놈의 빚은 아직 넉 냥이 남아 있는

것일세. 따라서 사태를 수습하고 나면 자네가 갚아야 할 액수
는 은자 여든 하고도 넉 냥이 되는 것이네. 그 액수를 변제하
지 못한다면 결코 이곳을 떠날 수 없다는 사실을 염두에 두어
야 할 걸세."

염 노야는 말을 마친 후 신형을 돌려세웠다.

곧이어 난장판을 이루는 장내로 발걸음을 옮기며 크게 목
청을 돋우었다.

"잠시만 주목해 주시오!"

그의 중후한 목소리가 퍼져 나가자 모두의 움직임이 거짓
말처럼 멈추었다. 그리고는 기대에 찬 시선으로 그를 바라보
았다.

"이번 대결은 무효로 처리되었소이다!"

그의 말이 끝나는 순간이었다.

"와! 무효다! 만세!"

"그럼 그렇지. 당연히 무효가 되어야 옳은 일이지. 암, 그
렇고말고. 염 노야, 참으로 고명하신 판단이오."

"그 무슨 구렁이 담 넘어가듯 얼토당토않은 소리야! 분명
당신이 출전시킨 풍천검이 승리한 대결이잖아!"

"염 노야, 만일 백미 장산이 끼어들지만 않았다면 광검의
목은 이미 땅바닥에 굴러다니고 있을 것이오. 그러니 무효라
는 판정은 말이 되지 않는 소리외다."

여기저기서 환호에 찬 음성과 분노의 외침이 한꺼번에 쏟아져 나왔다. 그 모습을 지켜보던 염 노야가 미소를 띠며 다시 목청을 돋우었다.

"노부의 말을 끝까지 들어보시오!"

장내가 다시 조용해지자 그는 천천히 말을 이었다.

"아무튼 이로써 그동안 진행해 오던 격검 시합은 모두 종료될 것이오! 하지만 이번 판정을 수긍치 못하는 분들이 계시니 오늘만은 예외로 풍천검 민룡에게 판돈을 걸었던 분들에게도 배당을 지급하도록 하겠소이다! 모두 서두르지 말고 차례로 줄을 서주기 바라오!"

"와! 만세!"

"고맙소! 염 노야는 참으로 사리가 밝은 분이외다!"

거의 반수에 가까운 이들이 쏟아내던 노성은 어느새 환호성으로 변해가며 극에 달했던 혼란은 빠르게 수습되었다. 그들은 길게 늘어선 줄에 전혀 개의치 않고 질서 정연하게 줄을 서는 모습이었다.

한편 장내의 한쪽 구석에는 전답을 사야 할 돈으로 판돈을 걸었던 촌로가 힘겹게 눈을 뜨고 있었다.

"이보게, 어서 정신을 차리게. 이번 대결은 무효로 판정되어 광검에게 걸었던 이들에게도 판돈의 전액을 돌려준다고 하네. 빨리 줄을 서도록 하게."

친구의 도움을 받아 정신을 차린 촌로가 입에 물었던 거품을 내뱉었다.

곧이어 황천에 한 발을 담갔다가 빼낸 듯 파리하던 안색에 불그스름한 혈색이 돌자 형언할 수 없는 속도로 줄의 후미를 향해 쏘아져 갔다. 그 빠르기가 웬만한 무인의 경공을 방불케 했다.

'큰일이로구나!'

장산의 안색은 마치 백지장을 보는 것 같았다.

우연히 그의 시선 속에 풍천검에게 고갯짓을 하며 장내를 벗어나는 염 노야의 모습이 보였다. 그의 얼굴에는 옅은 미소가 떠올라 있었다.

*　　　*　　　*

하늘은 서서히 잿빛으로 물들어가며 어둠이 내리고 있었다. 그와는 반대로 하나둘 불이 켜지며 새로운 하루가 시작되는 곳이 있었으니 바로 취영루였다.

그곳 내에서도 아무나 드나들 수 없다고 알려진 천향(天香)이란 귀빈실에는 지금 사남일녀가 둥그런 탁자에 둘러앉아 찻잔을 기울이고 있었다. 이곳의 주인인 염 노야와 진령을 포함한 장산 일행이었다.

문득 차를 한 모금 마시던 염 노야의 시선이 진령을 향했다.

"허허허, 중원의 기둥이라는 태극검문의 소문주께서 호남의 외지인 궁벽한 이곳까지 납신 것도 모자라 이 늙은이를 몸소 찾아주시다니 참으로 영광이외다."

그녀가 고갯짓으로 인사를 하자 염 노야는 해월과 사공천을 둘러보며 말을 이었다.

"공동과 사공세가의 후기지수들과 동행한 천상의 선녀가 있다는 말은 들었지만 설마 그 여인이 무림삼화 중 일인인 검설화 본인일 것이라고는 정녕 생각지 못했소이다. 더구나 사신(四神)의 호위도 없이 혼자의 몸으로 태극검문을 나서다니 참으로 놀라울 뿐이외다."

순간, 장산의 시선이 슬그미니 진령을 향했다.

'으음!'

그는 내심 염 노야의 반응에 놀라는 중이었다.

아무리 강호의 경험이 없는 장산이라 할지라도 그의 언행을 통해 태극검문의 위상을 실감할 수 있었던 것이다.

사공천이 그곳에 대해 침을 튀며 목청을 높일 때에는 그 점을 잘 느끼지 못했지만 염 노야가 정색을 하며 그녀를 깍듯이 대하는 모습을 보자 실로 민감하게 피부에 와 닿았다.

더불어 갈피를 잡지 못하게 만들던 그녀의 도도한 행동 역시 조금은 이해가 되었다.

'허! 하지만 어찌 한 얼굴에 저리도 다른 두 모습이 공존할 수 있다는 말인가?'

장산은 잠시 그녀의 변한 모습에 넋을 잃었다.

염 노야의 말대로 천상의 선녀가 따로 없었다. 자신을 대할 때면 항시 쌜쭉하던 표정은 사라진 지 오래고, 어느새 고귀함이 절로 묻어 나오는 경국지색이 자리하고 있을 뿐이었다.

"푸웃! 칭찬을 해주시니 고마워요. 하지만 이곳에서 소녀를 알아보시는 분이 계시리라고는 저 역시 생각하지 못했어요."

"허허허, 그 무슨 칭찬의 말씀을……."

진령이 잠시 눈빛을 반짝이더니 말을 이었다.

"아무튼 저희가 이곳에 온 연유를 알고 계실 것 같아 간단히 요건만 말씀드리겠어요. 이 사람… 아니, 이분께서 갚아야 할 금액을 저희 태극검문에서 대신 변제해 드리겠어요."

그녀의 말이 끝나자 염 노야의 눈썹이 꿈틀거렸다.

얼굴까지 벌겋게 달아오르는 것으로 보아 당황해하는 기색이 역력했다.

"이분? 그리고 태극검문에서 대신 변제를 하시겠다……?"

"그래요. 하지만 저희가 수중에 지니고 있는 돈이 부족해서 찾아뵈었어요. 제 이름을 걸고서라도 반드시 변제해 드릴 것을 약속드릴게요."

'으음!'

순간, 염 노야의 미간이 심한 밭고랑을 이루었다.

잠시 동안이었지만 그의 눈썹은 수없이 오르락내리락하며 눈빛에 수많은 변화가 오고 갔다.

하지만 잔뜩 굳어진 표정에는 여전히 풀리지 않는 의문이 담겨 있었다. 계속해서 침묵이 이어지자 그녀의 양 눈썹이 서서히 치켜 올라가기 시작했다.

"혹여 저를 믿지 못해 그러시는 건가요?"

그녀의 말에 염 노야의 눈이 휘둥그레지더니 마구 손을 내저었다.

"아, 아니외다! 그럴 리기 있겠소이까?"

염 노야는 잠시 말끝을 흐리는가 싶더니 천천히 그녀를 직시하며 말을 이었다.

"태극검문이 어찌 은자 여든넉 냥을 변제할 능력이 없으며 그곳의 금지옥엽이라 할 수 있는 검설화의 약속을 신뢰하지 못하겠소이까? 다만 너무도 예상치 못한 일이기에 내 잠시 당황한 것뿐이외다. 그런데……."

그가 또다시 말끝을 흐리자 모두의 시선이 쏠렸다.

"아시다시피 노부는 장사꾼이올시다. 그러니 절로 굴러들어 온 천재일우(千載一遇)를 이대로 날려 버리고 싶지 않구려.

그 은자 대신 다른 것으로 변제를 받았으면 하오.”

이번에는 진령의 표정이 굳어졌다.

그녀는 잔뜩 미간을 좁힌 채 무엇인가 골똘히 생각하더니 눈빛을 반짝이며 물었다.

“원하시는 것이 무엇인가요?”

“허허허! 노부의 말을 바로 알아듣는 것을 보니 역시 태극검문의 지낭이라 불리는 검설화답구려.”

“그렇게 가식적인 말은 필요없어요. 본론부터 말씀해 주세요.”

그녀의 얼굴이 극히 사무적으로 변하자 염 노야가 고개를 끄덕이며 입을 열었다.

“좋소이다. 내 말씀드리리다. 아주 간단한 일이오. 훗날 노부의 청을 한 가지 들어주면 되는 것이오. 물론 태극검문 입장에서는 그리 어렵지 않은 일이 될 것이외다.”

“한 가지 어렵지 않은 청이라고요?”

“그렇소. 그것으로 대신하겠소.”

순간, 진령의 고운 아미가 심하게 찌푸려졌다.

“상대의 급한 사정을 이용해 내일의 포석으로 삼다니 단순한 장사꾼이 아니시로군요. 참으로 대단한 분이세요.”

“허허허, 별말씀을. 노련한 생강이 되지 않았다면 어찌 험난한 세파를 헤치고 지금의 자리에 오를 수 있었겠소이까?”

"하지만 설마 아무 내용도 모르고 그 요구를 덥석 수락할 거라고 생각하시는 것은 아니시겠죠?"

그녀의 말에 염 노야의 얼굴이 벌겋게 달아올랐다.

"으음! 노부의 생각으로는 지금 조건을 따질 만한 입장이 아니신 것 같은데……."

"글쎄요. 그것은 피차간에 마찬가지겠죠. 이곳에서 무엇인가를 준비 중이신 것 같은데 태극검문의 도움이 절대적일 거라는 생각이 드는군요. 아마도 우리가 처한 입장보다 더욱 절실하시겠죠? 그러니 그런 식으로 몰아붙이지 마세요. 그렇게 나오신다면 더 이상의 대화는 없을 거예요."

순간, 염 노야의 얼굴이 더욱 붉어졌다.

한참 동안 붉으락푸르락히며 표정에 심한 변화가 일더니 서서히 굳어진 인상을 풀며 씁쓸한 미소를 떠올렸다.

"허허허, 이거 노부가 멋지게 한 방 먹었구려. 역시 무림삼화 중에서도 두뇌가 명석하다고 소문난 검설화요."

"과찬의 말씀이세요. 하지만 본론과 상관없는 일로 시간을 끌지 않았으면 좋겠어요. 저 역시 한 가지 조건을 걸겠어요."

"조건이라……? 혹여 노부의 청이 질기디질긴 거미줄이 될 것 같으면 아예 거절하겠다는 말인가 보구려."

"솔직히 말해서 그래요. 이곳에서 하시는 일을 보니 꺼림칙할 뿐만 아니라 태극검문이라는 곳이 저 혼자만의 터전은 아니니까요."

　그녀의 확실한 입장 표명에 염 노야가 미소를 지었다.

　"그렇구려. 충분히 그런 생각을 할 수 있겠구려. 하지만 오(吳)나라 부차(夫差)는 섶 위에서 잠을 자며 와신(臥薪)하고, 월(越)나라 구천(勾踐)은 쓸개의 맛을 보며 상담(嘗膽)하며 결코 그들의 원한을 잊지 않았소. 노부는 그 섶과 쓸개 대신 금전이 필요했을 뿐이오. 무슨 말인지 아시겠소?"

　그의 말에 진령이 미간을 좁히며 생각에 잠겼다.

　잠시 후, 다 식은 씁쓸한 차를 한 모금 마시더니 천천히 입을 열었다.

　"알겠어요. 다만 목적을 이루기 위해서 취하는 방법에는 생각의 차이가 있는 것 같군요. 하지만 상관하지 않겠어요. 피차간에 이해관계만 부합되면 되는 것이죠. 제 조건은 명분이 있고, 정도에서 벗어나지 않으며, 또한 태극검문의 무력을 필요로 하지 않는 일이라야 한다는 거예요. 그 세 가지 요건만 충족된다면 동의해 드리겠어요."

　순간, 염 노야의 얼굴에 환한 웃음이 떠올랐다.

　"허허허, 참으로 명쾌한 조건이구려. 물론이외다. 분명 그 요건들에 충분히 해당하는 청이 될 것이오. 그럼 서로의 계약은 성사된 것으로 간주하도록 하겠소."

　잠시 좌중의 일행을 둘러보더니 염 노야는 말을 이었다.

"참으로 좋은 만남이었소. 내 축하하는 의미에서 크게 한 턱을 낼 것이니 모두 즐거운 시간 되시구려."

그는 만족스런 표정을 지으며 신형을 일으켜 세웠다.

곧이어 손뼉을 치며 천향을 나서자 곧바로 중원에서나 볼 수 있는 산해진미가 원형의 탁자 위를 가득 메우기 시작했다.

일행은 잠시 멍한 표정으로 바라보더니 곧바로 진미의 삼매경에 빠져들어 갔다. 다만 장산만이 난생처음 보는 요리에 어리둥절한 표정이었다.

이각가량 지나자 탁자 위에 차려진 진수성찬은 어느새 동이 나고, 모두 포만감에 찻잔을 기울이고 있을 때였다.

문득 해월의 시선이 진령을 향했다.

"사매 덕분에 일도 잘 해결되고 허기진 배도 든든히 채웠지만 그의 요구가 정확히 무엇인지도 모르고 받아들였다는 사실이 왠지 신경 쓰이는구먼."

순간, 그녀의 날카로운 시선이 장산을 향했다.

"흥! 제 앞가림도 못하는 어느 한. 분. 때문에 달리 선택의 여지가 없었어요."

그녀의 말에 장산의 얼굴이 벌겋게 달아올랐다.

왠지 멍하니 서 있다가 닭 부리에 뒷머리를 쪼인 오리 신세가 된 느낌이었다.

하지만 틀린 말이 아니니 반박할 생각은 아예 하지도 못했
다. 그저 어색한 표정을 지으며 슬그머니 시선을 돌릴 뿐이었
다.

그러자 잠시 노려보던 진령이 의기양양한 모습으로 고개
를 곧추세우더니 화사한 미소를 떠올렸다.

"호호호! 너무 걱정하지 마세요."

"웅? 그럼 염 노야의 신분에 대해서 이미 파악하고 있었다
는 말인가?"

"예, 확신할 수는 없지만 얘기를 나누는 도중에 한군데 짚
이는 곳이 있었어요. 분명 십중팔구는 그곳의……. 호호호!
아무튼 신경 쓰지 않으셔도 돼요. 도움이 되었으면 되었지 결
코 손해 볼 곳은 아니니까요."

"하지만……."

"오월동주(吳越同舟)라 했어요. 원수지간에도 서로 처한 상
황에 따라 한 배를 탈 수 있건만 그들은 우리에게 피해를 줄
세력이 아니에요. 오히려 많은 것을 받을 수 있는 곳이라 할
수 있어요. 그러니 서로의 이익에만 부합된다면 결코 협력하
지 못할 이유가 없어요."

"흠흠! 그렇구먼. 역시 사매는 대단해."

해월의 말을 끝으로 천향 안에는 잠시 침묵이 흘렀다.

'허, 그것참!'

장산은 지금 정신이 하나도 없었다.

문득 염 노야와 얘기를 나누던 모습을 떠올리니 상당히 뛰어난 여인이란 생각이 들었다. 그동안 자신이 보고 느끼며 생각해 왔던 모습과는 전혀 다른 것이다.

하지만 한 가지 혼란스러운 점이 있으니 그 명석한 두뇌를 지닌 여인이 왜 자신에게는 쌀쌀맞게 구는 것인가에 대한 의구심이었다.

'후유! 골치가 아프구나.'

그는 내심 한숨을 내쉬며 생각을 접었다.

아무리 생각해 보아도 그 이유를 알 수 없었다. 이럴 때는 그저 불편한 점이 있더라도 무시하며 지내는 것이 상책이었다.

잠시 후, 장산의 얼굴에 행복한 미소가 떠올랐다. 머릿속의 희뿌연 안개가 걷히자 고운 영상 하나가 떠올랐던 것이다.

'홍 매……'

그랬다. 바로 홍 매의 모습이었다.

'가만있자, 지금 시간이면?'

갑자기 정신이 번쩍 드는 것을 느꼈다.

지금쯤이면 그녀가 뒤뜰에서 온갖 궂은일을 할 시간이었다. 자신도 모르게 신형을 일으켜 세우자 모두의 시선이 쏠렸다.

"아, 예. 좀……."

어색한 미소를 떠올리며 머리를 긁적이자 다행히 해월이 구원의 손길을 내밀어주었다.

"하하하, 괜찮습니다. 신체의 분출 욕구만은 그 누구도 감당할 수 없는 본능의 움직임이지요. 측간은 뒤뜰에 있으니 어서 다녀오십시오."

그의 말에 진령과 사공천의 얼굴에 떠올랐던 의아한 표정이 사라졌다.

세 사람은 다시 환한 표정을 지으며 담소를 나누기에 여념이 없었다. 장산은 그들의 대화를 뒤로한 채 조용히 천향을 나섰다.


'으음!'

잠시 후, 그의 신형은 뒤뜰 높이 솟아오른 노송의 뒤에 기대어 있었다.

시선은 멀리 건너편에서 힘겨운 표정으로 산더미 같은 빨래를 하고 있는 여인을 향하고 있었다. 바로 홍 매였다.

'이제 저 모습을 보는 것도 마지막이겠구나. 부디 행복해야 할 텐데…….'

장산은 내심 답답해지는 것을 느꼈다.

전유의 빚이 모두 해결되었으니 조만간 두 사람은 전가장으로 돌아가게 될 것이다. 하지만 그의 성품으로 보아 또다시 만금장을 기웃거리며 같은 일이 반복될 가능성이 높았다.

'그렇다면?'

그랬다. 그때는 누가 있어 그 일을 해결해 줄지 참으로 가슴이 미어졌다.

전과 같이 그의 팔다리 하나씩을 부러뜨려 놓으면 한동안 움직이지 못하겠지만 그 역시 미봉책에 불과할 뿐이었다. 그렇게 잠시 생각에 잠겨 있을 때였다.

'누구……?'

누군가 빠르게 다가서는 기척이 느껴졌다.

고개를 돌려보니 염 노야가 웃음 띤 얼굴로 다가서고 있었다.

"허허허! 그렇게 마음이 여려서야 어찌 태극검문 내에서 견뎌내시겠소?"

그의 말투는 이전과 달리 정중하게 변해 있었다.

"무슨 말씀이신지?"

"그곳은 하나의 커다란 성(城)과 같은 곳이오. 그야말로 용담호혈에 온갖 군상들이 모여 있는 곳이외다. 그러니 절대로 다른 이의 말을 믿어서는 아니 될 것이외다."

"태극검문에 대해 잘 알고 계십니까?"

"허허허, 당금 무림의 중심인 곳이거늘 어찌 모르겠소이까? 다만 워낙 다양한 이들이 모여 있는 곳이기에 조심하라는 말이외다. 자칫 자신의 의지와는 상관없이 생각지도 못한 일에 휘말려 들 수도 있다는 말이오.”

문득 장산의 얼굴에 궁금한 표정이 떠올랐다.

“그런 말을 해주는 이유는 무엇입니까?”

“이유라… 천향 내에서도 잠시 언급했지만 노부는 장사꾼이오. 따라서 그곳에 아는 이들의 뿌리가 깊으면 깊을수록 훗날 많은 도움을 받을 수 있지 않겠소? 그래서 혹여 도움이 될까 싶어 전하는 말이외다.”

그의 말을 끝으로 두 사람 사이에는 잠시 침묵이 흘렀다. 그 침묵은 장산에 의해 끝을 맺었다.

“그런데 앞으로 저 두 사람은 어떻게 되는 겁니까?”

“허허허, 참으로 순수한 열정이구려. 너무 걱정하지 마시오. 장 공자 덕분에 예상치 못한 기회를 얻어 계획보다 시일을 앞당길 수 있었으니 그에 상응하는 보답을 하도록 하겠소.”

장산이 궁금한 표정을 짓자 염 노야는 천천히 말을 이었다.

“노부 역시 머지않아 이곳을 떠날 것이오. 하지만 그전에 장가촌의 상인들에게서 취했던 고리에 대한 부분과 이유없이 불어난 부채에 대해서는 말끔히 정리하도록 하겠소. 그리고 저 여인이 다시는 험한 꼴을 당하지 않도록 적절한 조치를 취해놓겠소이다.”

“설마……?”

그가 놀란 눈으로 바라보자 염 노야가 미소를 지었다.

“허허허, 그런 눈으로 보지 마시구려. 내 비록 거머리처럼 남들의 고혈(膏血)을 빨고 있지만 아무런 이유도 없이 무지막지하게 사람의 목숨을 취하는 부류는 아니라오. 자, 그럼 장 공자의 행운을 빌겠소.”

그는 고갯짓으로 인사를 한 후 신형을 돌려세웠다.

‘으음……!’

장산은 멀어져 가는 그의 뒷모습을 바라보았다.

비록 냉정하게 느껴지는 인물이지만 이상하게도 그의 말에는 신뢰가 갔다. 왠지 그의 말대로 일이 잘 해결될 것 같은 느낌이 들자 조금은 마음이 놓였다.

장산은 홀로 그곳에 남아 일각가량 더 그녀의 모습을 지켜본 후 천천히 신형을 돌려세웠다.

휘이이잉!

어디선가 찬바람이 불어와 멀어져 가는 그의 마음을 달래 주었다.

그 모습을 안타까운 표정으로 바라보는 한 쌍의 눈동자가 있으니 바로 홍이였다.

‘오라버니! 정말 고마웠어요!’

그녀는 장산이 사라져 간 방향에서 눈을 떼지 못했다.

아버지인 궁진으로부터 그에 대한 소식을 전해 듣고 언제부터인가 하루도 빠짐없이 곁눈질을 하며 기다려 왔던 그녀였다.

가끔씩 멀리 노송 뒤에서 희뿌연 물체가 어른거릴 때면 정말이지, 심장이 터져 나갈 듯 세차게 두근거렸다. 마치 구름 위를 노니는 듯 몽롱해지며 예전의 가슴 설레던 시절로 되돌아간 느낌이었다.

'차마 뵐 용기가 없었어요.'

그녀 역시 장산과 크게 다를 바 없었다. 감히 마주 설 용기가 없었던 것이다.

오늘은 총관으로부터 대충의 내용을 듣고 난 후였다. 따라서 그의 그림자라도 볼 수 있는 것은 오늘이 마지막 기회라는 사실을 잘 알고 있었다.

그런데도 곁눈질 한번 해본 것이 고작이었다.

'흑흑흑!'

그녀의 눈시울은 어느새 붉어져 있었다.

갑자기 마음 한구석이 허전해지며 서러움이 마구 밀려들었다. 무엇인지 모를 감정이 복받쳐 올라 목이 메어오고 주체하지 못할 슬픔에 가슴이 미어져 왔다.

단 한 번만이라도, 아니, 이번만큼은 꼭 고맙다는 인사를

하고 싶었는데, 정말이지, 꼭 그러고 싶었는데, 그랬는
데…….

　'안녕, 오라버니!'

결국 이렇게 떠나보내고야 말았다.

고맙다는 말 한마디 못한 채 그를 떠나보내고야 말았다.

미웠다. 자신이 미웠다. 그녀는 정말이지, 자신이 그렇게
미울 수가 없었다. 어느새 그녀의 서글픈 봉목(鳳目)에는 이
슬이 빗물을 이루며 흘러내리고 있었다.


＊　　　＊　　　＊


장기촌에서 상덕으로 이이지는 좁은 숲길에는 오 인이 모
여 아쉬운 이별의 정을 나누고 있었다. 바로 장산 일행과 그
들을 배웅 나온 궁진이었다.

궁진의 시선이 천천히 장산을 향했다.

"정말 뭐라고 고맙다는 인사의 말을 해야 할지 모르겠구
먼."

"아닙니다. 이제 모두 지난 일이니 어서 잊으세요. 그리고
살아오신 것처럼 앞으로도 열심히 살아가시면 됩니다."

"고맙네. 정말 고맙네. 내 평생 자네의 은혜를 잊지 못할
것이네."

"저 역시 궁 어른을 잊지 못할 겁니다."

두 사람이 서로 손을 붙잡고 석별의 정을 나누는 시간이 길어지자 해월이 나섰다.

"이제 그만 가시지요. 이별이란 짧을수록 좋은 것입니다. 그래야 재회의 기쁨 또한 커지지 않겠습니까?"

"그렇습니다. 이제 그만 떠나도록 하시죠."

사공천까지 거들고 나서자 장산의 고개가 끄덕여졌다.

"그럼 안녕히 계세요."

"잘 가게. 어디에 있든지 항상 몸조심하고. 그리고 모두 먼 길 조심해서 가십시오."

궁진의 말에 모두 한목소리로 외쳤다.

"건강하세요!"

일행은 눈시울을 붉히며 크게 손을 흔드는 궁진의 배웅을 받으며 좁은 숲길을 따라 멀어져 갔다.


돌돌돌!

숲길을 벗어나자 제법 넓은 계곡이 일행을 맞이했다.

웅장한 암벽 사이로 개울을 따라 굽이굽이 소로가 펼쳐져 있고, 제 맑음을 한껏 자랑하는 개울물은 송사리가 헤엄치는 깨끗한 바닥을 드러내며 일행의 목을 축이라 손짓하고 있었다.

문득 해월이 환한 미소를 띠며 장산을 바라보았다.

"잠시 쉬어가시지요. 그리고 궁 어른이 요기를 하라며 건네주신 만두 맛을 보기로 하지요."

"하하하, 역시 형님이십니다. 그렇지 않아도 저 역시 솔솔 풍겨 나오는 향기로운 냄새 때문에 심한 곤욕을 치르던 중입니다."

장산이 하늘을 올려다보니 이미 해가 중천에 걸려 있었다.

아직 만두에 온기가 남아 있어 점심 식사로 대용하기에 적당하다는 생각이 들었다.

"그렇게 하시지요."

일행은 개울가에 지리한 공터에 둘러앉아 친을 풀고 차곡차곡 쌓여 있는 죽통을 내려놓으며 교자와 춘권 등을 펼쳤다.

처음에는 모두 한입 한입 꼭꼭 씹어 삼키더니 언제부터인가 입 안의 만두가 채 넘어가기도 전에 또 다른 만두를 입 안으로 마구 밀어 넣기 시작했다.

"웁, 우웁! 참으로 별미로군요!"

해월은 연신 엄지손가락을 치켜세우며 엄청난 식공을 발휘했다.

일행 역시 얇은 피에 속이 꽉 찬 만두의 별미에 흠뻑 빠져들었다. 참으로 씹을수록 고소함이 혀끝을 감미롭게 자극했다.

식도를 타고 사르르 넘어가는 그 고소한 감칠맛은 부지런히 턱 관절을 움직이는 와중에도 또 하나의 만두를 손에 쥐도록 유혹하고 있었다.

하지만 별유천지의 식도락은 오래가지 못했다. 어느새 마지막 남은 죽통마저 누런 대나무 바닥을 드러내고 말았다.

"쩝! 그 많던 만두가 어느새……."

해월은 못내 아쉬운 표정을 지으며 입맛을 다셨다.

일행 역시 입 안을 맴돌던 고소한 별미에 대한 기억이 떠오르자 자신도 모르게 군침이 도는 것을 느꼈다. 그렇게 막 아쉬운 마음을 달래고 있을 때였다.

'누구……?'

문득 장산의 미간이 천(川) 자를 이루었다.

그의 시선을 따라 일행의 시선 역시 지나온 숲길을 향했다. 그곳에는 한 거한이 좁은 길을 꽉 메우며 빠른 걸음으로 다가오고 있었다.

"응? 저자는?"

해월이 고개를 갸우뚱거리자 사공천이 입을 열었다.

"광검 왕달치라는 인물 아닙니까?"

"그렇구먼. 그런데 저자가 이곳에는 무슨 일로?"

"글쎄요……."

두 사람이 의아한 표정을 떠올리며 잠시 다가서는 광검을
바라볼 때였다.

"하하하, 여기 있었구먼!"

그가 큰 웃음을 터뜨리며 다가왔다.

그의 예상치 못한 행보에 일행은 잠시 멍한 표정이 되었다.
동시에 바짝 긴장하며 혹시 모를 사태에 대비했다. 그만큼 함
박웃음을 지으며 다가서는 그의 표정이 흑심을 품은 듯 어색
하기 짝이 없었던 것이다.

하지만 역시 광검이었다. 자신에게 쏟아지는 예리한 시선
은 전혀 개의치 않는 채 장산에게 다가서며 목청을 돋우었
다.

"아니, 그렇게 아무런 말도 없이 가버리면 이렇게 하는가?
장가촌에 들렀다가 만두 가게를 운영하는 그 궁… 뭐라는 주
인장을 만나지 못했다면 천자산을 몽땅 뒤지고 다닐 뻔하지
않았는가 말일세."

"예? 제게 무슨 볼일이 남아 있습니까?"

순간, 그의 굵은 눈썹이 꿈틀거렸다.

곧이어 광목천왕의 얼굴로 변하더니 두 눈을 크게 부라리
며 목청을 돋우었다.

"그 무슨 섭섭한 말인가? 본 단주… 아니, 내 자네에게 목
숨의 구원을 받지 않았는가? 그렇다면 당연히 은혜를 갚아야

지! 그것이 진정한 사내대장부의 도리가 아니겠는가 말일세!"

잠시 흥분을 가라앉히려는 듯 숨을 고르더니 장산을 직시하며 말을 이었다.

"며칠 전에 풍천검이란 놈과의 재대결을 위해 만금장을 찾아갔더니 그곳의 주인인 염 노야의 말이 자네가 곧 중원으로 떠날 거라고 하더구먼. 그래서 고심에 고심을 거듭한 결과, 나 역시 자네를 따라 중원으로 향하기로 결정했네."

"예? 우리와 함께 가겠다고요?"

"그렇다네! 중원의 무림이 온갖 권모술수가 난무하는 험한 곳이라고 들었네! 그런 위험한 곳으로 향하겠다는데 어찌 걱정이 되지 않겠나? 당연히 보호해 주어야 마땅하지 않겠는가 말일세!"

갑자기 가슴을 쾅쾅 내려치더니 그는 더욱 목청을 돋우었다.

"나 광검 왕달치일세! 비록 자네와의 대결에서 연패를 당하고 풍천검이란 놈에게 체면을 구기기는 했지만 명색이 장가계의 최고 용사란 말일세! 내 몸 상태가 회복되기만 하면 천하의 그 어떤 놈이라도 자네의 털끝 하나 건드리지 못하도록 할 것을 약속하는 바이네!"

'끄응!'

순간, 장산의 얼굴이 땡감을 씹은 표정으로 변하고 말았다.

더불어 무수히 쏟아져 내린 굵은 암기들을 닦아내는 그의 안면은 심하게 구겨져 있었다. 그와 함께하는 강호행을 생각하니 실로 눈앞이 캄캄했던 것이다.

하지만 그의 생각과는 상관없이 광검의 말은 계속 이어졌다.

"하하하! 그렇게 미안하게 생각하지 않아도 되네. 내 아무리 외진 곳에서 태어나 반평생을 넘도록 살아왔지만 받은 만큼 돌려주어야 한다는 인간의 도리쯤은 알고 있다네. 그것이 또한 진정한 사내대장부의 길이 아니겠는가? 자, 보게. 자네의 일행 역시 옳다고 수긍하고 있지 않는가?"

"예? 아, 예… 에."

장산이 말끝을 흐리머 슬머시 일행을 둘러보았다.

진령만이 의미심장한 표정을 지으며 눈빛을 반짝이고 있을 뿐, 해월과 사공천은 어이가 없다는 듯 멍하니 입을 벌리고 있었다.

언뜻 보니 그 표정들이 정말 감탄스러워하는 모습 같았다. 하지만 아무리 생각해 봐도 그와의 동행은 왠지 부담스럽기만 했다.

"적호단은 어찌하고……."

그의 말은 이어지지 못했다. 광검이 빠르게 말을 자르며 나섰다.

"하하하! 자네는 역시 별난 외모처럼 남다른 구석이 있구먼. 하지만 그런 사소한 일은 신경 쓰지 않아도 되네. 내 족장님께도 그렇고, 이미 뒤처리를 확실하게 끝마치고 왔으니 이제 중원으로 향하는 일만 남았네."

'허! 그것참!'

그의 말에 내심 당황하고 있을 때였다.

갑자기 생각지도 못한 진령의 말이 들려왔다.

"축하드려요! 생각지도 못한 믿음직한 조력자를 얻으셨네요!"

장산의 시선이 그녀에게 향했다.

일행 역시 뜻밖의 행동에 의아해하는 모습이었다. 모두 의문이 가득 담긴 시선으로 그녀를 바라보고 있었다.

"가능하면 함께 가도록 해요. 어디서 이런 뛰어난 무인의 도움을 받을 수 있겠어요? 앞으로의 행보에 많은 도움을 주실 거예요."

"하하하! 역시 염 노야의 말대로 중원의 하늘이라는 태극검문의 후계자답구먼! 참으로 수려한 용모에 사람 보는 눈 또한 매우 탁월한 저, 저… 아, 그래, 맞아! 절세가인이로세!"

"호호호, 과찬이세요. 앞으로의 행보에 많은 도움이 되어주세요."

그녀의 말에 광검이 자신의 가슴을 세차게 두드렸다.

“하하하, 걱정하지 마시오! 나, 광검 왕달치요! 한번 내뱉은 말은 목숨을 걸고라도 지키는 사나이 중의 사나이란 말이오!”

장내에는 두 사람의 웃음이 끊이지 않았다.

다만 장산을 포함한 남은 일행만이 멍한 표정으로 두 사람을 번갈아 바라볼 뿐이었다.

잠시 후, 그녀의 강력한 권유에 따라 광검은 일행이 되어 상덕으로 향하는 길에 함께 올랐다.


일행이 길을 떠나자 그들이 머물던 장소에 한 노인이 모습을 드러냈다. 바로 염 노야였다. 그는 전방을 주시한 채 조금의 미동도 없더니 문득 허공을 향해 외쳤다.

“이영(二影)!”

“예, 주군!”

그의 부름에 한 중년인이 모습을 드러냈다.

사내는 바로 광검과의 격검에서 인상적인 무공을 펼쳤던 풍천검 민룡이었다. 하지만 이전과는 확연히 달라진 모습이었다. 본래 자신의 병기가 검신이 얇은 연검(軟劍)인 듯 어깨에 둘러메고 있었다.

“나머지 사영은 어디에 있느냐?”

“현재 대형인 일영(一影)을 비롯해 모두 악양의 임시 지부에 머물고 있습니다."

"다행이구나. 저들이 악양에 이르면 곧바로 번천계(翻天計)를 시행하라 이르거라."

"예……?"

순간, 이영의 눈이 휘둥그레졌다.

번천계란 그들이 펼치는 최후의 수단이었다. 염 노야가 화급지경에 처했을 때 수호영인 그들 다섯이 목숨을 걸고 탈출시키는 계획인 것이다.

그런데 그의 안위가 아닌 장산 일행을 위해 계책을 시행하라니 그저 의아할 따름이었다.

"그만큼 비중이 있는 인물들입니까?"

"그렇다. 저들을 선택했으니 그들의 안전이 곧 우리의 재건과 직결된다고 할 수 있느니라. 만일 검설화가 홀로 태극검문을 나선 사실이 밝혀진다면 저들의 귀환은 그야말로 사로(死路)가 될 것이다. 결코 무사히 돌아가기 어렵다는 말이다. 그렇게 되면 우리는 그야말로 닭 쫓던 개 지붕 쳐다보는 신세가되어 또다시 음지에 틀어박힌 채 기약없는 세월을 보내야 할게 아니냐?"

이영이 고개를 끄덕이자 염 노야는 천천히 말을 이었다.

"너를 찾아온 광검을 부추겨 함께 떠나보내기는 했다만 그만으로는 마음이 놓이지 않는구나. 누군가 저들의 행방을 쫓는다면 분명 악양에 들어선 후에 노출될 가능성이 높으니 저들이 악양에 도착하는 순간 목숨을 걸어야 한다고 전하라.”

“그녀 나름대로 어떤 대책을 세워놓지 않았을까요?”

“그야 물론 그랬겠지. 하지만 제아무리 똑똑하다 하더라도 아직은 보호막 속에서 살아온 화초일 뿐이다. 목숨을 걸고 황천길을 오가며 산전수전 다 겪은 노련한 생강들과는 비교할 수 없다는 말이니라. 나름대로 준비해 놓은 계책이 있다 할지라도 무용지물이 될 공산이 크다.”

그는 잠시 이영을 직시하더니 나지막이 속삭였다.

“너는 번천계의 시행을 알린 후, 곧바로 호북의 강릉에 위치한 태극검문으로 향하라. 그곳의 수호신이라는 사신(四神)의 동향을 살핀 후 저들의 행보에 대해 일러야 한다. 하지만 그들의 의중을 파악하는 일에는 세심한 주의가 필요하다. 아직은 모든 것이 오리무중(五里霧中)이니 평소 그녀와 친분이 깊었던 일인에게만 알려야 하느니라.”

“가장 가깝게 지낸 일인에게만 알려야 합니까?”

“그렇다. 내 생각이 괜한 기우에 지나지 않았다면 그들 중… 아무튼 은밀하게 움직이도록 해라. 자칫하다가는 오히려 그녀의 행보가 노출되어 위험에 처할 수도 있으니 조심스럽게 접근해야만 한다. 반드시 사신 중 믿을 수 있는 일인을 파악한 후, 그에게만 전해야 한다는 사실을 잊지 말아라. 알겠느냐?”

“존명!”

대답을 마친 이영의 신형이 바람처럼 사라져 갔다.

‘검설화 진령과 백미 장산을 택한 승부수가 맞아야 할 텐
데……’

염 노야는 이영이 사라져 간 방향을 바라보며 눈을 떼지 못
했다. 어디선가 거센 바람이 불어온 후에야 비로소 그는 고개
를 저으며 돌아섰다.


하늘이 온통 짙은 먹구름에 뒤덮여 있는 다음날 오후였다.

모두 쉬쉬하고 있지만 전날 밤에 발생한 크고 작은 두 사건
에 대한 소문이 발 없는 말[無足之言]이 되어 장가계 전역으로
퍼져 나갔다.

“천비창 원홀루가 쓰러졌다!”

비파문의 심처에서 광검이 남기고 간 서찰을 읽어보던 천
비창이 화병이 도져 드러누웠다는 것이다.

“전가장의 독자인 전유의 목숨이 경각에 달렸다!”

정신을 차리지 못한 채 또다시 만금장을 기웃거리던 전유
가 고스란히 판돈을 날리고 돌아오는 길에 정체를 알 수 없는
무인과 시비가 붙었다는 것이다.

하지만 복날의 개처럼 무지막지하게 두들겨 맞는 바람에

사경을 헤맨다는 소식이었다. 다행히 큰 고비를 넘겨 목숨에
는 지장이 없지만 안타깝게도 팔다리를 못 쓰는 신세가 되고
말았다.

　'양처(良妻) 궁홍!'

　그와 함께 잔잔한 감동의 물결이 전해지니 바로 전가장의
며느리에 대한 이야기였다.

　평생 불구가 된 지아비의 대소변을 받아내는 등 온갖 험한
일을 도맡아 하면서도 한마디 불평 없이 지내는 그녀에 대한
소문이 퍼지면서 홍이는 일약 장가촌의 양처로 추앙받았다.

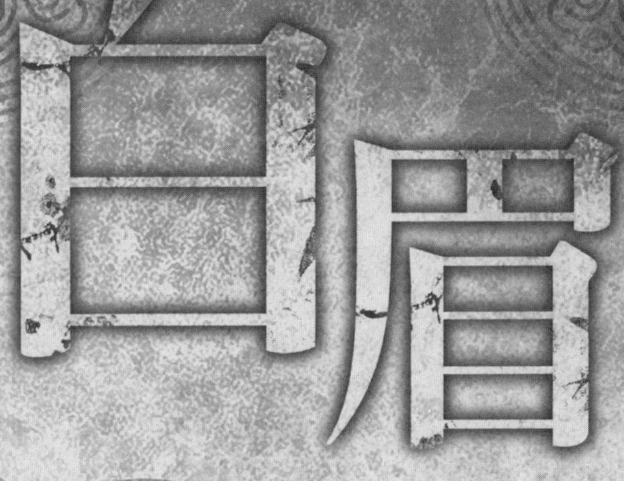

# 第二章

인연이 그를 부르니

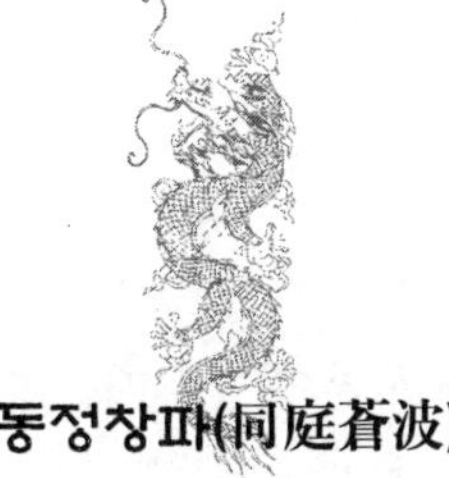

# 동정창파(同庭蒼波)

호남의 동북부에는 상강(湘江), 원강(沅江), 자수(資水), 농수(濃水)의 물줄기가 흘러들어 지상의 대해(大海)를 이루는 동정호가 놓여 있고, 그 넘실대는 푸른 물결이 멀리 거센 바람에 몸을 누이는 호반의 갈대를 지나 대륙의 젖줄인 장강(長江)으로 흘러드는 길목에 악양루(岳陽樓)로 유명한 어미지향(魚米之鄕)의 고장, 악양이 자리하고 있다.

오초동남탁(吳楚東南拆), 오나라와 초나라가 동남쪽으로 갈라지고,

건곤일야부(乾坤日夜浮), 하늘과 땅이 밤낮으로 동정호에 떠 있구나!

서편 하늘에 저녁노을이 피어오르며 드넓은 동정호 끝에 외로이 서 있는 악양루 앞의 넘실대는 수면을 비추자 물결이 서서히 붉은빛으로 물들어가기 시작했다.

그곳에 기대어 살아가는 많은 이는 힘에 겨운 듯 찡그린 얼굴로 자신의 보금자리를 찾아 하나둘 떠나가고, 그들의 삶의 터전이었던 동정호반은 이내 썰렁해지며 어디론가 날아가는 새 떼의 긴 행렬만이 이어졌다.

하지만 곧 인근의 객잔과 수면에 떠 있는 놀잇배 등에서 하나둘 등불이 켜지며 또 다른 하루가 시작됨을 알려주고 있었다.

쏴아! 쏴아아!

바람에 일렁이는 붉은 수면을 가로지르며 큰 규모의 객선(客船)이 선체를 드러냈다.

이레에 한 번씩 악양에서 멀리 상덕까지 사람들을 실어 나르는 왕복선으로 배에 오르는 손님의 대부분은 상인들이었다.

본래 해가 지기 전에 도착하는 객선이었지만 오늘따라 유난히 늦은 회항이었다. 따라서 멀리 동정호 앞 나루터를 향해 유유히 떠도는 놀잇배를 무시한 채 빠른 속도로 지나치고 있었다.

그로 인해 근처에 있던 놀잇배들 사이에서는 일대 소동이 벌어지고 말았다. 고즈넉한 달빛의 운치를 즐기기 위해 초저녁부터 서둘러 놀잇배에 올랐던 이들이 때 아닌 물벼락을 맞은 것이다.

거친 물살에 배가 심하게 흔들리고 높이 솟구친 물보라가 전신을 뒤덮자 청천벽력(靑天霹靂)의 황당함은 곧 분노의 고함으로 이어졌다.

"으, 차가워! 이게 뭐야? 야, 이놈……!"

"어머머, 어떻게? 다 젖었어! 읍!"

"카악, 퉤! 이놈들아! 내가 누구인지 아느냐? 게 서지 못할……!"

하지만 그들의 노성은 더 이상 이어지지 못했다.

선상 위에는 마치 광목천왕을 보는 듯한 중년의 거한이 잔뜩 미간을 찌푸린 채 노려보고 있었다. 그 무시무시한 모습에 입 밖으로 쏟아내려던 노성은 어느새 식도를 따라 되넘어가고 말았다.

"크흠! 흠흠! 웬 마른하늘에 소낙비가……."

"어머! 내 정신 좀 봐! 마르지도 않은 옷을 입고 나왔네!"

"어, 시원하다! 오늘따라 왜 이리 물결이 거셀꼬?"

그들의 머릿속에는 오직 한 가지 생각만이 떠올랐다.

어서 이 끔찍한 순간이 지나가 주기를 바라는 간절한 마음이었다. 모두 슬그머니 시선을 돌린 채 어둠이 내리는 하늘을 바라볼 뿐이었다.

일각쯤 지나자 객선이 서서히 속도를 줄이며 나루터에 기대어 멈춰 섰다.

순간, 우두머리로 보이는 도사공(都沙工)이 재빨리 내려서며 선상에서 이어진 동아줄을 묶어 객선을 고정시켰다. 그리고는 배에서 내리는 이들을 향해 일일이 허리를 굽히며 미안하다는 말을 반복했다.

"죄송합니다! 늦게 도착해 정말 죄송합니다!"

대부분은 개인적으로 움직이는 산상(散商)들이라 큰 불평은 없었다. 다만 몇몇 상인의 얼굴에는 난감해하는 기색이 역력했다.

"에잉! 자네 때문에 신시 말에 왕가장(王家莊)을 방문하기로 한 약속을 어기게 되지 않았는가?"

"정말 죄송합니다!"

도사공은 미안한 표정을 떠올리며 안절부절못했다.

잠시 그 모습을 지켜보던 나이 든 상인이 체념한 듯 혀를 차며 인상을 폈다.

"쯧쯧쯧! 어쩌겠나? 기왕지사 이리된 마당이니 가서 사정을 해보는 수밖에!"

곧이어 신형을 돌리며 빠른 걸음으로 사라져 갔다.

한참 동안 나루터에는 짐을 짊어지고 내리는 상인들로 인해 큰 혼잡을 이루었다. 하지만 그들의 뒤쪽에 서 있는 팔 척 장신을 포함한 오 인은 주위를 두리번거리며 한결 여유로운 표정이었다. 바로 상덕을 떠나온 장산 일행이었다.

하지만 일행과는 달리 장산은 무엇인가 깊은 생각에 잠겨 고개를 끄덕이는 모습이었다. 그는 지금 도사공과 늙은 상인이 주고받았던 대화를 생각하고 있었다.


물은 낮은 곳에 고이니 겸허하고 흐름 또한 거스르지 않으니 다툼이 없도다!


문득 그들의 모습에서 현경상의 문구가 떠올랐던 것이다.

두 사람의 단순한 언행이었지만 왠지 모를 감흥마저 느껴졌다. 그저 지나치기 쉬운 장면임에도 그 속에는 현묘한 뜻이 담겨 있었다. 바로 도사공의 진심 어린 사과에 노인의 마음이 움직였다는 것이다.

사실 이곳으로 향하는 여정은 일 개월간의 짧은 시간에 지나지 않았다. 그럼에도 장산은 세상과 접하며 현경상의 난해하던 문구들을 빠르게 깨우치고 있었다.

도는 스스로의 그러함[自然]을 본받는다!

문구들은 하나같이 도(道)를 깨우친 선인들의 이야기를 듣는 것 같았다.

어떤 특정한 가르침이라기보다는 물 흐르듯 이어지는 자연(自然)함을 설명하는 내용이었다. 뿐만 아니라 간간이 불가(佛家)에서 얘기하는 인(因)이 있으니 연(緣)이 있다는 말처럼 보이지 않는 화복(禍福)에 대한 이야기이기도 했다.

다만 한 가지 이해가 되지 않는 점은 간단한 문구의 내용들이 생각하면 생각할수록 참으로 난해하다는 사실이었다. 아직 오의에 가까이 다가서기에는 부족함이 많다는 것을 알려주는 대목이었다.

'너무 다급해하지 말자꾸나. 짧은 시간에 이만큼 다가선 것만 하더라도 실로 진일보(進一步)가 아니겠는가?'

그랬다. 장산은 세상에 그 일보를 내디딘 후 많은 것이 변해 있었다.

현경상의 문구를 하나둘 깨우치자 지나치며 보고 듣는 것 하나하나가, 심지어는 자연 풍경에서조차 오묘한 조화를 느끼며 속속들이 뇌리에 각인되고 있었다.

동시에 막막하기만 하던 혼원심공은 물론, 답보 상태에 머물고 있던 태극일원검 역시 빠르게 물꼬가 트이고 있었다.

‘후—웁!’

장산은 깊은 심호흡을 하며 잠시 주변을 둘러보았다.

세상을 붉게 물들이던 낙조는 사라지고 주변은 온통 어둠으로 가득 차기 시작했다.

‘참으로 아름답구나!’

그는 서서히 어둠이 내려앉은 동정호의 운치에 빠져 들어갔다.

잠시 후, 자신만이 존재하는 공간 속으로 들어서는 것을 느꼈다. 주변의 왁자지껄하던 소음도, 소란스러운 움직임도 모든 것이 일시 정지했다. 그저 모든 시간과 공간이 멈춰 서며 눈앞에 펼쳐진 어둠 속의 경관만이 존재할 뿐이었다.

동정호반은 밤하늘에서 쏟아져 내리는 새하얀 별빛과 수면 위에 일렁이는 등불들이 어우러지며 백(白)과 적(赤)의 기묘한 조화를 이루고 있었다. 천지는 그렇듯 또 하나의 세상으로 변해 있었던 것이다.

‘하아!’

그 모습이 마치 혼원의 태허에서 불거져 나온 태극의 음양이 꿈틀거리는 형상을 보는 것 같았다.

하지만 묘하게도 이전과는 확연히 다른 느낌이었다. 예전의 자신이라면 분명 각각의 움직임에 골몰했겠지만 지금은 아니었다. 그런 것에 전혀 개의치 않고 전체적으로 하나의 커다란 원을 보는 것 같았다.

그 거대한 일원의 움직임은 또 다른 느낌이었다. 바로 무극이 낳은 태극 속에 동(動)과 정(靜)이 반응하는 형상이었다. 분명 동하니 정이 움직이고 있지만 정 역시 동이 없이는 그저 정을 이룰 뿐이었다.

'바로 그것이었구나!'

그랬다. 동과 정은 서로 상이한 성격을 지니되 결코 따로 생각할 수 없는 존재인 것이다.

태극의 양(陽)이 동할 수 있는 것은 분명 음(陰)이 정하기에 움직일 수 있었다. 양이 동하여 강(剛)을 이루되 그 강은 음인 유(柔)에서 비롯되는 것이다.

'이!'

장산은 벅찬 희열에 가슴이 터져 나갈 것만 같았다.

그동안 만족스럽지 못하던 태극일원검의 이초 지도유강이 확연히 깨우쳐지고 있었다.

일원을 이루던 음양이, 서로 동과 정을 반복하는 움직임이 시선을 가득 메워오자 그 움직임 속으로 정신없이 빠져들었다. 천지간에는 오직 꿈틀거리며 불거져 나오는 음양의 움직임만이 존재할 뿐이었다.

그렇게 얼마의 시간이 지났을까?

문득 지도유강을 넘어 삼초인 무극이오에 다가서는 것을

느꼈다.

'으음…….'

하지만 곧 머릿속이 혼탁해지며 안개 속을 헤매는 느낌이었다.

난해하기만 하던 무극이오의 검로가 화선지상의 그림처럼 선명하더니 집중할수록 오히려 실타래처럼 뒤엉키고 있는 것이다. 또한 한번 뒤엉킨 수많은 검로는 그 끝을 알 수 없는 미로와 같이 마냥 혼란스럽기만 했다.

'침착하도록 하자.'

왠지 서두르고 있다는 느낌을 지울 수가 없었다.

갑자기 찾아온 깨달음을 주체하지 못해서 또다시 예전과 같이 본질에 얽매이고 있는 자신을 느꼈던 것이다.

'후웁!'

그는 깊은 심호흡을 하며 자신만의 공간에서 한발을 빼내어 마음을 비웠다. 그리고는 관조하듯 고요히 바라보고 있을 때였다.

'혹시?'

문득 머릿속으로 빠르게 스쳐 가는 영감이 있었다.

'만일 동과 정 그 어떤 것에도 얽매이지 않고 본질인 무극에 다가설 수 있다면……?'

생각이 막 거기에 이르는 순간이었다.

갑자기 무엇인가 짜릿한 기운이 백회에서 회음을 꿰뚫었
다. 곧이어 혼탁하기만 하던 머릿속이 환하게 밝아오며 무극
이오의 뒤엉켰던 수많은 검로가 서서히 풀어지는 것을 느꼈
다.

어느새 검로들은 풀어졌다 모이기를 반복하며 하나로 귀
일되는 듯한 느낌을 주던 잡힐 듯 잡히지 않던 실체를 이루기
시작했다.

"아아!"

문득 장산의 입에서 탄성이 흘러나왔다.

그것은 진정 엄청난 희열이었다. 마치 새벽 안개가 걷히며
제 모습을 드러내고 있는 천지만물을 보는 것 같았다. 그렇게
벅찬 가슴을 부여안고 다시 산매경 속으로 빠져들 때었다.

'응……?'

그의 인상이 심하게 구겨지고 말았다.

누군가 자신을 향해 빠르게 다가서는 것을 느낀 것이다.

"어이쿠! 미안하구려!"

뒤늦게 선체 밑에서 커다란 봇짐을 짊어진 상인이 올라와
빠르게 내달리더니 석상으로 변한 그의 신형을 건드리며 지
나갔다.

'아아!'

순간, 장산은 무엇인가 부글거리며 치밀어 오르는 것을 느

졌다.

하지만 그것도 잠시, 이내 허무한 표정으로 변하며 맥없이 주저앉고 말았다. 정말 말로는 표현하기 어려울 만큼 망연자실한 표정이었다.

'후후후!'

허탈했다. 참으로 허탈했다.

마치 천지가 합일되는 듯한 느낌은 저 멀리 사라지고 홀로 선상에 멍하니 앉아 있는 자신이 느껴졌다.

꼭 지나야만 하는 미로 속을 찾아 헤매다가 어렵게 찾은 길이었건만 눈을 뜨고 나니 또다시 입구로 되돌아온 느낌이었다. 그렇게 넋을 잃고 한참 앉아 있다가 어디선가 불어온 찬바람에 비로소 흐트러진 정신을 추스를 수 있었다.

"후—유!"

장산은 자신도 모르게 긴 한숨을 내쉬었다.

천천히 신형을 일으켜 주위를 둘러보니 나루터에서 자신을 바라보고 있는 일행의 안타까운 표정이 보였다.

특히 진령의 얼굴에는 아쉬워하는 기색이 역력했다.

'조금만 더 지났더라면…….'

그랬다. 그것이 바로 그녀의 심정이었다.

상인들의 뒤를 이어 배에서 내리자 그의 모습이 보이지 않았던 것이다. 문득 고개를 돌려 바라보니 그는 무엇인가 깊은 생각에 잠겨 있었다.

순간, 그녀는 저 젊은 숙부에게 어떤 깨달음이 왔음을 직감할 수 있었다. 일행 또한 적지 않은 공부를 이루었기에 무엇인가 깨달음이 왔다는 사실을 느낄 수 있었다.

재빨리 주변의 움직임을 차단한 채 숨죽이며 바라보는 사이 그의 신형이 움직이는가 싶더니 곧바로 석상인 양 굳어지며 주변과 동화되어 갔다.

잠시 후, 그의 몸에서 어떤 기운이 솟구치자 진령은 자신의 눈을 의심할 수밖에 없었다. 그것은 태극일원검의 삼초인 무극이오를 깨우칠 때 나타나는 현상이었던 것이다.

'참으로 원망스럽구나!'

하지만 안타깝게도 그 현상은 계속 이어지지 못했다.

난데없이 커다란 봇짐을 짊어진 중년의 상인이 선상에 모습을 드러내며 그의 깨달음을 방해했던 것이다. 내심 그의 예상치 못한 진전에 가슴 졸이던 그녀는 엄청난 허탈감에 빠지고 말았다.

문득 예전에 아버지와 나누었던 대화가 떠올랐다.


"정녕 태극일원검은 그 끝을 알 수 없구나! 내 자질이 부족해 강과 유 어느 한쪽으로도 극에 이르지 못했으니 그 궁극에는 언제나 도달할 수 있을지 참으로 요원하기만 하구나!"

순간, 진령이 궁금한 표정을 지으며 물었다.

"아버님, 태극일원검이 제 위력을 발휘하기 위해서는 어떤 경지에 올라서야 하나요?"

"흐음! 아무래도 삼초인 무극이오를 펼칠 수 있어야겠지. 삼초를 깨우치면 체내의 기가 분출되어 천지의 기운을 느낄 수 있을 뿐만 아니라 그때부터는 자신의 길에 접어들게 된단다. 만일 우연한 기회에 깨달음을 얻을 수 있다면 대성을 이룰 수도 있겠지. 하지만 그러한 경우는 하늘의 도움 없이는 불가능한 일이란다."

아버지께서 잠시 안타까운 표정을 짓더니 다시 말을 이으셨다.

"그나저나 누가 있어 태극일원검의 궁극을 이룰 것인지 참으로 안타깝구나. 그 길에 접어들기 위해 각고의 노력을 해야 할 네 사형이란 놈들은 하나같이 무공에는 관심이 없고 오로지……. 후유! 아버님이 계시면 좋으련만… 정녕 이대로 절세의 무공이 사장되는 것은 아닌지 모르겠구나!"


'그 우연한 기회가 찾아왔거늘…….'

그랬다. 분명 저 젊은 숙부에게 그 기회가 왔다고 말할 수 있었다.

조금의 시간만 더 주어졌더라면 아버지께서 말씀하시던 대성의 경지는 아닐지라도 충분히 자신의 길에 들어설 수 있었을 것이다.

하지만 하늘의 뜻은 참으로 알 수 없었다. 전혀 예상치 못한 방해자가 나타나며 그 천재일우는 삼초 무극이오의 문턱에서 주저앉고 말았다.

'그런데 왜……?'

순간, 진령이 퍼뜩 정신을 차리며 고개를 저었다.

자신이 왜 그토록 그의 행동에 가슴을 졸였는지 이해가 되지 않았다. 그냥 보기만 해도 눈썹의 절반이 허옇게 센 백미를 죄다 뽑아버리고 싶은 충동을 느끼게 만들던 젊은 숙부였다.

그가 아무리 태극검문에 절실히 필요한 존재라 할지라두 자신이 그러한 반응을 보일 리가 만무한 것이다. 자신도 모르게 이루어진 행동에 그저 의아할 따름이었다.

한참 동안 나루터에는 고요한 침묵만이 흘렀다. 그 무거운 침묵을 깬 이는 바로 도사공이었다.

"이제 배에 올라도 되겠는지요?"

"예? 아, 예. 그렇게 하시지요."

해월의 대답에 도사공이 객선에 올랐다.

장산은 그가 올라서자 비켜서며 천천히 발걸음을 옮겼다. 그의 힘없는 신형이 나루터에 내려서자 광검이 다가서며 어깨를 두드렸다.

"어쩌겠나. 그냥 그러려니 해야지."

순간, 모두의 반응이 썰렁하자 까칠하니 민머리를 긁적이며 어색한 웃음을 지었다.

"하하하, 내 말은 자네와 같은 고수가 기회를 잃었다고 낙담하면 우리 같은 이들은 아예 병장기를 들고 다니지 말아야 한다는 말일세."

그랬다. 어찌 보면 그 말은 자신의 심정을 대변하는 말일는지도 몰랐다.

사실 장산을 만나기 전만 해도 장가계 제일 용사로 불리던 광검이었다. 그리고 일행과 떠날 때만 하더라도 몸 상태가 회복되면 그를 다시 상대한다 할지라도 최소한 동수를 이룰 거라 생각했다.

'에휴!'

하지만 그것은 자신만의 고매한 착각이었다.

인정하기는 싫지만 일행 중에 자신보다 아래인 이는 없었다. 갈수록 비파문의 절기인 호익검의 한계를 절실히 느끼고 있는 중이었다.

'잊어버리자꾸나!'

분위기가 가라앉자 장산이 굳었던 표정을 풀며 일행을 둘러보았다.

"괜히 저 때문에 분위기가 가라앉은 것 같군요. 모두 기운들 내세요. 우연히 생각지 못한 기회가 찾아왔고, 예상치 못한 상황을 맞아 잠시 허탈한 기분을 느꼈을 뿐입니다. 언제고 다시 기회가 오겠지요."

곧이어 해월에게 시선을 향하며 말을 이었다.

"저는 출출한데 어떠신지요?"

"예? 아, 예. 그러고 보니 정말 식사 때가 지났군요."

해월은 진령을 바라보며 입을 열었다.

"사매, 이곳의 동안자계(東安子鷄)가 유명하다고 들었네. 어서 그 별미를 맛보러 가세나."

순간, 광검이 어이없다는 표정을 지었다.

"그거 닭요리가 아닌가? 무슨 도문(道門)에 있다는 사람이 그리도 육식을 좋아하는 것인가?"

"하하하, 세상에 널려 있는 것이 도입니다. 당연히 식도락에도 오묘한 뜻이 담겨 있거늘 어찌 도문에 몸담고 있다 하여 멀리하겠습니까?"

"응? 듣고 보니 그도 그렇구먼. 그런데 체구도 작은 사람이 왜 그리 먹성은 좋은 것인가? 내 여태껏 나만큼 먹는 이는 자네밖에 보지 못했네."

"하하하, 제 체구가 작은 것이 아니라 왕 형이 큰 것이죠. 그리고 먹는 양은 그 오묘한 심미(深味)의 도를 깨우칠수록 늘어나는 것입니다."

"그래? 그럼 나도 그 심미라는 도를 깨우친 것인가?"

"그것은……."

해월이 말을 더듬자 사공천이 도움의 손길을 내밀었다.

"자, 그만 가시지요. 조금만 더 있다가는 그 짧은 도가 깡그리 밑천을 드러내겠습니다."

"그건 또 무슨 말인가?"

광검이 눈을 동그랗게 뜨자 사공천이 큰 웃음을 터뜨렸다.

"하하하, 같이 있다 보면 무슨 말인지 자연히 알게 됩니다. 더불어 형님이 항시 설파하는 오묘한 도의 심오함에 대해서도 절로 알게 될 것입니다."

"엥? 그건 또 무슨 말……."

그의 말은 더 이상 이어지지 못했다.

해월이 갑자기 어딘가를 향해 손을 쭉 내뻗으며 크게 목청을 돋우었다.

"저기 객잔이 있구먼. 어서 가세."

멍하니 해월을 바라보는 광검을 뒤로한 채 일행은 객잔을 향해 멀어져 갔다.

*　　　*　　　*

어둠이 내려앉은 호숫가 주변에 높이 솟아오른 야산에는

사층 규모의 객잔이 경사면을 등진 채 화려한 등불을 밝히고 있었다.

추월객잔(秋月客棧)!

동정호에서 악양루와 더불어 빼놓을 수 없는 유명한 이름이었다.

호반의 절경이 한눈에 내려다보이는 전망 좋은 자리에 위치해 있을 뿐만 아니라 호남의 각종 별미를 맛볼 수 있는 곳으로도 유명했다. 동정호를 구경 온 이들에게는 꼭 한 번 거쳐 가야 할 장소로 이미 정평이 나 있는 곳이었다.

"어이쿠! 이게 누구십니까? 한 어르신 아니십니까?"

"크흠! 그동안 잘 지냈는가?"

"그러믄입쇼! 어르신 덕분에 잘 지내고 있습니다. 그런데 일행 분들은……?"

"흠흠! 내 잘 아는 신 생원(生員)과 공 거인(擧人)이라네."

"아, 그러시군요. 이렇게 학식이 높은 분들과 어울리시다니 참으로 대단하십니다요."

순간, 노인의 입이 함지박만 하게 벌어졌다.

"허허허! 대단하기는……. 어서 좋은 자리로 안내해 보게."

"아, 예. 이층으로 오르시죠."

객잔 안은 저녁 시간이 지났음에도 들어서는 이들로 북적였다.

특히 악양 내의 돈푼깨나 있는 이들이 학식인 층으로 강한 영향력을 행사하는 신사(紳士)들과 어울리며 자주 찾는 곳이라 점소이들은 눈에 불을 밝히며 그들을 맞이하는 데 여념이 없었다.

그들의 대부분은 성심껏 대접하면 주머니를 두둑하게 만들어주는 단골이기에 점소이들에게는 상제(上帝)와 같은 존재일 수밖에 없었다.

'허! 무지하게 몰려드는구면.'

그 모습을 묘한 표정으로 바라보는 이가 있으니 바로 광검이었다.

그는 동정호가 한눈에 내려다보이는 창가에 위치한 자리에 장산과 나란히 앉아 일행과 함께 찻잔을 기울이고 있었다.

일행은 이곳에서 하루를 쉬어가기 위해 객실을 잡고 이미 저녁 식사까지 마친 상태였다.

하지만 여유로운 표정의 일행과는 달리 객잔의 입구를 유심히 바라보던 광검이 한순간 눈을 부라리며 목청을 돋우었다.

"대체 뭐 하는 놈들인데 저리도 쉬지 않고 꾸역꾸역 들어오는 게야?"

"글쎄요. 동정호를 구경하다가 잠시 쉬어가는 것이 아닐까요?"

장산의 대답에 그가 한심하다는 듯 혀를 찼다.

"쯧쯧쯧! 뱃놀이를 하던 놈들도 그렇고, 한심해서 그러는 것이네. 대체 뭐 하러 싸돌아다니는 것인지 도무지 알 수가 없다는 말이야. 집에 나자빠져 잠이나 자든지, 아니면 마누라와 한 이불 속에서 뒹굴든지 해야지, 이 늦은 시간에 기루도 아닌 객잔은 왜 기웃거리는 게야?"

문득 한숨을 내쉬더니 말을 이었다.

"에휴! 차라리 장작이나 패며 도끼질을 하든지, 그것도 힘들다면 산을 오르내리며 심신이나 단련할 일이지 웬 달밤에 비단옷은 걸치고 저리도 우르르 몰려다니고 있는 것인지 참으로 이해할 수가 없구먼. 정말 해괴한 놈들일세."

"히히히!"

"풋! 푸웃! 풋풋풋!"

순간, 장산을 제외한 일행이 웃음을 터뜨렸다.

너무도 심각한 표정으로 촌구석에 살다 온 티를 풀풀 날리는 광검을 보자 절로 웃음이 터져 나왔던 것이다.

"으잉? 왜들 웃는 것인가?"

"하하하, 저들은 아무런 이유도 없이 몰려다는 것이 아니라 서로 교류하며 우의를 다지는 것입니다."

해월의 말에 그의 눈에 호기심이 서렸다.

"그게 무슨 말인가?"

"왕 형께서 이전에 조원들과 술을 나눠 마시며 한 단원이라는 공동체 의식을 가졌듯이 저들 역시 서로의 이해관계가 맞는 이들끼리 어울리며 친분을 돈독히 쌓는 것이지요."

"으음! 그렇다면 기루 같은 곳……."

문득 그는 말을 하다 말고 슬며시 진령에게 시선을 향하더니 정색을 하며 입을 열었다.

"좋은 곳도 많건만 하필이면 왜 이곳이란 말인가?"

"그것은 이곳이 워낙 소문난 곳일 뿐만 아니라 저들의 대부분은 악양 내의 유명 인사에 속하는 이들입니다. 따라서 자신들의 신분에 걸맞은 곳을 찾아오는 것이지요."

"허! 참으로 웃긴 놈들이로구먼. 뭐 그리 체면이 중요하다고 이 비싼 곳을 들락거린다는 말인가?"

광검이 못마땅하다는 표정을 짓자 사공천이 거들고 나섰다.

"아무렴 어떻습니까? 저들로 인해 점소이들이 배부를 수 있다면 그것으로 족한 게 아니겠습니까?"

"응? 그건 또 무슨 말인가?"

"저들의 대부분은 각듯이 대우해 주고 챙겨주는 점소이들에게 자신을 과시하듯 많은 수고비를 건네줍니다. 아마 모르긴 해도 그들이 받는 월봉보다 저들에게서 얻는 수고비가 몇 갑절은 될 겁니다."

순간, 광검이 묘한 표정을 지으며 바삐 움직이는 점소이들을 바라보았다.

"그래? 그럼 나도 이곳에서 점소이를 해볼까?"

"예? 하하하!"

"호호호!"

일행이 또다시 큰 웃음을 터뜨렸다.

문득 머릿속으로 험악한 인상을 지닌 팔 척 거구의 점소이가 손님을 맞이하는 모습이 떠오른 것이다.

하지만 아무리 생각해 봐도 그것은 무리였다. 오는 손님을 맞이하기는커녕 되려 쫓아내기 십상일 것이다. 점소이들의 움직임을 따라 눈동자를 또르르 굴리고 있는 광검을 바라보는 일행의 얼굴에는 연신 웃음이 가시지 않았다.

한편 일행의 분위기가 화기애애해지자 주변에서 눈치를 보며 조심스럽게 술잔을 홀짝이던 사내들이 목청을 높였다.

"자네, 며칠 전에 현가장(玄家莊)에서 발생한 사건을 알고 있나?"

"응? 그게 무슨 소리인가?"

"현가장이 아예 풍비박산이 났다네!"

마주 보고 앉아 있던 사내의 얼굴에 의아한 표정이 떠올랐다.

"풍비박산? 자네 지금 악양 내의 최고수로 불리는 환룡검(幻龍劍) 현성 어른이 장주로 있는 그 현가장을 말하는 것인가?"

"그렇다네. 지금 그로 인해 악양 전역이 뒤숭숭한 상태라네."

"허! 어쩌다가……?"

주변의 시선이 일제히 쏠리자 잠시 둘러보던 사내가 술 한 잔을 들이켜며 목에 힘을 주었다.

"흠흠! 단 하룻밤 사이에 환룡검 어른과 그 가족을 포함한 이십오 명의 제자, 그리고 일반 가솔에 이르기까지 깡그리 목이 베였다고 하네."

"어떻게 그럴 수가? 환룡검 어른이라면 호남 내에서도 다섯 손가락 안에 든다는 검의 고수가 아닌가?"

"물론일세. 그러니 시끄러운 것이 아니겠는가? 들리는 말에 의하면 그날 새벽 그곳을 벗어나는 이 인을 본 이가 있다고 하네. 그의 말에 의하면 그들의 신형이 마치 호랑이와 같이 날렵해 보자마자 꺼지듯 사라졌다는 것일세."

"허! 참으로 믿기 어려운 말이로구먼."

그들의 말에 주변에는 고요한 침묵이 흘렀다. 외지에서 구경 온 이들을 제외하면 모두 무거운 표정이었다.

현가장은 전통있는 무가(武家)일 뿐만 아니라 환룡검 현성은 가문의 무공인 십팔환검(十八幻劍)을 익힌 악양의 제일고수로 불리는 인물이었다.

호남 내에서도 명성이 자자한 그가 장주로 있는 현가장이 하룻밤 사이에 몰살을 당했다는 사실은 실로 충격적인 사실이 아닐 수 없었다.

잠시 후, 객잔 안은 웅성거리는 소리로 시끄러워지기 시작했다. 일행 역시 예외는 아니었다. 사공천이 두 눈을 동그랗게 뜨며 해월을 바라보았다.

"형님, 환룡검 현성이라면 상당히 알려진 고수가 아닙니까?"

미간을 좁히고 있던 해월이 고개를 끄덕였다.

"물론일세. 나 역시 직접 본 적은 없지만 그의 십팔환검이 강호일절이라는 소리를 들었네. 그러한 그를 포함한 현가장의 모든 가솔이 단 이 인에 의해 몰살을 당하다니 심상치 않은 일이로구먼."

순간, 장산이 궁금한 표정을 지으며 물었다.

"환룡검이란 분이 어떠한 인물이었는지요?"

"예, 말씀드리지요. 현가장은 오래전부터 악양을 대표하는 무가였습니다. 또한 장주인 환룡검 현성은 가문의 무공인 십팔환검을 대성한 고수일 뿐만 아니라 후덕한 인품을 지닌 인물로 널리 알려져 있지요."

"그렇다면 원한에 의한 사건은 아니겠군요."

“예, 그 점이 문제입니다. 무인인 이상 어찌 자잘한 문제마저 없겠습니까만 세간의 평이 그 정도라면 단순한 원한 관계는 아닐 듯싶습니다. 분명 알려지지 않은 그 어떤 내막이 있을 겁니다.”

듣고 있던 광검이 고개를 갸웃거리며 입을 열었다.

“허! 무림이란 참으로 복잡한 곳이로구먼. 미친놈들이 아니고서야 어찌 원한도 없는 가문을 몰살시킬 수 있다는…….”

문득 그는 말끝을 흐리더니 눈에 쌍심지를 켰다.

“그런데 대체 저놈들은 누구인데 아까부터 우리를 슬쩍슬쩍 곁눈질하다가 도망치는 게야? 왠지 감시당하고 있는 것 같아 영 개운치가 않더니만 현가장 얘기가 나오니까 슬그머니 내빼고 있구먼. 내 저놈들을……!”

그가 신형을 일으키려 하자 옆에 앉아 있던 장산이 옷소매를 잡으며 제지했다.

“그냥 가도록 놔두시지요.”

“응? 그냥 보내라고?”

“예, 사실 저도 저들의 눈빛이 불편하기는 마찬가지였습니다. 하지만 우리가 잘못 본 것일 수도 있으니 그냥 모른 척하시지요.”

두 사람의 말에 건너편에 앉아 있던 해월과 사공천, 그리고 진령이 일제히 고개를 돌렸다.

그들의 뒤쪽에는 무인으로 보이는 사내들이 일반인 사이사이에 자리해 있었다. 삼삼오오 모여 앉아 서로 대화를 주고받으며 술잔을 기울이는 모습이었다.

그런데 객잔의 입구를 조용히 빠져나가는 사십대 후반으로 보이는 두 사내가 유난히 일행의 시선을 끌었다. 사라져가는 뒷모습이 왠지 심상치 않았던 것이다. 마치 잘 다듬어진 두 자루의 보도를 보는 듯 강한 예기가 느껴지고 있었다.

"허! 보통 기도가 아니로군요. 음습한 기운이 강하게 느껴지는 자들입니다. 마치 오랫동안 죽음의 수련을 겪어온 이들로 보이는군요."

해월이 말에 광건이 나섰다.

"내 말이 바로 그 말일세. 저놈들이 처음부터 술을 퍼마시며 우리를 주시하고 있었네. 그런데 영 꺼림칙한 기분이 들더란 말일세. 분명 무엇인가 흑심을 품은 놈들이 분명하네. 대체로 저런 부류의 인간들은 숨어서 뒤통수를 치는 경우가 많으니 아예 눈에 보일 때 손을 봐주는 것이 신상에 이롭다는 말일세."

"하지만 사숙의 말씀대로 애매한 것 또한 사실입니다. 단지 심증만으로 다그칠 수는 없지 않습니까?"

"안 되긴 뭐가 안 돼? 예서 잠시만 기다리게. 내 저놈들이 무슨 흑심을 품고 있는지 알아보고 오겠네."

광검이 말을 마치며 벌떡 신형을 일으켜 세우자 장산이 따라 일어서며 제지했다.

"왕 형, 잠시만……!"

'으윽!

하지만 그의 말은 더 이상 이어지지 못했다.

난데없이 탁자 밑에서 날아든 발끝이 정확히 정강이 부분을 가격한 것이다. 고통은 둘째 치고, 순식간에 벌어진 어이없는 상황에 기가 막힐 뿐이었다.

장산의 시선이 서서히 새침한 표정을 짓고 있는 진령에게 향했다. 그녀는 자신과 상관없는 일이라는 듯 팔짱을 낀 채 고개를 돌리고 있었다.

'허……!'

참으로 기가 차고 말문이 막혔다.

굳이 내색은 하지 않았지만 그래도 명색이 숙부인데 어찌 그런 행동을 할 수 있는지 참으로 이해가 되지 않았다.

해월과 사공천은 머뭇거리며 조심스럽게 그의 표정을 살폈다. 그들 역시 진령과 나란히 앉아 있었기에 그녀의 행동을 짐작할 수 있었다.

다만 워낙 예상치 못한 돌출 행동이기에 할 말을 잃은 채 난감한 표정을 짓고 있을 뿐이었다. 문득 해월의 의아해하는 시선이 향하자 그녀가 쌩끗 웃으며 입을 열었다.

"사형, 측간이 어디 있죠? 숙부님이 굉장히 속이 불편하신 가 봐요."

'끄응!'

순간, 장산의 얼굴이 힘껏 쥐어짜진 빨래가 되고 말았다.

평소에는 거의 표정이 없던 얼굴이 붉으락푸르락해지며 벌겋게 달아오르자 진령이 걱정스럽다는 듯 두 눈을 동그랗 게 뜨며 안타까운 표정을 지었다.

"어머, 어떻게 해요? 아주 급하신가 봐요!"

'으으으……!'

그의 얼굴이 더욱 붉어지며 푸들거렸다.

여우 같은 표정으로 시치미를 떼는 모습을 보니 그렇게 얄 미운 수가 없었다. 더 이상 참지 못하고 마 노성을 토해내려 는 순간이었다.

"야, 이 망할 놈들아! 게 섯지 못하겠느냐?"

광검의 쩌렁쩌렁한 고함이 객잔 안을 뒤흔들었다.

덕분에 장산의 터질 듯한 분노는 조용히 묻히고, 모두의 시 선이 일제히 광검에게 쏠렸다. 어느새 그의 신형은 객잔을 벗 어나고 있었다.

"왕 형!"

해월이 크게 소리치며 신형을 날리자 사공천 역시 신형을 일으켜 세우며 뒤를 따라갔다.

객잔 안이 어수선해지며 소란스러워지자 퍼뜩 정신을 차린 장산이 서서히 미간을 좁히며 진령에게 시선을 향했다.

'응……?

하지만 곧 굳은 표정을 펼 수밖에 없었다.

그녀는 근심이 가득한 얼굴로 무엇인가 깊은 생각에 잠겨 있었다. 그 모습이 너무도 진지해 보여 한마디 해주려던 생각이 슬며시 꼬리를 내리고 말았다. 그렇게 잠시 어색한 침묵이 흐르고 있을 때였다.

해월을 포함한 삼 인이 객잔의 입구에 모습을 드러냈다.

'무슨 일이 있었기에?

장산의 두 눈이 휘둥그레지고 말았다.

그곳에는 광검이 미간을 잔뜩 찌푸린 채 험악한 인상을 짓고 있었다. 일그러진 얼굴에는 낭패스런 표정이 가득하고, 허벅지로부터 흘러나온 핏물이 하의를 붉게 적시고 있었다.

하지만 상처에 전혀 개의치 않는 모습이었다. 곧바로 장산에게 다가오더니 목청을 돋우었다.

"그것 보게! 내 말대로 냄새나는 놈들이 아니었던가?"

"상처는 좀 어떠십니까?"

순간, 그의 미간이 심하게 찌푸려졌다.

"에이! 천하의 광검 왕달치가 요즘 체면이 영 말이 아니구먼. 이제는 웬 잡놈들에게까지 당하는 신세가 되다니… 이거야 원 창피해서 고개를 들고 다닐 수가 있어야지. 마치 동네 북이 된 심정일세."

"그래도 상처가 깊지 않아 천만다행입니다."

"에휴! 상처가 뭐 그리 대수이겠는가, 내 구겨진 자존심이 문제이지! 가슴이 미어진다는 말일세!"

그의 말을 끝으로 일행 사이에는 침묵이 흘렀다.

비록 광검이 그렇게 말하고는 있지만 난감해하는 기색이 역력했다. 혹시 모를 기습에 대비해 조심스럽게 다가갔음에도 그들 중 일인이 날린 암기를 미처 피하지 못해 허벅지를 스친 것이다.

결코 그들의 무위가 낮지 않음을 보여주는 대목이었다. 그나마 스쳐 지나간 암기에 독이 묻어 있지 않은 것이 천만다행이라 할 수 있었다.

'으음……'

일행은 각자 말없이 상념에 잠겼다.

이미 사내들이 아침 안개가 걷힌 것처럼 자취를 감추고 말았으니 머릿속은 온갖 생각으로 복잡해질 뿐이었다.

한참의 시간이 흐른 후, 일행은 조용히 자리에서 일어섰다. 시끌벅적한 영업장을 가로질러 각자의 객실로 향할 때쯤 진령의 얼굴에는 유독 짙은 근심의 그림자가 드리워져 있었다.

## 악양지야(岳陽之夜)

휘영청 밝은 달빛이 한 객실의 창가에 스며들며 방 안을 훤히 밝혀주고 있었다.

그 빛줄기가 이어지는 한쪽 구석의 침상 위에는 한 청년이 잠을 이루지 못한 채 몸을 뒤척이고 있었다. 바로 장산이었다.

"휴우!"

그는 왠지 잠을 이룰 수가 없었다.

잡념을 떨쳐 버리기 위해 좌정한 채 혼원심공을 운용해 보았지만 이상하게도 심란한 마음은 가시지 않았다. 다시 침상에 누워 잠을 청해보았지만 역시 마찬가지였다. 잠은 오지 않고 오히려 머릿속만 혼란스러워질 뿐이었다.

'그런 깨달음이 다시 올 수 있을까?'

바로 그가 잠을 이루지 못하는 이유였다.

굳이 내색을 하지는 않았지만 미련이 남는 것은 어쩔 수 없었다. 객잔 내에서 벌어진 예상치 못한 사건으로 인해 잠시 생각을 떨쳐 버릴 수 있었지만 혼자의 몸이 되자 또다시 아쉬움이 고개를 들었던 것이다.

만일 선상이 아닌 천자산에서 그러한 기회를 맞이했다면 지금과 같은 갈증은 없었을 거라는 생각이 머리에서 떠나지 않고 있었다.

'그것참!'

당시 일원을 이루던 태극의 양이 동하고 음이 반응하던 생생한 움직임은 고스란히 머릿속에 각인되어 있었다.

뿐만 아니라 뇌리를 온통 뒤흔들며 시리도록 황홀하던 기억 역시 완전히 사라진 것은 아니었다.

'답답하구나!'

하지만 안타깝게도 그 느낌에 다시 다가설 수 없는 것이다.

분명 이전보다 검로를 보는 시야가 넓어지고, 삼초 무극이 오의 흐름 또한 이해할 수 있음에도 막상 검을 들고 펼치려면 마음대로 되지가 않는 것이다.

그렇다고 언제 찾아올지 알 수 없는 막연한 기다림을 기약하기에는 당장의 갈증이 너무도 심했다. 눈을 감으면 그 흐름이 떠오르고 눈을 뜨면 마치 안개와 같이 뿌옇게 변하니 황망한 노릇이 아닐 수 없었다.

애써 잊으려 해도 계속해서 진한 아쉬움이 소록소록 피어오르며 그를 괴롭히고 있었다.

"후유!"

문득 침상에서 뒹굴던 장산이 한숨을 내쉬며 창밖으로 시선을 향했다.

고즈넉한 달빛 아래 뱃놀이를 즐기던 이들의 배에서 하나둘 등불이 꺼져 가자 동정호는 점차 어둠 속에 깊이 잠겨들고 있었다.

그 광경이 마치 양이 동을 다하여 다시 음인 정으로 되돌아가는 형상을 보는 것 같았다. 그렇게 한참 멍하니 넋을 잃은 채 꺼져 가는 불빛을 바라보고 있을 때였다.

'응……?'

갑자기 누군가 어둠을 헤치며 악양 내로 이어지는 숲길로 들어서는 것이 보였다.

왜소한 신형으로 보아 여인이라는 생각이 들었지만 이상하게도 눈에 익은 모습이었다. 왠지 진령의 모습을 보는 것 같았다.

　문득 궁금한 생각이 들자 안력을 돋우어 바라보니 사라져 가는 뒷모습이 영락없는 그녀였다.

　‘이 야심한 시각에 어디를?’

　그는 의아한 생각을 지울 수 없었다.

　빠른 걸음으로 총총히 사라진 것으로 보아 그녀에게 무엇인가 다급한 일이 닥쳤음을 알 수 있었다.

　하지만 이 늦은 시간에 일행에게 알리지도 않고 왜 혼자의 몸으로 야행에 나서는 것인지 참으로 이해할 수가 없었다. 객잔 내에서의 심각했던 표정도 그렇고 급히 사라져 가는 모습도 그렇고, 왠지 꺼림칙한 기분을 떨쳐 낼 수 없었다.

　‘으음! 아무래도 따라가 보는 것이 좋을 것 같구나.’

　장신은 서둘러 자리에서 일어서니 문밖으로 향했다.


　쉬익! 쉬이익!

　진령이 사라진 숲길을 따라 빠르게 내달리는 사 인의 모습이 보이니 바로 나머지 일행이었다.

　문득 선두로 내달리던 장산이 목청을 돋우었다.

　“질녀(姪女)의 흔적이 보이지 않습니다! 어서 서둘러야 하겠습니다!”

　처음에는 홀로 그녀의 뒤를 따르려 했지만 이곳의 지리를 잘 모르니 일행과 함께 나서는 것이 좋겠다는 생각이 들었다.

하지만 일행을 일일이 불러 객잔을 나서다 보니 제법 시간
이 흐른 상태였다. 늦었다는 생각에 정신없이 내달리고 있을
때였다.

"잠시만 멈추시지요!"

장산의 바로 뒤를 따르던 해월이 소리치며 멈추자 모두의
신형이 멈춰 섰다.

그들의 앞에는 양 갈래 길이 놓여 있었다. 악양의 중심으로
향하는 길과 완만한 야산을 지나 외곽으로 향하는 길이었다.

문득 사공천의 시선이 해월을 향했다.

"형님, 우측의 외곽 길은 멸문을 당했다는 현가장으로 향
하는 길이 아닙니까?"

"그렇다네."

해월이 미간을 좁힌 채 대답하자 장산이 궁금한 표정을 지
었다.

"혹여 질녀가 그곳으로 향한 것은 아닐까요?"

"으음! 그렇지 않아도 그런 생각을 하고 있었습니다."

"객잔 내에서 현가장의 멸문 소식을 접한 후, 질녀의 얼굴
에 어두운 그림자가 드리워져 있던 것이 생각납니다. 아마 피
치 못할 사정이……."

그의 말은 이어지지 못했다.

광검이 눈을 부라리며 목청을 높이고 나섰다.

"그렇다면 뭐 하고 있는 것인가? 어서 그곳으로 가세!"

"허벅지의 상처는 좀 어떠십니까? 계속 움직여도 괜찮겠습니……."

순간, 광검이 눈을 부릅뜨며 말을 잘랐다.

"나, 호랑이도 맨손으로 때려잡는 광검 왕달치일세! 자네가 걱정해 주는 것은 고맙지만 괜한 기우에 지나지 않네! 그깟 암기가 스친 정도의 작은 상처에 옴짝달싹하지 못할 만큼 나약하지 않다는 말일세!"

"예? 아, 예."

잠시 침묵이 흐르자 해월이 입을 열었다.

"혹여 모르니 두 사람씩 좌우로 나누어 가는 것이 좋겠습니다."

곧바로 사공천에게 시선을 향하더니 말을 이었다.

"내 사숙과 함께 우측 길로 향할 것이니 아우는 왕 형과 함께 좌측 길로 향하게. 위험한 상황이 닥칠 수도 있으니 조심해야 하네."

"예, 형님!"

일행은 이 인씩 나뉘어 서로의 길로 접어들며 신형을 날려 사라져 갔다.


악양의 외곽으로 향하는 야산의 좁은 길을 지나자 끝이 보이지 않을 만큼 넓은 평원이 펼쳐 있었다.

그 평원이 끝나는 지점에는 화마가 훑고 간 흔적이 고스란히 남아 있는 폐장원이 한 채 자리하고 있었다. 바로 환룡검 현성이 장주로 머물던 현가장이었다.

휘이이잉!

한줄기 바람이 불어와 군데군데 허물어진 담벼락 사이를 스쳐 가자 을씨년스럽기만 하던 내부의 전경이 어둠 속에 모습을 드러냈다.

화염에 그을린 기둥과 지붕이 황량한 땅바닥 위에 나뒹굴고, 무너져 내린 벽면의 조각들이 잡풀 위에 어지러이 흩어져 있었다.

그저 고풍스러워 보이는 전각의 앙상하게 남은 뼈대 위에 하늘을 찌를 듯 솟아 있는 처마만이 이곳이 한때 악양의 전통 있는 현가장이라는 사실을 알려주고 있었다.

'아아!'

그 폐장원의 심처에 자리한 전각 내에는 가냘픈 신형을 지닌 한 여인이 서성거리고 있었다. 바로 일행 몰래 객잔을 벗어난 진령이었다.

'어떻게……?'

그녀의 얼굴에는 무엇인가 풀리지 않는 의문으로 가득 차 있었다.

악양의 나루터에 일행을 마중 나와야 할 준비된 호위들은 나타나지 않고, 객잔으로 찾아와 현가장으로 안내해 주어야 할 연락책 역시 모습을 드러내지 않았다.

더욱 황당한 일은 현가장이 이미 누군가의 공격을 받아 폐장원으로 변했다는 사실이었다. 나름대로 이곳으로 오기 전에 철저히 준비하고 비밀리에 진행했던 계획이 노출된 것이 틀림없었다.

그로 인해 괜히 현가장만이 돌이킬 수 없는 사건에 휘말린 것 같았다. 다급한 마음이 들자 홀로 이곳으로 향했지만 회수해야 할 물건은 보이지 않고 시간만 흘러가고 있으니 참으로 답답한 노릇이었다.

'어디 있을까? 분명 이곳 현각(玄閣) 내의 어딘가에 있을 텐데……'

그녀는 입술을 꼭 깨물며 다시 한 번 전각 안을 샅샅이 뒤지기 시작했다.

이곳 현각은 장주인 환룡검만이 드나들 수 있는 장소였다. 그가 예전부터 돌연 현가장 내의 모든 대소사를 총관에게 일임한 후, 이곳에서 홀로 지내온 내용은 이미 잘 알려져 있는 사실이었다.

처음에는 모두 그의 그러한 행동에 의아해했다.

하지만 시간이 흐를수록 그의 가족을 비롯한 모든 가솔은 그가 새로운 무공을 창안하기 위해 몰두해 있는 것이라 여기게 되었다. 그만큼 그는 밤낮으로 혼신의 힘을 다해 무엇인가에 매달렸던 것이다.

'가만있자, 저것은?

문득 서재를 기웃거리던 진령의 움직임이 멈춰 섰다.

그녀의 시선은 서서히 한쪽 벽면을 통째로 차지하고 있는 서고를 향하고 있었다. 그곳에는 몇 군데 불에 그을린 흔적과 어지럽게 흩어져 있는 서적들을 제외하면 대체로 온전한 상태로 보관되어 있었다.

그런데 이상하게도 하나의 서책이 유난히 그녀의 시선을 끌었다. 세월의 흔적을 말해주듯 태극천(太極天)이라 쓰인 글자가 빛바랜 낡은 고서였다.

'혹시?

문득 오래전에 아버지와 주고받았던 대화가 떠올랐다.


"아버님, 구파일방을 비롯한 많은 무가가 저마다 유구한 역사를 지니고 있잖아요. 그렇다면 할아버님께서 세우신 우리 태극검문은 어디에 그 뿌리를 두고 있는 것이지요?"

"으음! 너도 이제 알 만한 나이가 되었으니 말해주도록 하마. 본래 우리 가문은 복건(福健)의 남평에 자리한 오랜 전통을 지닌 무가로서 진가장(陳家莊)이라 불렸단다. 바로 아버님께서 태어나시고 자라신 곳이지."

순간, 진령이 궁금한 표정을 지으며 물었다.

"그럼 태극일원검이 우리 가문의 무공이었나요?"

"그렇지 않단다. 아버님께서는 진가장 역사상 가장 뛰어난 기재로 약관(弱冠)의 나이에 이미 가문의 무공인 화령검(火靈劍)을 대성한 분이셨지. 하지만 너도 알다시피 복건은 무림과 큰 관련이 없는 지역이라 그분 역시 강호의 문파와는 인연 없이 지내셨단다."

아버지는 잠시 회상에 잠기더니 진령에게 시선을 향했다.

"그러던 어느 날이었지. 자신을 조화옹(造化翁)이라 소개한 한 노도인이 진가장을 방문하셨단다. 그분은 조부님과 면담을 가진 후, 아버님을 데리고 무이산(武夷山) 깊은 계곡으로 들어가셨지. 아버님께서는 그곳에서 그분이 우화등선할 때까지 함께 지내셨단다. 이후, 무이산을 내려와 비무행을 시작하면서 강호에 그 명성을 떨치게 된 것이지."

"그럼……."

그녀가 말끝을 흐리자 아버지는 천천히 고개를 끄덕이며 말을 이으셨다.

"그래, 바로 태극일원검은 조화옹 어른께서 전수해 주신 무공이란다."

"그렇다면 조화옹이란 분은 어디 출신이세요?"

순간, 아버지께서 고개를 저으며 말씀하셨다.

"글쎄다. 그 부분에 대해서는 이 아비 역시 정확한 내용을 알 수가 없구나. 아버님께서는 그분의 신상에 대해서 극도로 말씀을 꺼리셨지. 다만 가문에 대대로 전해 내려오는 혼원심공과 태극일원검이 유사한 맥락인 것으로 보아 아마도 진천 시조(始祖)님과 그 어떤 관련이 있을 거란 생각이 드는구나. 아무런 이유도 없이 우리 가문에 태극일원검을 전해주셨을 리 만무하다는 말이니라."

"그럼 우리 가문과 연관은 있으되 어떤 관계인지는 정확치 않다는 말씀이군요?"

"그렇단다."


기억 속의 대화가 막 거기에 이르는 순간이었다.

그녀의 고운 아미가 오르락내리락하더니 갑자기 눈빛을 반짝였다.

'그래, 어쩌면 저 태극천이란 뜻이 그곳을 의미하는 말인지도 몰라!'

문득 그녀의 얼굴에 환한 미소가 떠올랐다.

어둠 속의 긴 숲길을 지나다가 지친 몸을 쉬어갈 수 있는 민가(民家)를 만난 기분이었다. 그 환한 불빛을 보는 듯 머릿속으로 아버지와 나누던 대화가 이어졌다.

진령이 무엇인가 생각난 듯 두 눈을 동그랗게 뜨며 물었다.

"그런데 일이 년에 한 번씩 태극검문을 방문하시는 태공(太公)이란 어른은 어떤 분이세요? 그분 역시 우리 가문과 어떤 관련이 있는 분이신가요?"

"글쎄다. 그 역시 정확한 대답을 하기가 애매하구나. 태공 어른은 무림에 전혀 알려지지 않은 태극천이란 곳에서 오셨고, 우리와 같은 태극일원검을 익히셨단다. 나중에서야 우리와 일맥(一脈)이라는 사실을 알게 되었지. 하지만 우리 가문과 직접적인 관련이 있는지는 알 수 없단다."

"일맥이라니… 무슨 말씀이세요?"

"예전에 그분이 태극일원도(太極一圓圖)라는 태극일원검의 오의가 담긴 오래된 목간(木簡)을 호남의 악양에 자리한 현가장에 맡겼다는 말씀을 하셨단다. 그리고 우리가 필요하다면 그곳을 방문해 회수해도 좋다고 하셨지. 이 아비가 의아해하자 같은 일맥이기에 크게 개의치 않는다고 하셨단다."

"그렇다면 그분 역시 가문과 연관은 있으되 정확한 관계는 모른다는 말씀이군요?"

아버지께서 미소를 지으며 고개를 끄덕이셨다.

"허허허! 그래, 그 말이 정확한 표현인 것 같구나."

"하지만 같은 일맥이라도 그렇지, 그 중요한 것을 어찌 우리에게……."

그녀가 이해하지 못하겠다는 표정을 짓자 천천히 말을 이으셨다.

"아버님께 신세진 일을 갚기 위함이라 하셨느니라. 다만 그에 대한 소문이 나면 곤란하니 시일이 지난 후, 소리없이 움직여 달라고 신신당부를 하셨지. 그 외의 말은 일체 함구하셨기에 아비 역시 물어볼 수 없었단다. 아무튼 이 사실은 너 또한 혼자만 알고 함구해야 하느니라. 알겠느냐?"

"예, 아버님. 하지만 한 가지 이해가 되지 않는 점이 있어요. 그 중요한 물건을 왜 그곳에 맡겼을까요?"

순간, 아버지께서 너털웃음을 터뜨리셨다.

"허허허! 그분께서 그것을 지니고 있을 여건이 아니기에 허허실실을 이용한 것이라 했느니라. 그곳의 장주로 있는 환룡검 현성이 믿고 맡길 수 있는 속가제자라고 하더구나. 하긴 아비가 생각해 봐도 제대로 허를 노린 것이라 생각된다. 그 중요한 물건을 설마 현가장에 맡길 것이라고는 그 누구도 예상치 못할 것이 아니겠느냐?"

듣고 있던 진령이 고개를 끄덕였다.

"그렇긴 하네요."

"그분이 이곳을 맨 처음 방문하신 다음날, 아버님께서 일언반구의 말씀도 없이 서찰을 남기고 떠나신 것을 보면 왠지 모든 일이 태극천이란 곳과 밀접한 관계가 있는 듯싶구나.
아버님께서 떠나시기 전날 밤, 아비를 불러 당신의 진전을
이은 이가 나타나면 친아우처럼 보살펴 주고 그분과의 만남
을 주선하라는 말씀을 남기셨단다. 따라서 정확한 내막은 아
버님의 후인이 이곳에 도착한 후에나 알 수 있을 것 같구
나.”

휘이이잉!
어디선가 차가운 바람이 불어와 전각 안을 스쳐 가자 비로
소 진령이 긴 상념에서 깨어났다.
‘그래, 분명 그 태극천을 의미하는 것이야.’
그녀는 깊은 심호흡을 한 후 떨리는 가슴을 진정시켰다. 그
리고는 한 걸음 한 걸음 다가가기 시작했다.
‘응……?’
잠시 후, 서고 앞에 이르자 그녀의 녹목이 빛을 발했다.
양옆의 서책들이 희뿌연 먼지가 뒤덮여 있음에도 유독 낡
아 보이는 태극천이라는 서책만은 티끌 한 점 묻어 있지 않았
던 것이다. 그것은 분명 누군가의 손길이 닿았다는 것을 가르
쳐 주는 대목이었다.
‘제발!’
그녀가 조심스럽게 책자를 집어보니 무엇인가 단단한 이

물질이 느껴졌다. 무엇인가 서책 내에 끼어 있음이 분명했다.

잠시 호흡을 가다듬은 후 파르르 떨리는 손을 들어 책자의 중간쯤을 조심스럽게 펼쳤다. 그리고 세차게 두근거리는 가슴을 부여안고 그 물체를 바라보는 순간이었다.

"아……!"

그녀의 입에서 탄성이 흘러나왔다.

동시에 그녀의 커다란 녹목에 이슬이 차오르는가 싶더니 두 볼을 따라 흘러내리기 시작했다. 그 서책 사이에는 기이한 형태의 도형이 그려져 있는 얇은 두께의 목간이 놓여 있었던 것이다.


**일생천지만물(一生天地萬物), 하나가 천지만물을 이루도다!**


목간의 상단에는 그러한 글이 적혀 있었다.

그리고 하단에는 일원이 양의(兩儀)를 낳고 양의가 다시 오행(五行)을 낳는 도형이 그려져 있었다. 또한 도형의 좌우로는 심득을 적어놓은 듯 깨알 같은 글씨로 무엇인가 적혀 있었다.

'이것이 바로……'

머릿속으로 빠르게 태극일원검의 각 초식들이 지나갔다.

분명 하나[一]의 거대한 일원이 태극을 이루고, 그 태극이 양의로 갈라져 나와 다시 오행을 이루는 태극일원검의 심득이 적혀 있는 원판임에 틀림없었다. 이곳에서 노심초사하며 찾아 헤매던 바로 그 목간이었던 것이다.

'하아……!'

마음 한구석을 차지하던 근심 덩어리가 아침 햇살에 녹아내리는 눈송이처럼 말끔히 사라지는 것을 느꼈다.

비록 두 볼을 따라 눈물이 흘러내리고 있지만 얼굴에 떠오른 환한 미소는 가시지 않았다. 곧바로 눈물을 훔치며 태극일원도를 소중히 품 안에 갈무리했다. 그리고는 만족스러운 표정으로 현각을 나섰다.

잠시 후, 날아갈 듯 기뻐워진 빌길음으로 황폐해신 뜰을 가로지르며 객잔으로 향할 때였다.

'누구……?'

진령이 의아한 표정을 지으며 발걸음을 멈춰 섰다.

갑자기 전방에 이 인의 시커먼 그림자가 소리없이 막아선 것이다.

'저들은?'

그랬다. 그들은 바로 객잔에서 보았던 사내들이었다.

짙은 어둠이 내려 있어 정확한 용모를 파악하기는 어려웠지만 워낙 음습한 기운을 뿌리고 있어 한눈에 그들임을 알아볼 수 있었다.

'좋지 않아!'

그녀는 전신에 한기가 일며 등줄기를 따라 소름이 돋아나는 것을 느꼈다.

사내들이 자신을 지켜보고 있다가 기다렸다는 듯이 막아섰다는 느낌을 지울 수 없었다. 분명 이들과의 마주침은 득보다 실이 많을 거란 생각이 들었다. 그렇게 잠시 서로를 매섭게 노려보고 있을 때였다.

좌측에 서 있던 사내의 억양 없는 목소리가 들려왔다.

"이런, 이런! 생각지도 못한 대어를 낚다니……. 혹시나 했더니 정말 태극검천 진웅의 무남독녀인 검설화 진령이로구나."

그의 말에 우측에 서 있던 사내가 음침한 눈빛을 떠올리며 말을 받았다.

"흐흐흐! 아예 복덩이가 넝쿨째 굴러들어 왔습니다. 그동안 쇠 신이 닳도록 찾아 헤매던 태극일원도도 얻고, 무림삼화라는 계집의 속살도 구경하고, 그동안의 모든 노고가 한순간에 사라지는 것 같습니다."

순간, 좌측의 사내가 어이없다는 표정을 떠올리며 입을 열었다.

"우령아, 제발 정신 좀 차려라. 혈웅(血鷹)이란 별호에 걸맞게 때와 장소를 가릴 수는 없겠느냐? 그렇게 시도 때도 없이 색(色)을 밝히다가는 언젠가 그놈의 음욕(淫慾) 때문에 치도 곤을 당하게 될 것이다. 저 아이는 인질로 삼아야 하니 건드 리지 말도록 하여라."

"형님, 너무 걱정하지 마십시오. 평생을 통해 저런 계집을 품을 수 있는 기회가 몇 번이나 되겠습니까? 제가 상하지 않 도록 살살 다룰 것이니 마음 푹 놓으시길 바랍니다."

"뭣이라? 내가 안 된다고……."

하지만 그의 말은 이어지지 못했다.

혈웅이란 사내가 재빨리 말을 자르고 나섰다.

"호호호! 걱정하지 마시고 저에게 맡겨주세요. 겉이 멀쩡 한데 속으로 무슨 일이 있었는지 어찌 알 수 있겠습니까? 저 계집이 씨앗을 잉태할 생각이 아니라면 제 입으로 떠들고 다 닐 수는 없을 테니 만사형통인 게죠."

'이 미친 작자들이……?

순간, 진령의 고운 아미가 심하게 찌푸려졌다.

난생처음 들어보는 황당한 말에 분노가 치밀어 오르고, 신 형이 폭발할 듯 파르르 떨려왔다.

하지만 이상하게도 본능은 계속 움츠리며 조심하라 아우 성치고 있었다. 그만큼 사내들의 기도가 무시할 수 없었던 것 이다. 마치 한번 빠져들면 헤어 나올 수 없는 깊은 수렁에 빠진 느낌이었다.

"계집, 잠시만 기다려라! 내 너에게 극락이 무엇인지 맛보게 해주마!"

혈웅의 입에서 거친 말이 튀어나오는 순간이었다.

'헉!'

진령은 순간적으로 온몸이 굳어지는 것을 느꼈다.

상대의 신형이 움직이는가 싶더니 어느새 새하얀 검신이 인중을 향해 날아들고 있었다. 일체의 변식을 제외한 극한의 쾌검이었다.

여태껏 저러한 쾌검이 존재한다는 사실은 들어본 적도, 상상해 본 적도 없었다. 그저 형언할 수 없는 속도로 날아드는 검에 아연실색할 뿐이었다.

쐐애액!

날카로운 기운이 인중에 몰려들자 살갗이 찢겨져 나갈 것만 같았다. 달리 어떤 생각을 떠올릴 여유가 없었다. 본능적인 움직임을 따라 재빨리 고개를 틀었다.

'이런……!'

갑자기 우측 귀밑이 얼얼해지며 쓰라린 통증이 엄습했다. 동시에 무엇인가 어깨 위로 한두 방울 떨어지는 것을 느꼈다.

하지만 그것을 확인할 틈이 없었다. 어느새 사내의 날카로운 일검이 천돌을 향해 날아들고 있었다.

'안 돼!'

진령은 기겁을 하며 검을 쳐올렸다.

채앵!

"흐흑!"

곧바로 두 검신이 세차게 맞부딪치며 불꽃이 튀자 그녀의 입에서 고통에 찬 신음이 흘러나왔다.

검을 쥔 손아귀가 찢어질 듯 아파오고, 충격으로 인해 팔이 저려왔다. 급하게 걷어 올린 검이라 제대로 내력을 싣지 못한 것이다.

'마, 말도 안 돼!'

그녀는 내심 당혹감을 감출 수 없었다.

상내의 섬에는 자신이 전력을 다한다 할지라도 결코 장담할 수 없는 강한 내력이 실려 있었던 것이다.

더욱이 실전 경험이 부족한 그녀로서는 일체의 변식 없이 사혈만을 노리며 빛살 같은 속도로 쏘아져 오는 검을 보니 어떻게 대응해야 할지 막막하기만 했다.

"호오! 일섬단(一閃斷)을 막아내다니 제법이로구나!"

혈웅의 입꼬리가 씰룩거리는가 싶더니 또다시 기이한 검초를 뿌렸다.

'이게 대체 무슨……?'

순간, 그녀의 머릿속은 하얗게 비어갔다.

검이 움직인다고 느끼는 순간, 새하얀 검신은 이미 하복부에 이르고 있었다. 마주 선 직선의 공간에는 오직 상대의 검신에서 토해져 나오는 백영(白影)만이 존재할 뿐이었다.

'이익……!'

진령은 어금니를 꽉 깨물며 재빨리 구궁팔괘보를 밟아 미끄러지듯 뒤로 물러섰다.

하지만 본능의 움직임을 따라 창졸간에 펼친 보법이라 완벽히 피할 수는 없었다. 늦었다는 생각이 들자 다급히 바닥을 박차며 엉덩이를 뒤로 쭉 내밀었다. 다행히 간발의 차이로 시리도록 차가운 검끝을 피할 수 있었다.

하지만 기이한 검초는 이미 자신의 옷 위에 선명한 흔적을 새겨놓았다. 동그랗게 파인 옷자락이 너풀거리며 시선을 가득 메워오는 순간이었다.

"흐흐흐!"

사내의 소름 끼치는 웃음이 고막을 파고들며 온몸에 한기가 이는 것을 느꼈다.

왠지 그의 의도에 말려들었다는 생각을 지울 수가 없었다. 그리고 그 불길한 예감은 정확히 맞아들었다. 어느새 시커먼 발그림자가 날아들며 거궐을 향해 쏟아져 오고 있었다.

'아아!'

안타까웠다. 더 이상의 저항은 불가능했다.

이미 중심이 크게 흐트러진 상태에서 상체마저 구부린 상황이라 피할 엄두조차 나지 않았다. 그저 일순간 모든 것이 정지하며 엄청난 속도로 날아드는 상대의 발끝만이 보일 뿐이었다.

퍼억!

강한 타격음이 밤하늘에 울려 퍼졌다.

"흐흑……!"

진령은 눈을 허옇게 치켜뜨며 신형을 부르르 떨었다.

정말 말로는 표현하기 어려운 끔찍한 통증이 뇌리를 뒤흔들었던 것이다. 너무 아파서 비명도 나오지 않았다. 난생처음 느껴보는 극한의 고통 속에 절로 입이 벌어지며 신음만 흘러나왔다.

'이것만은…….'

정신이 흐려가는 와중에도 태극일원도가 떠올랐다.

그것만은 절대로 넘겨줄 수 없었다. 차라리 이 세상에서 사라지는 것이 나을 거란 생각이 들자 곧바로 내력을 극성으로 끌어올렸다.

순간, 진기가 마구 뒤엉키며 엄청난 고통이 쏟아졌다. 하지만 그것을 느낄 겨를이 없었다. 온 내력을 쥐어짜 내며 사력을 다해 양팔로 가슴에 품고 있던 태극일원도에 힘을 가했다.

뿌드드득!

무엇인가 부서지는 소리가 귓가에 들려왔다.

'됐어!'

비로소 그녀의 얼굴에 희미한 미소가 떠올랐다.

그러나 그것도 잠시, 그녀는 온몸이 산산이 부서지는 듯한 고통 속에 눈앞이 샛노랗게 변해갔다. 곧 세상이 온통 희뿌예지며 정신을 잃고 말았다.

"저, 저런……!"

형님이란 사내의 낭패스런 외침과 함께 장내에는 무거운 침묵이 흘렀다. 그 고요한 침묵을 깬 이는 바로 일각을 날린 혈웅이었다.

"이런 망할 계집을 보았나?"

그는 쏜살같이 다가서며 빠르게 그녀의 앞가슴을 풀어헤쳤다.

하지만 곧 소태를 씹은 듯 인상이 잔뜩 찌푸려지고 말았다. 그녀의 가슴 위에는 잘게 부서져 나간 목간 조각이 어지럽게 흩어져 있었다. 아무리 보아도 복원하기란 도저히 불가능해 보였다.

그는 천천히 그녀의 가슴에게 시선을 떼더니 형님이란 사내를 바라보았다.

"형님!"

한참 동안 장내를 주시하던 형님이란 사내의 얼굴에 체념의 빛이 떠올랐다.

"어쩔 수 없구나. 우리에게 운이 닿지 않았다고 생각할 수밖에……."

하지만 그의 말은 이어지지 못했다.

'응……?'

누군가 빠르게 다가서는 기척이 들려왔던 것이다.

두 사람이 눈빛을 반짝이며 재빨리 입구 쪽으로 시선을 향하자 뜰 위로 두 청년이 모습을 드러냈다.

"사—매!"

곧이어 공동의 인물로 보이는 청년이 큰 외침을 토해내며 쏜살같이 쇄도해 있다. 그의 손에는 이미 흰빛을 토해내는 새하얀 검신이 거칠게 휘돌고 있었다.

"복마검이로구나!"

순간, 혈응이 눈을 동그랗게 뜨며 좌측으로 물러섰다.

그만큼 청년이 순간적으로 펼친 검에는 상당한 위력이 담겨 있었던 것이다. 극성의 내력이 실린 듯 검이 휘도는 원의 반경 내에서는 강한 압박이 느껴지고 있었다.

파바박! 팍! 파악!

거친 파공성과 함께 그가 서 있던 자리에 땅이 파이며 흙먼지가 피어올랐다. 그 사이를 뚫고 이 인의 신형이 진령의 앞을 막아섰다.

"사매! 사매! 정신 좀 차려봐!"

해월은 곧바로 그녀에게 다가가더니 왼 무릎에 기대어 앉혔다.

하지만 그녀의 얼굴은 백지장을 보는 듯 새하얗게 변해 있었다. 호흡마저 곤란한 듯 제대로 숨을 내쉬지 못하는 것으로 보아 적지 않은 내상을 입은 것 같았다.

그는 재빨리 거궐 부분의 몇 군데 혈도를 짚어주고는 신형을 일으켜 세웠다. 전방으로 시선을 향하자 그의 일검을 피해냈던 혈웅이 입가에 비릿한 미소를 떠올렸다.

"이런, 이런! 그렇지 않아도 분풀이를 할 상대가 없었는데 아예 때맞춰 등장해 주는구나! 네놈이 바로 공동의 해월이라 불리는 벌거숭이렷다?"

"그렇소! 그러는 당신들은 누구요?"

해월의 물음에 그는 아랑곳하지 않은 채 장산에게 시선을 향하며 말을 이었다.

"호오! 대단한 기도야! 눈썹의 절반이 허옇게 세어 있는 춘스럽게 생긴 놈이 생각지도 못한 고수였어. 그나저나 객잔에서 보았던 그 미련 곰퉁이 같은 놈은 어디로 내뺐는지 아예 보이지를 않는구나. 그놈도 함께 왔으면 좋으련만……."

그가 말끝을 흐리자 형님이란 사내가 장산에게 고갯짓을 하며 말했다.

"너무 서두르지 말아라. 이상하게도 저 청년의 기도가 일반 무인과는 조금 다른 것 같구나."

순간, 혈웅의 얼굴에 비릿한 웃음이 떠올랐다.

"흐흐흐! 그래 봐야 새파란 애송이일 뿐입니다. 감히 어느 놈이 우리 흑혈쌍웅(黑血雙鷹)의 상대가 될 수 있다고 형님답지 않은 나약한 말씀을 하시는 겁니까? 잠시만 기다려 주십시오."

"그래도 급할 것은 없으니 조심하도록 해라."

"형님, 괜한 노파심이십니다. 잠시만 쉬고 계세요. 제가 저 두 놈의 목을 깨끗이 베어 분풀이를 하도록 하겠습니다."

곧이어 앞쪽에 서 있는 해월에게 시선을 향하며 목청을 돋우었다.

"네놈이 먼저다!"

혈웅이 말을 마침과 동시에 기이한 검초를 날리며 빠른 속도로 쏘아져 갔다.

챙! 챙! 챙!

두 사람의 검이 세차게 맞부딪치자 어둠 속에 불꽃이 튀었다.

현 구파일방의 후기지수 가운데 단연 그 무위가 수위를 다투는 해월이었지만 왠지 모르게 당황하는 기색이 역력했다. 날카롭게 요혈을 파고드는 기이한 검초에 크게 당황하는 모습이었다.

다행히 혼원일기공(混元—氣功)을 일으켜 복마검의 방어 초식을 펼치는 덕분에 그런대로 견뎌낼 수 있었다.

하지만 시간이 흐를수록 흔들리는 모습이었다. 선공을 빼앗긴 상태에서 정신없이 날아드는 쾌검에는 도무지 속수무책이었던 것이다.

반격할 생각은 엄두도 내지 못하고 그저 형언할 수 없는 속도록 날아드는 상대의 검을 쳐내며 방어하기에 급급했다.

'난감하구나!'

슬쩍 장내를 곁눈질하던 장산의 미간이 찌푸려졌다.

해월이 고군분투하며 사력을 다하고 있지만 도울 수가 없었다. 진령을 등지고 있어 움직이기 어려울뿐더러 흑웅이란 사내와 마주 서고 보니 마치 시커먼 동굴의 입구와 마주 선 느낌이었다.

'으음!'

냉정한 시선으로 자신을 주시하는 그의 음습한 기운은 상상을 초월했다.

그는 숙부 이후 처음으로 맞이하는 고수였다. 그가 서서히 기세를 일으키자 유계(幽界)의 저승사자를 맞이한 듯 시리도록 차가운 기운이 전신 곳곳으로 파고들기 시작했다.

문득 등줄기를 따라 소름이 돋아나고, 두 발은 지면에 뿌리를 내린 듯 움직여 주지 않았다. 신형을 움직이는 사이 암흑과도 같은 기세가 흑뢰(黑雷)로 변해 쏟아져 올 것만 같았다.

그의 예리한 시선이 동공을 파고들자 신형이 파르르 떨리며 검을 움켜쥔 손바닥이 축축이 젖어왔다. 자신도 모르게 혼원심공이 극성으로 일으켜지며 진기가 임, 독맥을 거칠게 휘돌고 있었다.

마치 건드리면 터질 듯 온몸이 극도의 불안감에 휩싸이며 살얼음판 같은 긴장감이 유지되고 있을 때였다.

문득 흑웅이 묘한 표정을 떠올리며 입을 열었다.

"쳐! 볼수록 기이하구나. 분명 대극일원검을 익힌 이들과 유사한 기도인데 두 기운이 동시에 느껴지다니… 내가 모르는 그 무엇이 있었던가?"

잠시 고개를 갸웃거리더니 장산을 직시했다.

"자, 우리도 한번 어울려 보자꾸나! 부딪쳐 보면 알겠지!"

그의 말이 끝나는 순간이었다.

쐐애액!

흰빛을 토해내는 새하얀 검신이 형언할 수 없는 속도로 쏘아져 왔다.

"헉!"

장산은 기겁을 하며 구궁팔괘보를 밟아 검을 쳐올렸다.

터─엉!

마치 쇠북을 두들기는 듯한 굉음이 장내에 울려 퍼졌다.

동시에 한 걸음 물러선 그의 눈은 더 이상 커질 수 없을 만큼 부릅떠졌다. 상대의 빗살 같은 검초에 어이가 없었던 것이다.

직선의 공간을 꿰뚫듯 형언할 수 없는 속도로 날아든 검초는 혈웅의 것과는 또 달랐다. 마치 폭포수를 연상케 하는 굵은 물줄기가 쇄도해 오는 느낌이었다.

손아귀가 찢어질 듯 아파오고 팔목이 찌릿찌릿하게 저려오는 통증을 느끼며 미간을 잔뜩 찌푸리고 있을 때였다.

흑웅의 억양 없는 목소리가 고막을 파고들었다.

"허! 암류폭(暗流爆)을 막아내다니… 대단하구나!"

장산이 멍하니 바라보자 의아하다는 표정을 떠올리며 말을 이었다.

"참으로 기이하구나. 분명 태극일원검의 지도유강을 펼친 것 같은데 검의 흐름도 그렇고 반응하는 기운이 다르다니, 여태껏 그런 말은 들어본 적이 없거늘……."

'이들은 대체 누구란 말인가?'

장산은 내심 의아함을 감출 수 없었다.

이들이 어찌 숙부의 절기인 태극일원검을 알고 있으며 진령에게 위해를 가하는 것인지 그 연유를 알 수 없었던 것이다.

그녀를 노린 것을 보면 태극검문과 적대적인 관계일 거라는 추측은 가능하지만 태극일원검에 대해 너무도 훤히 알고 있는 사실은 이해가 되지 않았다.

'무엇인가 복잡한 문제가 얽혀 있는가 보구나.'

그랬다. 왠지 태극검문과 관련된 일이 복잡하게 얽혀 있다는 생각이 들었다.

진령이 굳게 입을 다물고 있어 정확한 내용을 알 수 없지만 무엇인가 안팎으로 심하게 뒤엉켜 있는 실타래를 보는 것 같았다.

하지만 더 이상 생각할 여유가 없었다. 잠시 묘한 시선으로 바라보던 흑웅이 크게 목청을 돋우었다.

"자, 이것도 한번 받아보아라!"

그의 외침이 터져 나오는 순간이었다.

쐐애애액!

마치 공기를 찢어발기는 듯한 거친 파공성이 밤하늘에 울려 퍼졌다.

그 사이로 기이한 각을 그리는 흰빛의 검영(劍影)이 꿈틀거리며 솟아올랐다. 동시에 직선의 공간을 가르며 엄청난 속도로 쏟아져 왔다.

　장산은 지체없이 신형을 틀며 검을 휘돌렸다. 그 움직임을 따라 희뿌연 기운이 꼬리를 물며 일원을 형성했다. 곧이어 용 솟음치며 쏘아져 오는 검영과 세차게 맞부딪쳤다.

　퍼버벙! 펑!

　"크흑!"

　둔탁한 폭음과 함께 장산의 신형이 두세 걸음 뒷걸음질쳤다. 내부가 진탕된 듯 속이 미식거리며 비릿한 그 무엇이 식도를 따라 치밀어 올랐다.

　하지만 그것을 되삼킬 여유가 없었다. 한 걸음 물러선 흑웅의 미간이 좁아지는가 싶더니 튕겨진 검을 휘감아 내리며 커다란 외침을 토해냈다.

　"암혼일추(暗魂一追)!"

　<u>고오오오!</u>

　한순간 주위가 고요해지며 침묵 속에 빠져들었다.

　그 무거운 침묵 사이로 소리도 없는 일검이 허공을 가르며 형언할 수 없는 속도로 떨어져 내렸다.

　'으으……!'

　그것을 바라보는 장산의 눈빛에 다급함이 떠올랐다.

　구궁팔괘보를 밟아 비켜서자니 진령의 신형이 두 동강 날 것이요, 맞부딪치자니 승부를 자신할 수 없었다.

　하지만 달리 생각할 시간도, 선택의 여지도 없었다. 살갖을 갈가리 찢어놓을 듯한 예리한 기운이 이마의 정중앙에 쏠리며 흰빛을 토해내는 검영이 시선을 가득 메워오는 순간이었다.

"무극이오!"

그의 입에서 낭랑한 외침이 터져 나왔다.

문득 허공을 향해 솟구치는 검을 따라 한줄기 빛살이 뻗어 나오며 허공을 갈랐다. 일선은 곧 둘로 갈라지는가 싶더니 희미하게 다섯 갈래로 나뉘며 떨어져 내리는 검영과 세차게 맞부딪쳤다.

번쩍! 푸쉬쉬— 쉬!

강력한 섬광이 밤하늘에 번뜩였다.

"크흐흑!"

"크헉!"

동시에 거친 신음이 터져 나오며 두 개의 신형이 빠른 속도로 튕겨 나갔다.

정신없이 뒷걸음질치다가 검을 꽂아 중심을 잡은 흑웅의 두 눈이 부릅떠졌다. 그의 얼굴에는 믿을 수 없다는 표정이 역력했다.

'저게 무슨……? 태극일원검에도 저러한 검초가 존재했던가?'

그랬다. 지금 그는 당황스럽기 그지없었다.

상대가 뒤늦게 펼친 기묘한 검초에 어이가 없었던 것이다. 언뜻 육안으로 보기에는 다급하게 펼친 평범한 검초였지만 그 속에는 가히 번개를 방불케 하는 빠름이 있었다.

또한 그 위력은 상상을 초월해 자신의 절기인 암혼수라검(暗魂修羅劍)의 후 삼초 중 이초 암혼일추가 깨진 것이다.

'젠장!'

그것은 진정 큰 충격이 아닐 수 없었다.

자신이 평생을 통해 세 번째로 펼친 암혼일추가 깨졌을 뿐 아니라 오히려 그 충격의 여파로 속이 터져 나갈 것만 같았다. 오장육부가 뒤틀리는 충격 속에 내부가 크게 진탕되어 꼭 다문 입술을 헤집고 가는 선혈이 흘러나왔다.

'나 흑웅이 저따위 새파란 애송이한테 당하다니! 애초부터 극성의 내력을 실어 상대해야 했는데……'

북설(北雪)을 방불케 하는 눈빛을 쏟아내는 그의 심정은 환장하다 못해 미칠 지경이었다.

중심을 잡자마자 최절초 암혼멸천(暗魂滅天)을 펼치려 했지만 그럴 수가 없었다. 뒤엉킨 진기로 인해 요혈에 강한 통증이 느껴진 것이다.

자칫 무리하게 내력을 일으켰다가는 주화입마를 당할 수밖에 없는 상황이었다. 상대의 무위를 시험하려다가 오히려 큰코다친 셈이었다.

'우욱! 대단한 검이로구나!'

그것은 장산 역시 마찬가지였다. 상대가 펼친 검의 위력 앞에 당혹스러움을 감출 수가 없었다.

비록 완벽하지는 않지만 무극이오를 펼쳤음에도 겨우 평수를 유지한 것이다. 더욱이 상대의 검과 맞부딪치며 발생한 강한 반탄력으로 말미암아 내부가 크게 진탕되고 말았다.

다행이라면 이상하게도 들끓던 진기가 빠르게 가라앉는다는 점이었다. 마치 양이 동하니 음이 반응하다가 정으로 돌아가고, 또다시 양이 동하며 음이 반응하는 움직임 속에 점차 그 충격이 사라지는 느낌이었다.

'아직은 무리라는 말인가?'

왠지 진한 아쉬움이 피어올랐다.

강과 유가 뒤섞이기를 반복하다가 하나로 합일되는 듯한 뚜렷한 영상을 떠올리며 무극이오를 펼쳤건만 검이 따라주지 않았다.

분명 무극이오의 검로가 생생히 느껴지며 머릿속에서 빙빙 맴돌고 있지만 제대로 펼칠 수가 없는 것이다. 하지만 이대로 넋 놓고 있을 수만은 없었다.

"크흐… 흑!"

전방을 주시하는 사이 고통에 찬 비명과 함께 해월의 신형이 눈앞에 나뒹굴었다.

힘에 겨운 듯 신형을 일으키는 그의 얼굴에 다급함이 떠올랐다. 무엇인가 날카로운 기운이 형언할 수 없는 속도로 쏘아져 오고 있었다.

그가 막아내기 어렵다는 생각이 들자 지체없이 내력을 극성으로 끌어올렸다. 동시에 다시 한 번 무극이오의 흐름을 떠올렸다.

"무극이오!"

장산의 입에서 낭랑한 외침이 터져 나왔다.

고오오오!

순간, 소리도 없는 한줄기 빗살이 둘, 다섯으로 나눠지며 쏘아져 오는 예리한 기운과 세차게 맞부딪쳤다.

번쩍! 푸쉬시시식!

밤하늘에 재차 섬광이 번뜩임과 동시에 가랑잎이 휘말려 오르며 자욱한 흙먼지가 피어올랐다.

장산은 비틀거리는 와중에서도 재빨리 검을 땅에 꽂아 신형을 의지했다. 진기가 완전히 가라앉지 않은 상황에서 또다시 무극이오를 펼치는 것은 무리였다. 계속해서 진기가 심하게 들끓어오르며 눈앞이 뿌옇게 변해갔다.

"우웩!"

그는 더 이상 참지 못하고 입 안에 가득 고여 있는 비릿한 선혈을 토해냈다. 그러자 가물거리던 시야가 다소 환해지며 정신이 맑아지는 것을 느꼈다.

"사숙! 이쪽입니다!"

순간, 해월의 커다란 외침이 들려왔다.

시선을 향하자 그의 신형이 흑웅과 혈웅이 호흡을 고르며 비켜선 우측의 흙먼지 사이를 가로지르고 있었다.

그의 등에는 애처로운 모습의 진령이 업혀 있었다. 그는 극성으로 경공을 펼치는 듯 신형이 쭉쭉 미끄러지며 빠른 속도로 멀어지고 있었다.

'도주……?'

달리 무엇을 생각할 틈이 없었다.

두 사람의 멀어져 가는 신형이 시선을 가득 메워오자 그의 신형 역시 튕겨진 화살이 되어 엄청난 속도로 쏘아져 갔다.

"이런 쥐새끼 같은 놈들!"

순간, 혈웅의 입에서 거친 욕설이 튀어나왔다.

하지만 그의 몸 상태 역시 흑웅과 크게 다를 바 없었다. 그물에 걸려 옴짝달싹 못하며 펄떡거리는 물고기를 꿰뚫으려는 순간, 난데없이 날아든 일검에 강한 충격을 받은 것이다.

다행히 흑웅이 상대했던 검에 비하면 현저히 위력이 떨어진 무극이오였기에 심한 내상으로까지 이어지지 않았다. 하지만 내부가 크게 진탕되는 것은 피할 수 없었다.

'으으! 미꾸라지 같은 놈들!'

다른 것은 다 그렇다 쳐도 진령을 놓친 것만은 참을 수 없었다.

악양지야의 운우지락을 꿈꾸던 황홀함이 졸지에 닭 쫓던 개 지붕 쳐다보는 허망함으로 변해 버린 것이다. 그 분노의 화살은 곧 주변을 뒤흔드는 고함으로 이어졌다.

"야, 이 잡놈들아! 게 서지 못할까?"

그의 노성이 밤하늘에 쩌렁쩌렁 울려 퍼졌다.

"우령아! 잠시만 기다려라!"

흑웅이 움직임을 저지하기 위해 나섰지만 소용이 없었다. 잔뜩 흥분한 그에게 자신의 말이 들릴 리 없었다.

"야, 이 쥐새끼 같은 놈들아! 잡히기만 하면 네놈들의 껍질을 홀라당 벗겨내고 말 테다! 어서 게 서지 못할까?"

그는 목청을 돋우며 장산 일행이 사라진 방향을 향해 쏜살같이 내달리기 시작했다. 곧 그의 신형은 튕겨진 화살이 되어 뜰 위를 가로지르고 있었다.

그 모습을 바라보던 흑웅이 이마를 짚으며 고개를 저었다.

'저놈은 대체 무슨 생각으로……. 그나저나 쇠파리 같은 놈들이 휘젓고 다니니 곤란하구나. 만에 하나 지금의 몸 상태로 놈들과 만난다면 큰 낭패를 당하고 말 게야. 이쯤에서 물러나는 것이 상책이지.'

멀어져 가는 혈웅을 바라보며 미간을 찌푸렸다.

'쯧쯧쯧! 저놈은 언제나 정신을 차릴 것인지 참으로 한심하구나. 그저 계집이라면 눈이 뒤집혀서 길길이 날뛰는 꼬락서니 하고는……. 언젠가는 그놈의 색욕으로 인해 큰 화를 당하게 될 게야.'

하지만 곧 눈썹을 꿈틀거리며 고개를 갸웃거렸다.

'그런데 내가 모르는 무슨 비밀이 있었던가? 눈썹의 절반이 허옇게 세어 있는 애송이가 펼쳤던 무극이오는 불완전해 보임에도 그 위력이 상상을 초월했어. 분명 극강을 이루는 태극일원검과는 현격한 차이가 있었다는 말이야. 그래, 내가 모르는 그 무엇이 있을 게야. 응……?'

문득 주변을 돌리보던 그의 눈이 휘둥그레지고 말았다. 이미 혈웅이 자취를 감춰 버린 것이다.

'이런 미련한 놈 같으니라고! 그렇게 대책도 없이 쫓아가면 대체 어쩌겠다는 말인가?'

그는 혈웅이 사라진 방향을 향해 신형을 돌려세웠다. 그리고는 몸을 날리며 어둠 속으로 사라져 갔다.

휘이이잉!

어디선가 강한 바람이 불어와 황폐해진 폐장원의 뜰 위를 스쳐 지나갔다.

## 오영(五影)

**악**양의 외곽에는 높은 산봉우리들로 둘러싸인 야산 지대
가 펼쳐져 있고, 그 산자락이 굽이쳐 흐르는 계곡에는 푸르름
으로 뒤덮인 수풀이 빼곡히 우거져 있었다.

뾰르릉! 뾰르릉!

햇볕이 들지 못해 어슴푸레한 빛이 감도는 숲 속에는 새들
의 지저귐만이 가득했다.

그 원시림을 보는 듯한 수풀은 왠지 인간의 발길을 거부하
는 것 같았다. 숲 속을 가로지르는 길은 보이지 않고, 그저 짐
승들이 지나다니는 작은 통로만이 드문드문 이어져 있을 뿐

이었다.

그러나 자세히 보면 이전에 사람들의 발길을 허락한 흔적이 조금씩 남아 있었다. 통로를 따라 한참을 들어서자 무너져 내린 폐찰(廢刹) 하나가 을씨년스런 형체를 드러냈다. 오랜 세월 동안 온갖 풍상을 겪은 형상이었다.

'법륜사(法輪寺)!'

한때 악양을 대표하던 사찰로 명성이 드높은 곳이었다.

하지만 왕조가 뒤바뀌는 난리통에 불법을 닦던 백여 명의 학승이 억울한 누명을 쓰고 떼죽음을 당하자 향객들의 발길이 뚝 끊기게 되었다.

결국 세인들의 기억 속에서 점차 잊혀져 가며 세상과는 완전히 고립된 야산 시내의 일부로 변하고 말았다.

'월만즉휴(月滿則虧)라!'

달도 차면 기운다고 했던가? 예전의 영화(榮華)는 모두 사라지고 황량한 폐찰로 변한 광경이 참으로 세월의 무상함을 느끼게 해주었다.

통째로 주저앉은 지붕의 기와 사이로 잡풀이 돋아나고, 커다란 기둥 주변의 바닥에는 무너진 벽면의 탱화(幀畵)들이 어지럽게 흩어져 있었다.

여기저기 나뒹구는 불상들과 빛바랜 사천왕상의 갈라진 틈 사이로 우담바라를 닮은 이름 모를 버섯들이 자라고 있는 광경만이 이곳이 한때 많은 스님이 수행하던 사찰이었다는 사실을 가르쳐 주고 있었다.

'법륜당(法輪堂)!'

그 폐찰의 한쪽 구석에 온전한 형체로 남아 있는 불당 하나가 자리하고 있었다.

그 안에는 이남일녀가 피곤한 모습으로 벽면에 기대앉아 있었다. 바로 현가장에서 도주해 온 장산과 해월, 그리고 진령이었다.

해월이 창백한 얼굴로 진땀을 흘리고 있는 진령에게 시선을 향했다.

"사매, 몸은 좀 어때? 견딜 수 있겠어?"

그녀는 대답하기도 힘에 겨운 듯 겨우 고개를 끄덕였다.

그것이 전부였다. 더 이상의 움직임은 없었다. 하얗다 못해 파리한 기운마저 감도는 안색으로 입술을 꼭 깨문 채 고통을 참아내는 모습이었다.

문득 해월이 긴 한숨을 내쉬었다.

"휴우! 사공 아우와 왕 형은 왜 여태껏 소식이 없다는 말인가? 이곳에서 계속 기다릴 수만은 없는 노릇이고……."

그랬다. 그것이 세 사람이 이곳을 떠나지 못하는 이유였다.

흑혈쌍웅과 일전을 치른 후, 은신한 지 벌써 이틀이 지났

다. 예상치 못한 일이 닥칠 경우 이곳에서 만나자는 약속이
되어 있었다.

하지만 진령의 상태가 워낙 좋지 않아 무작정 두 사람을 기
다리고 있기에는 처한 상황이 여의치 않았다.

"허! 이럴 수도 없고 저럴 수도 없으니 참으로 진퇴양난이
로세."

해월의 입에서 독백에 가까운 말이 흘러나왔다.

연락이 두절된 상황에서 자리를 뜨자니 곤란할뿐더러 현
재의 일행만으로 움직이는 것 역시 지극히 부담스러운 일이
었다.

지금의 몸 상태로 다시 그들과 조우한다면 황천으로 향하
는 길은 그야말로 떼어놓은 당상이나 다름없었다. 그렇다고
대책없이 마냥 기다릴 수도 없으니 참으로 답답한 노릇이었
다. 그렇게 한참 침묵이 흐르고 있을 때였다.

문득 장산의 시선이 해월을 향했다.

"강릉으로 이동하는 것이 쉽지는 않을 것 같습니다."

그 역시 정상적인 몸 상태가 아닌 듯 안색이 좋지 않았다.

이곳에 머무는 동안 혼원심공을 극성으로 운용하며 뒤엉
킨 진기를 가라앉혔지만 아직도 내부에는 적지 않은 충격이
남아 있었다. 그만큼 흑혈쌍웅의 무공은 가공할 위력을 지니
고 있었던 것이다.

곧 해월이 고개를 끄덕이며 입을 열었다.

"예, 그렇습니다. 예상치 못한 변수가 생긴 것이지요. 하지만 보다 근본적인 문제는 우리가 현재 벌어지고 있는 상황에 대해서 정확히 모른다는 점입니다. 어디서 그런 고수들이 튀어나왔으며 왜 사매를 노린 것인지, 그리고 그들이 태극검문과 어떠한 관련이 있는 것인지 전혀 알 수가 없지요. 사실 퇴로를 정하는 것 자체가 쉽지 않은 상황입니다."

"그렇군요. 그런데……."

장산이 말끝을 흐리자 해월이 무슨 말이냐는 듯한 표정을 지었다.

"태극검문으로 향하자면 어느 길을 이용해야 합니까?"

"으음! 여러 갈래의 길이 있지만 아무래도 장강의 물줄기를 이용하는 것이 좋겠지요. 그 외의 지역은 인적이 드물고 길이 험할 뿐 아니라 멀리 돌아가야 한다는 단점이 있습니다. 또한 어디로 향하든 장강을 건너야 하니 악양의 포구에서 사천으로 향하는 배에 오르는 것이 가장 손쉬운 방법이라 할 수 있지요. 다만……."

그는 잠시 생각에 잠기더니 말을 이었다.

"그들이 애초에 우리를 노린 것이라면 얘기가 달라집니다. 배에 오르는 것이 쉽지 않을 테지요. 악양은 물론이요, 주요 통로마다 은신하며 길목을 차단하고 있을 테니까요. 그 외에 또 다른 무리가 노리고 있다면……."

"또 다른 무리요?"

장산의 얼굴에 의아함이 떠올랐다.

그의 말은 일행을 노리는 이들이 흑혈쌍웅만이 아니라는 소리였다. 왠지 부담스러운 이야기가 아닐 수 없었다. 그의 근심과는 상관없이 해월의 말은 계속되었다.

"태극검문의 일은 상당히 복잡합니다. 솔직히 비대해진 조직으로 인해 태극검천 어르신의 통제를 벗어났다 하더라도 과언은 아니지요. 만일 사매가 수호신이라 불리는 사신의 호위 없이 태극검문을 나선 사실이 알려지면 내부의 적대 세력들이 절대로 가만있지 않을 겁니다. 현 태극검문의 유일한 혈육인 사매를 어떻게 해서든지 해하려 들겠지요."

"그렇다면 흑혈쌍웅이란 자들 역시 그들이 보낸 이들일 가능성이 높겠군요?"

순간, 해월이 천천히 고개를 가로저었다.

"꼭 그렇지만은 않습니다. 그들이 태극검문 내의 적대 세력에 속한 이들인지 제삼의 세력에 속한 이들인지 아직은 모든 것이 미궁 속에 빠져 있지요. 앞으로 그것을 사숙께서……."

그의 말은 더 이상 이어지지 않았다.

갑자기 외부에서 나지막한 인기척이 들려온 것이다. 두 사람은 재빨리 불당의 벽면에 갈라진 틈 사이로 밖을 내다보왔다.

'누구……?

황량한 폐찰의 앞마당에는 사공천과 광검이 서성거리고 있었다.

그런데 그들의 옆에는 사십대로 보이는 날카로운 인상의 사내가 조심스러운 표정으로 주위를 두리번거리고 있었다.

해월은 장산과 시선이 마주치자 고개를 끄덕이며 신형을 일으켜 세웠다. 그리고는 불당의 문짝이 통째로 뜯겨져 나간 입구를 통해 밖으로 나갔다.


휘이이잉!

어디선가 불어온 찬바람이 법륜당 안을 스쳐 지나갔다.

그곳에는 헤어졌던 일행이 둥그렇게 모여 앉아 그동안 벌어졌던 사건의 경과에 대해 얘기를 나누고 있었다. 대체로 해월이 말을 하고 사공천과 광검은 경청하는 모습이었다.

하지만 이야기가 진행되는 동안 두 사람은 몇 번이나 안도의 한숨을 내쉬었다. 마치 자신들이 황천을 오간 것 같은 느낌이 들었던 것이다.

"후유! 천만다행입니다."

"허! 정말 큰일 날 뻔했구먼."

제법 긴 이야기가 끝나자 두 사람이 동시에 목소리를 내었다.

하지만 그들의 말을 끝으로 일행 사이에는 조용한 침묵이 흘렀다. 참으로 생각할수록 모골이 송연해지는 느낌이었다.

만일 장산이 객잔에서 진령의 움직임을 목격하지 못했다면 그야말로 끔찍한 결과를 낳을 수밖에 없었다. 다행히 두 사람이 적절한 시간에 현가장에 도착할 수 있었기에 최악의 사태를 면할 수 있었던 것이다.

잠시 후, 장산과 해월이 낯선 사내에게 시선을 향하자 사공 천이 고개를 끄덕이며 그를 소개했다.

"이분은 염 노야의 수호영인 오영(五影) 중 대형을 맡고 있는 일영이라 합니다. 저희를 도와주러 오신 분이지요."

소개가 끝나자 일영이 일어서며 포권을 취했다.

"일영 허학입니다."

순간, 장산과 해월이 놀라 신형을 일으켜 세우며 마주 포권을 취했다.

"장산입니다."

"공동의 해월이라 합니다."

서로 소개가 끝나자 해월이 궁금한 표정을 지었다.

"저희를 도와주러 오셨다는 말은 곧 우리가 처하게 될 상황을 예측했다는 말입니까?"

"예, 그렇습니다. 미리 연락을 받고 악양의 포구에서 대기하던 중 정체를 알 수 없는 무리가 등장하는 바람에 지체하게 되었습니다. 그들을 따돌리는 일이 쉽지 않아 애를 먹었지요. 이후, 객잔에 들러보니 이미 그곳을 떠나신 뒤라서 많은 걱정을 했습니다."

곧이어 사공천과 광검에게 시선을 향하며 말을 이었다.

"악양을 이 잡듯이 뒤지던 도중 다행히 두 분을 만날 수 있었고, 덕분에 수월하게 합류할 수 있었습니다. 다만 왕 형이 허벅지에 입은 부상이 도지는 바람에 좀 더 주변의 상황을 살펴보는 것이 나을 거란 생각이 들었고, 그 때문에 시간을 지체하게 되었습니다. 아무튼 걱정이 많았는데 무사하신 것을 보니 천만다행입니다."

문득 해월이 고개를 갸웃거리며 물었다.

"정체를 알 수 없는 무리라 하심은……?"

"아, 예. 당시 객선의 늦은 회항 때문에 아우들과 함께 다시 한 번 주변을 둘러볼 여유가 있었습니다. 때마침 포구의 뒤쪽 야산 정상에 하늘을 붉게 물들이는 석양이 너무도 아름다워 잠시 넋을 잃고 바라보았지요. 그런데 그 노을 사이로 누군가 움직이는 모습이 보였습니다. 무심코 안력을 돋우어 바라보니 흑의에 붉은 줄이 그어진 무복을 걸친 십여 명의 무인이 정상에서 서성거리고 있었지요."

"십여 명의 무인이요?"

“예, 그렇습니다. 이곳 악양은 무인들이 많지 않기에 대부분 얼굴을 알고 있습니다. 그런데 그들은 입고 있는 무복도 그렇고, 이곳의 인물들이 아니었지요. 아무래도 이상한 생각이 들어 아우들과 힘께 그들을 유인하기로 했습니다. 막상 유인을 하다 보니 그들 개개인의 무위가 상상을 초월했습니다. 만일 저희가 이곳의 지형에 익숙지 않았다면 아마도 큰 낭패를 당했을 겁니다. 아니, 어쩌면 이 자리에 있지 못했을 수도…….”

그의 말은 더 이상 이어지지 못했다.

파리한 안색의 진령이 눈을 번쩍 뜨며 힘겨운 표정 속에서도 또박또박 그들의 특징에 대해 물었다.

“혹여 우측 수매 위에… 북(北)이란 문양이 새겨져 있지… 않았나요?”

순간, 불당 내에 있던 모든 이의 시선이 쏠렸다.

고통스러운 표정과는 상관없이 그녀의 고운 눈동자는 아침 이슬을 보는 듯 맑고 투명했다. 다만 또렷한 눈망울 속에는 무엇인가를 확인코자 하는 강한 열망이 담겨 있었다.

잠시 당황스런 표정을 짓던 일영이 시선을 아래로 향하며 생각에 잠기기 시작했다. 일각가량 짙은 눈썹을 오르락내리락거리더니 무엇인가 떠오른 듯 고개를 들어 진령을 바라보았다.

"예, 그랬던 것 같습니다. 그들을 분산시켜 유인하던 중 뒤쫓아온 일인과 다급히 몇 합을 나눈 적이 있는데 그의 소매 위에 붉은 수실로 어떤 문양이 새겨져 있었습니다. 당시 무심코 지나쳤는데 가만히 생각해 보니 그 모양이 북이란 글자였던 것 같습니다."

"흐흑……!"

순간, 그녀의 얼굴이 새파랗게 변해갔다.

"웩!"

곧이어 두 눈을 허옇게 치켜뜨며 한 모금의 선혈을 토해냈다. 무엇인가 상당한 충격을 받은 듯 상체마저 부르르 떨더니 서서히 신형이 기울어지기 시작했다.

"질녀! 정신 차리시오!"

"사매!"

장산을 포함한 해월과 사공천이 기겁을 하며 튕겨지듯 신형을 날려 부축했다.

그녀는 이미 정신을 잃은 듯 아무런 반응도 없었다. 신형을 조심스럽게 바닥에 누이자 장산이 재빨리 맥을 짚으며 상세를 살폈다.

'흐음!'

워낙 상태가 좋지 않은 상황에서 심적으로 강한 충격을 받은 것 같았다.

호흡이 몹시 불규칙하고 맥박이 세차게 뛰는 것이 심상치 않아 보였다. 자칫 심장에까지 악영향을 미칠 수 있었다.

'이런!'

갑자기 그의 미간이 심하게 찌푸려졌다.

거센 폭우가 쏟아지며 나뭇잎을 세차게 두드리듯 심하게 날뛰던 맥박이 한순간 확연히 느려지기 시작했다. 어느새 집중하지 않으면 느끼지 못할 만큼 현저히 약해지고 있었다.

그는 지체없이 품 안에서 하나의 환약을 꺼내 잘게 부수고는 그녀의 고개를 젖혀 목 안으로 밀어 넣었다.

곧이어 염천에서 천돌을 거쳐 곡골(曲骨)에 이르는 임맥상의 요혈을 빠르게 쓸어내리자 다행히 환약의 알갱이들이 식도를 따라 넘어가 주었다.

'지금이다!'

갑자기 장산이 눈빛을 반짝이더니 손끝을 꼿꼿이 펴고는 강약을 주어 혈도를 내려치기 시작했다.

탁! 타다닥! 탁!

그의 양손이 거침없이 내려치고 압박을 가하며 그녀의 전신을 누비기 시작했다. 가끔 몇몇 혈도는 손바닥으로 짓누르듯 강한 압박을 가하기도 했다.

평상시라면 여인의 두 가슴 사이에 위치한 단중이나 하복부의 아래쪽에 위치한 곡골을 건드리는 것은 생각지도 못할

일이지만 지금은 그런 것을 따질 경황이 없었다. 쉴 새 없이
혈도를 이동해 가며 그녀의 신형을 유린하고 있었다.

탁! 타다닥! 타악!

법륜당 내에는 고요한 침묵이 흐르는 가운데 오직 그의 혈
도를 두드리는 소리만이 가득했다.

그렇게 얼마의 시간이 흘렀을까?

송골송골 이마에 맺힌 땀방울이 반듯한 그의 이마를 타고
비 오듯이 흘러내리기 시작했다. 하지만 땀을 닦을 사이도 없
이 양손은 계속해서 쉴 새 없이 움직이고 있었다.

갈수록 그 움직임도 빨라져 그의 신형 주위는 온통 수영(手
影)으로 가득 찼다. 마치 절세의 고수가 산수(散手)를 펼치는
것 같았다.

잠시 후, 그의 가상한 노력 덕분인지 그녀의 호흡과 맥박이
조금씩 규칙적으로 돌아오기 시작했다.

'다행이로구나!'

장산은 한 고비를 넘기자 찬찬히 진령의 안색을 살펴보았
다.

거의 사색이 되다시피 했던 얼굴에 조금씩 홍조가 피어오
르는 것이 보였다. 그러자 재빨리 신형을 일으켜 돌려 앉히고
는 명문(命門)에 조심스럽게 진기를 불어넣었다.

일각쯤 지나자 그녀의 신형이 갑자기 부르르 떨렸다.

“웩! 흐으… 음!”

곧이어 한차례 시커먼 응혈을 토해내더니 다시 정신을 잃었다.

하지만 얼굴에는 은은한 홍조가 만연하고 고른 호흡을 내쉬는 모습이었다. 잠시 맥을 짚어보니 맥박 또한 고르게 뛰고 있었다.

“후— 유!”

그제야 장산은 긴 한숨을 내쉬며 그녀의 신형을 조심스럽게 바닥에 눕혔다.

갑자기 온몸에 힘이 쭉 빠지며 엄청난 피로감이 몰려왔다. 눈앞이 희미해지며 어지러워지자 정신을 차리기 위해서 안간힘을 써야만 했다.

힘겹게 벽면에 등을 기대고 앉자 해월과 사공천, 그리고 광검이 얼굴에 환한 웃음을 떠올리며 목소리를 내었다.

“대단하십니다!”

“정말 수고가 많으셨습니다!”

“허, 그것참! 자네, 볼수록 대단하구먼!”

장산은 대답하기도 귀찮아지자 옅은 미소로 대신했다.

예전에 숙부가 심한 부상을 당한 채 모옥 앞에 쓰러져 계실 때 펼친 이후로 처음 시도해 보는 추궁과혈이었다. 워낙 내력의 소모가 많고 조심스러운 작업이라서 그동안 시도해 볼 엄두조차 내지 못했다.

'다행이야!'

상황이 다급해지자 자신도 모르게 나선 것뿐인데 다행히 성공적으로 마무리 지을 수 있었다.

내부의 응혈까지 토해낸 것을 보면 머지않아 곧 정상적인 몸 상태를 회복할 수 있을 것이다.

'흠흠!'

하지만 그녀의 중요 부분에 손댄 일이 떠오르자 갑자기 얼굴이 화끈 달아오르는 것을 느꼈다. 그도 그럴 것이, 난생처음 여인의 몸에 손을 대본 그였다.

뿐만 아니라 그것이 상당히 미묘한 부분이었다. 당시 무심코 지나쳤지만 손끝에 느껴지던 촉감마저 떠오르자 갑자기 등짝이 축축이 젖어오며 식은땀이 흘러내렸다.

문득 묘한 표정으로 바라보던 해월이 고개를 갸웃거렸다.

"사숙, 괜찮으십니까?"

"예? 아, 예……."

그의 물음에 장산의 얼굴이 더욱 붉어졌다.

하지만 영문을 모르는 일행으로서는 당황스럽기 그지없었다. 그의 말투도 그렇고, 왠지 안색이 심상치 않아 보인 것이다.

이번에는 사공천이 심각한 표정으로 입을 열었다.

"아무래도 안 되겠습니다. 진기의 소모가 너무 심했던 것 같습니다. 잠시 눈이라도 붙이시지요."

"예? 아, 아닙니다. 괜찮습니다. 저는 아무렇지도 않습니다."

"예… 에."

사공천이 머쓱한 표정을 짓자 지켜보던 광검이 눈을 부라리며 나섰다.

"그 무슨 소리인가? 어서 누워서 잠시라도 눈을 붙이도록 하게! 조금이라도 휴식을 취해야 하지 않겠나?"

"아니, 괜찮습……."

하지만 그의 말은 더 이상 이어지지 못했다.

광검의 악력(握力)에 의해 강제로 바닥에 뉘어지고 말았다.

'에라, 모르겠다!'

장산은 아예 두 눈을 질끈 감아버렸다.

그녀와 나란히 누워 있으려니 참으로 어색했던 것이다. 그의 얼굴에는 고통에 찬 것인지 행복에 겨운 것인지 모를 묘한 표정이 떠올라 있었다.

"후유! 이 친구의 안색이 정말 심상치 않아 보이는구먼. 움직임마저 불편해 보이니 참으로 걱정이로세."

불당 안에는 광검의 한숨과 함께 긴 침묵이 이어졌다.

그 고요함 속으로 어디선가 한줄기 소슬바람이 불어와 불
당 안을 스쳐 지나갔다.


*          *          *


아침부터 하늘을 잿빛으로 물들이던 검붉은 먹구름이 달
빛과 별빛을 가리고 있어 사위가 온통 칠흑같이 어두운 밤이
었다.

동정호에 배를 띄우고 고즈넉한 달빛 아래 운치를 즐기려
던 많은 유람객이 일찍 자리를 뜨면서 호반을 수놓던 놀잇배
들의 등불 역시 하나둘 사라져 갔다.

시간이 흐를수록 세상은 더욱 짙은 어둠 속에 잠겨가며 주
변의 야산은 물론, 그 일대 역시 깊은 어둠 속에 빠져들었다.
세상은 어느새 한 치 앞도 내다볼 수 없는 암흑만이 존재하고
있을 뿐이었다.

'흑야소등(黑夜小燈)!'

멀리 훤히 불을 밝히고 있는 추월객잔의 등불만이 세상의
유일한 빛이었다.

그런데 그 어둠의 한쪽 구석에서 작은 움직임이 있었다. 악
양의 중심으로 이어지는 야산의 길목에 사십대로 보이는 십
여 명의 무인이 서성거리고 있는 것이다.

흑의에 붉은 줄이 그어진 무복을 걸친 그들은 상당한 고수인 듯 어둠 속에도 형형한 안광을 뿌리고 있었다.

문득 중앙에 서 있던 광대뼈가 튀어나온 사내가 주위를 두리번거리며 눈빛을 반짝이고 있는 우측의 사내를 바라보았다.

"일호, 팔호와 구호는 아직 소식이 없느냐?"

그의 물음에 일호라 불린 사내가 공손히 머리를 조아리며 대답했다.

"예, 단주님. 하지만 심한 부상을 입은 한 놈을 쫓아갔으니 곧 어떠한 소식을 전해올 것입니다."

"허! 천하의 천강단(天剛團)이 고작 살수 놈들에게 휘둘리는 꼴이라니… 정말 체면이 말이 아니로구먼."

순간, 일호가 왼 무릎을 꿇으며 더욱 머리를 조아렸다.

"단주님, 노여움을 푸십시오. 저희가 이곳 지형에 익숙지 않을뿐더러 워낙 예상치 못한 기습을 당한 까닭에 잠시 놈들의 산계(散計)에 말려든 것뿐입니다. 네 놈 중 한 놈을 제외하면 모두 적지 않은 부상을 입었으니 크게 걱정하지 않으셔도 됩니다."

"으음! 그렇기는 하다만 그 행방이 묘연한 놈을 놓친 것이 아쉽구나. 제법 뛰어난 무공을 지닌 우두머리로 보이는 놈이었는데… 그놈이 본 단주의 현월비검(玄月飛劍)을 상대하고도 홀연히 사라졌다는 말이다."

"너무 심려하지 마십시오. 단주님께서 상대를 가벼이 여기고 최선을 다하지 않으신 것뿐입니다. 북천(北天)님을 제외하면 누가 있어 감히 단주님이 극성으로 펼치는 현월비검을 상대할 수 있겠습니까?"

"하긴 북천님께서 직접 창안하신 절세의 무공이니 당연히 남천(南天) 장로의 고리타분한 무공과는 현격한 차이가 있지. 암, 그렇고말고."

문득 그의 얼굴에 강한 자부심이 떠올랐다.

'북천 여동후!'

그는 태극검문의 유일한 적대 세력이라 할 수 있는 혈교의 두 장로 중 하나로 무림에서는 북천이라 불리는 인물이었다.

혈교의 중추 인물인 이 인의 장로는 신비에 싸여 있는 인물이라 그들의 정확한 신상 내용에 대해 알려진 것은 거의 없었다. 그저 무공이 극에 달했다는 소문만이 강호에 은밀히 나돌고 있을 뿐이었다.

또한 두 사람 모두는 명색이 장로일 뿐 개개인의 무공에 있어서는 혈교주인 혈제(血帝) 송무에 비해 크게 뒤지지 않는다는 소문이었다. 북천은 남천 구세기와 함께 무위를 손꼽는 인물로 어느 정도의 고수인지는 짐작하기조차 어려웠다.

'천강단주 고영검(孤影劍) 기영!'

반면 고영검은 북천 여동후의 그림자라 할 수 있는 천강단을 이끄는 인물이었다.

천강단은 정확히 이십 명으로 구성된 조직으로 단주인 그를 제외하면 서열에 따라 일호에서 이십호로 불렸다.

그들에 대해서도 정확히 알려진 내용은 거의 없었다. 그저 북천이 직접 조련한 이들이니 개개인이 구대문파의 일대제자들에 비해 손색이 없는 무위를 지녔다고 추측하고 있을 뿐이었다.

다만 단주인 고영검은 북천이 손수 창안한 현월비검을 사사받은 인물로 상당한 고수라 알려져 있었다.

'하북(河北)의 북혈림(北血林), 절강(浙江)의 남혈림(南血林)!'

혈교는 위와 같이 두 곳의 세력으로 분리되어 있었다.

교주를 중심으로 한곳에 모여 있지 않고, 이 인의 장로가 이끄는 세력으로 따로 나누어져 있는 것이다. 다만 교주인 혈제가 머물고 있다는 천혈림(天血林)의 위치는 아직 정확히 알려지지 않고 있었다.

아무튼 북천이 이끄는 북혈림에서조차 고영검을 포함한 천강단원의 얼굴을 아는 이는 극히 드물었다. 북천을 제외하면 일부 수뇌부만이 그들의 존재에 대해 대략적이나마 파악하고 있을 뿐이었다.

그런데 태극검문의 창설과 더불어 한동안 잠잠했던 혈교

의 인물들이 이곳 악양에 떼 지어 몰려와 있으니 참으로 알
수 없는 노릇이었다.

"누구냐?"

잠시 생각에 잠겨 있던 고영검이 크게 외치며 재빨리 신형
을 돌려세웠다. 그의 손에는 어느새 흰빛을 토해내는 한 자루
의 검이 쥐어져 있었다.

바스락! 바스락!

곧 숲길의 뒤쪽에서 이 인의 신형이 어둠 속에 모습을 드러
냈다. 한 인영이 비틀거리는 다른 인영의 멱살을 사납게 잡은
채 질질 끌고 오는 모습이었다.

"으… 윽!"

천강단원의 앞에 이르자 입에 재갈이 물리고 온몸을 결박
당한 사내가 세찬 패대기를 당했다.

그를 내팽개친 사내가 고영검에게 시선을 향하더니 깊숙
이 허리를 숙였다.

"속하 팔호, 임무를 마치고 돌아왔습니다!"

순간, 고영검의 얼굴에 의아해하는 기색이 역력했다.

"응? 구호는 어디 있는 것이냐?"

"그것이……."

팔호라는 사내가 말을 더듬자 고영검의 눈꼬리가 서서히
치켜 올라갔다.

"팔호, 본 단주의 말이 들리지 않느냐? 구호는 어디 있느냐고 묻지 않느냐? 어서 대답하지 못할까?"

"마, 말씀… 드리겠습니다."

잠시 몸서리치던 사내가 주눅이 든 모습으로 입을 열었다.

"구호와 함께 쫓아가 이놈의 목을 베려는 순간이었습니다. 갑자기 좁은 숲길에서 은신하고 있던 놈이 튀어나오며 검을 날리는 바람에 구호가 부상을 당하게 되었습니다. 당시 숲길이 워낙 어둡고 전혀 예상치 못한 기습이라… 고스란히 당할 수밖에 없었습니다."

"뭣이라?"

고영검의 노성에 움찔거리던 팔호가 기어들어 가는 목소리로 말을 이었다.

"기습을 가한 놈은 분명 도망친 놈들 중 한 명이었습니다. 그런데 제가 잠시 놈과 상대하고 있는 와중에 이놈이 부상을 당해 움직임이 자유롭지 못하던 구호의 등에 검을……."

문득 고영검의 눈썹이 역팔자로 휘어졌다.

"그렇다면 결국 기습을 가한 놈은 놓치고, 구호는 그곳에서 어이없는 개죽음을 당했다는 것이냐?"

"예, 그렇습… 우욱!"

사내는 대답을 마치지 못하고 신음을 흘리며 주저앉았다.

어느새 고영검의 예리한 발끝이 날아들어 거궐 깊숙이 틀어박힌 것이다.

'크흑!'

명치의 아래쪽 부분에서 느껴지는 끔찍한 고통이 뇌리를 뒤흔드는 사이 형언할 수 없는 통증이 전신으로 퍼져 나갔다.

숨이 넘어갈 듯 콱콱 막혀오고 신형은 마비된 듯 움직여 주지 않았다. 그렇게 꿈틀거리며 헉헉대고 있을 때였다.

"못난 놈!"

일갈을 토해낸 고영검이 주변의 수하들을 둘러보았다.

"이 망할 놈들과 숨바꼭질을 한 것이 벌써 닷새째로 접어들었다. 그럼에도 얻은 것이라고는 고작 구호의 목숨을 대신해 한 놈을 생포한 것이 전부이니 참으로 한심한 노릇이 아닐 수 없구나. 검설화를 잡으려던 소기의 목적을 달성하는 것은 고사하고 놈들에게 놀아나는 꼴이라니 어이가 없다 못해 기가 막힐 뿐이다. 우리 천강단의 씻을 수 없는 치욕이 아닐 수 없다는 말이다."

그의 시선이 좌측의 두 단원에게 향했다.

"육호와 칠호! 너희들은 지금 즉시 반대편 길목을 차단하고 있는 십일호 이하 나머지 인원을 반반씩 나누어 야산 지대로 향하거라. 놈들은 분명 야산 지대 어딘가에 은신하고 있을 것이다. 놈들이 발악하며 덤벼드는 것을 보면 왠지 우리가 찾고 있는 검설화와 관련이 있다는 생각이 드는구나."

곧이어 그는 나머지 수하들을 둘러보며 말을 이었다.

"너희들은 이 근방에서 야산 지대를 세밀히 살펴보아라. 계집이 근처 어딘가에 은신하고 있을 가능성이 높다. 따라서 작은 움직임이라도 놓치면 아니 될 게야. 알겠느냐?"

"복명!"

단원들이 일제히 외쳤다.

육호와 칠호가 어두운 숲길 안으로 사라져 가자 남은 단원들 역시 주변으로 뿔뿔이 흩어지며 야산 지대를 주시하기 시작했다.

잠시 그 모습을 바라보던 고영검의 시선이 천천히 바닥에 내팽개쳐진 사내에게 향했다. 그는 부상을 당한 몸으로 심한 뭇매를 얻어맞았는지 이미 만신창이가 되어 있었다.

피칠을 한 듯 온몸이 붉은빛 일색이고, 용모를 구분할 수 없을 만큼 얼굴이 망가진 상태였다. 살아 숨 쉬는 것 자체가 오히려 신기해 보일 지경이었다.

하지만 운명은 가혹하게도 그의 고통을 여기서 멈추게 하지 않았다. 갑자기 소름이 오싹 돋아날 만큼 시리도록 차가운 음성이 그의 귓가를 파고들었다.

"흐흐흐, 네놈이 누구인지 알고 싶지도 않고 알 필요도 없다. 감히 우리 천강단을 희롱하고 기만한 대가를 도망간 놈들의 몫을 합쳐 고스란히 되돌려주도록 하마. 아마도 살아 있다는 사실이 지옥보다 더 고통스럽다는 사실을 뼈저리도록 느끼게 될 것이다.”

‘으으으!’

순간, 사내는 자결해야겠다는 생각이 빠르게 뇌리를 스쳐 갔다.

어려서부터 가혹한 살수 수련을 해온 그이기에 웬만한 고문 앞에서는 눈 하나 끔뻑하지 않을 만큼 고통에 익숙한 몸이었다.

하지만 지금은 그럴 상황이 아니었다. 상대는 자신의 숨이 넘어갈 때까지 끝없는 고문을 가하며 고통받는 모습을 즐기려는 것이다. 현 상황에서 자신이 택할 수 있는 길은 당연히 자결하는 것뿐이었다.

‘이런……!’

하지만 그의 미간이 심하게 찌푸려지고 말았다.

혀를 깨물려 시도했지만 입 안에 채워진 재갈 때문에 꼼짝도 할 수 없는 것이다.

생포될 당시 팔호라는 사내가 주먹만 한 돌멩이를 입에 대고 발로 힘껏 차 넣었다. 따라서 입을 크게 벌린 채 거의 모든 이빨이 부러진 상태로 쑤셔 박힌 재갈이라 전혀 입을 움직일 수 없는 것이다.

신형 또한 완벽히 결박당한 상태이기에 옴짝달싹할 수 없으니 그가 할 수 있는 일은 아무것도 없었다. 그저 잔인하게 고문을 가해오는 시간을 초조하게 기다리는 것이 전부일 뿐이었다.

'대형……!'

문득 복잡한 머릿속으로 일영의 모습이 떠올랐다.

비록 고아로 자란 그였지만 세상에서 유일하게 친형 이상으로 따르던 이가 바로 일영이었던 것이다. 이 절망의 순간에서 그의 얼굴이 떠오르고 있었다.

하지만 안타깝게도 하늘은 더 이상 그가 생각하는 것을 허락지 않았다.

"흐흐흐! 천천히 시작해 보도록 하자!"

지옥의 나찰(羅刹)과 같은 목소리가 귓속을 파고드는 순간이었다.

퍽! 퍽! 퍽!

일정한 내력이 실린 손발이 날아들며 끔찍한 고통이 뇌리를 뒤흔들기 시작했다.

신형을 전혀 움직이지 못하는 상태에서 일 촌씩 사혈(死穴)을 피해 파고드는 상대의 정확한 가격에 머릿속은 하얗게 비어갔다. 그저 일격이 날아들 때마다 신음을 흘리며 신형을 꿈틀거리는 것이 전부일 뿐이었다.

"끄억! 끄으! 끄으… 으!"

짙은 어둠으로 뒤덮인 하늘임에도 모든 것이 샛노랗게 변해갔다.

이승인지 저승인지 아예 구분조차 되지 않았다. 고요한 침묵 속에 일정한 간격으로 이어지는 끔찍스런 고통 앞에 모든 사고가 일시 정지했다.

그저 팔열지옥(八熱地獄)의 흑승지옥(黑繩地獄)에서 토해지는 아비규환보다 더욱 처절한 신음만이 흘러나올 뿐이었다.

"으어! 으어! 으으으……!"

아무런 생각도 떠오르지 않았다. 어서 이 고통스런 시간이 지나가 주기를 바라는 간절한 마음뿐이었다.

하지만 그의 간절한 염원과는 상관없이 지옥의 나찰은 죽지도 살지도 못하게 만들며 무지막지한 고통을 가해왔다. 그렇게 잔인한 고통의 시간은 계속 이어지고 있었다.


그곳에서 사십여 장가량 떨어진 좌측의 산자락에 바람이 불지 않음에도 유난히 수풀이 심하게 움직이는 장소가 있었다.

그 수풀의 뒤쪽에는 한 사내가 나뭇가지를 꽉 움켜쥔 채 서 있었다. 양손은 벼락을 맞은 듯 파르르 떨리고, 양다리는 급살을 맞은 듯 부르르 떨리고 있었다. 바로 장산 일행과 함께 법륜사를 떠나온 일영이었다.

'진휴야, 이 못난 우형을 용서해 주어라.'

이슬이 가득 고인 그의 시선은 차마 눈뜨고 볼 수 없는 지옥도(地獄圖)가 펼쳐지는 장내를 주시하고 있었다.

지독한 고문을 당하고 있는 사내는 오영 중 셋째인 냉혼검(冷魂劍) 진휴였다. 그는 네 아우 중에서도 유난히 살갑게 대하던 아우였다. 그런 그가 죽지도 살지도 못하는 상태로 끝없는 고통을 당하는 모습을 보고 있자니 억장이 무너져 내리는 것 같았다.

'죽일 놈들!'

생각 같아서는 당장이라도 뛰쳐나가 요절을 내고 싶었지 민 그릴 수가 없었다.

그에게는 장산 일행을 무사히 탈출시켜야 할 임무가 있는 것이다. 지금 이곳을 뛰쳐나갔다가는 모든 일이 수포로 돌아갈 수밖에 없었다.

그것은 진휴를 포함한 모든 아우들의 희생을 헛되이 하는 일에 지나지 않았다. 하지만 인간인 이상 그 모습을 지켜보고 있자니 증오심이 끓어오르는 것만은 어쩔 수 없었다.

"저, 저런 잔인한 놈을 보았나? 어찌 사람을 저리 다룰 수 있다는 말인가? 모두 함께 나가서 저놈들을 깡그리 쓸어버리도록 하세."

뒤쪽에서 지켜보다 못한 광검이 목소리를 내었다.

바라보고 있자니 자신도 모르게 울컥 화가 치밀어 올랐던 것이다. 그만큼 고영검의 행동은 눈뜨고 볼 수 없을 만큼 잔인했다.

더욱이 그가 자신들을 위해 만신창이가 된 몸으로 끔찍한 고통을 받고 있다고 생각하니 왠지 눈시울마저 붉어졌다.

장산 역시 보다 못해 일행을 둘러보며 입을 열었다.

"저들이 누구인지는 모르겠지만 왕 형의 말대로 부딪쳐 보는 것이 좋겠습니다. 그냥 이대로 지켜보기에는……."

"역시 백미 장산일세. 어서 저 잔인한 놈들에게 응분의 대가를 치르게 하세나."

광검이 맞장구치며 그와 함께 신형을 움직이려는 순간이었다.

"안 됩니다!"

일영이 두 손을 넓게 벌리며 막아섰다.

그의 얼굴에는 이슬이 폭포수를 이루며 두 볼을 따라 흘러내리고 있었다.

"어찌……?"

장산의 물음에 그는 눈물을 곱씹는 표정으로 또박또박 말했다.

"검설화 소저의 말을 듣고 저희가 알아본 바에 의하면 저들은 북천 여동후가 직접 키워낸 천강단이란 조직이 맞습니다. 현재 서열 일위에서 이십위에 해당하는 인원이 모두 동원된 상태지요. 문제는 저들 개개인의 무위가 해월 도장이나 사공 공자에 비해 크게 뒤지지 않는다는 점입니다. 더욱이 저 망할 놈이 바로 단주를 맡고 있는 고영검 기영입니다."

잠시 일행을 둘러보더니 말을 이었다.

"장 공자께서 고영검을 막아선다 하더라도 우리만으로는 잘해봐야 대여섯 놈을 벨 수 있을 뿐입니다. 그런데 우리에게는 더욱 시급한 문제가 있습니다. 바로 검설화 소저를 모시고 무사히 이곳을 탈출하는 일이지요. 그렇게 하지 못한다면 우리 오영의 희생은 한낱 의미없는 개죽음에 지나지 않을 것입니다. 저희를 생각해 주신 고마운 마음은 가슴 깊이 간직하도록 하겠습니다."

일영은 말을 마치더니 빠르게 신형을 돌려세웠다.

하지만 동정호반을 바라보는 그의 두 눈에서는 아직도 투명한 이슬이 계속해서 흘러내리고 있었다.

일행은 한참 동안 말없이 그의 뒷모습을 바라보았다. 마치 창자가 끊어져 나가는 듯한 단장(斷腸)의 아픔 속에서도 맡은 바 임무를 포기하지 않는 그의 모습은 잔잔한 감동마저 불러일으켰다.

'사내로구나!'

장산은 가슴 찡한 그 무엇이 전신으로 퍼져 나가는 것을 느꼈다.

비록 살수 나부랭이라 천시받는 이들이었지만 그 사고만큼은 오히려 명문의 제자 못지않을 만큼 확고했다.

'만일 내가 그의 입장이었다면?'

그랬다. 자신이 과연 그런 결정을 내릴 수 있을지 의구심마저 들었다.

세상은 참으로 복잡다단하면서도 그 끝을 알 수 없는 미로와 같았다. 특히 무림은 약육강식이 지배하는 다른 세상인 동시에 사내들의 진한 체취가 물씬 풍겨나는 곳이란 생각이 들었다. 그렇게 잠시 묘한 감흥에 젖어 있을 때였다.

"모두 준비하십시오!"

일영이 손을 치켜들며 나지막이 외쳤다.

'응……?'

순간, 장산의 시선이 일영을 따라 갈대가 우거진 호반으로 향했다.

갈대밭 사이에서 한두 번의 불빛이 깜빡이는 것이 보였다. 무심코 보면 야광충의 불빛이 반짝이는 것처럼 보이지만 누군가 신호를 보내오는 것이 분명했다.

그는 곧 고개를 돌리며 일행을 바라보았다.

"제가 손을 내리는 순간 저곳을 향해 전력 질주하셔야 합니다. 결코 주춤거리거나 지체해서는 안 됩니다. 다행히 놈들이 호반을 등지고 있는 상태지만 우리가 들판을 가로지르는 사이 곧바로 노출될 것입니다. 따라서 단 한 사람이라도 머뭇거린다면 모두의 발목이 묶이는 결과를 낳을 수밖에 없습니다.”

곧이어 광검을 직시하며 말을 이었다.

“우선 왕 형께서 몸이 불편한 검설화 소저를 업고 앞장서 주십시오. 저 갈대밭을 향해 무조건 내달려야 합니다. 나머지 분들은 좌측과 우측, 그리고 후미를 따르며 만약의 사태에 대비해 주십시오. 혹여 암기와 같은 것이 날아들 수 있으니 병장기로 쳐내며 계속 이동하셔야 합니다.”

그의 눈빛이 반짝이더니 다시 한 번 일행에게 일일이 시선을 향했다

“꼭 제 말대로 하셔야 합니다. 어떠한 사태가 발생하더라도 절대로 움직임을 멈추시면 안 됩니다. 무슨 일이 있더라도 갈대밭에 들어서는 것이 최우선입니다. 일단 들어서면 아우가 대기하고 있을 테니 그의 지시를 받아 이동하시면 됩니다.”

“알겠소. 내 그대의 말을 따르리다.”

고개를 끄덕이는 광검의 얼굴에 다부진 표정이 떠올랐다.

곧이어 진령을 향해 등을 보이며 무릎을 꿇자 그녀가 주춤거리며 광검의 넓은 등짝을 바라보았다.

‘어찌 이런 모습으로……’

그녀는 심한 자괴감이 들었다.

이 위급한 상황의 원인을 제공한 이는 어느 누구도 아닌 바로 자신이었다. 그 귀중한 태극일원도를 잃은 것도 모자라서 지옥의 문턱을 구경한 후, 현 사태의 빌미를 제공한 것이다.

장산에게서 추궁과혈을 받은 후 내상이 많이 회복된 상태였지만 아직도 자유로이 움직이기에는 많은 무리가 있었다. 일행의 도움이 절대적으로 필요한 상황이었다.

‘진령아, 진령아! 결국 너는 우물 안 개구리였구나!’

어려서부터 현명하다는 말을 듣고 자란 그녀였다.

하지만 태극검문을 벗어나는 순간 모든 것이 뒤죽박죽되고 말았다.

‘참으로 유구무언(有口無言)이로구나!’

그랬다. 입이 있어도 할 말이 없었다.

학수고대했던 할아버님과의 당당한 귀환은 고사하고, 천하의 검설화가 광검의 등에 업혀 필사적으로 야반도주를 감행해야 하는 지경에 이른 것이다.

그녀는 이 황당한 현실 앞에 기가 막히고 억장이 무너져 내렸다. 자신의 의지대로 되지 않은 냉혹한 현실과의 괴리 앞에 당혹감마저 들고 있었다.

“후— 유!”

문득 그녀의 입에서 긴 한숨이 흘러나왔다.

지금은 이런저런 것을 따질 상황이 아니었다. 일영의 말대로 움직이는 것이 상책이었다. 그런 상황 파악을 할 수 있는 역량은 충분히 갖추고 있었다.

"그럼 부탁할게요."

진령이 힘없이 말하며 광검의 등에 업히는 순간이었다.

"바로 지금입니다! 어서 움직이십시오!"

일영의 짧은 외침과 함께 그의 팔이 빠르게 내려갔다.

순간, 광검이 어둠을 가르며 쏜살같이 내달리기 시작했다. 어느새 그의 좌우로는 해월과 장산이 자리하고, 후미에는 사공천이 위치해 있었다. 일영만이 그들의 후미에서 사오 장의 거리를 두며 따르고 있었다.

"응? 저게 뭐냐?"

"놈들이다! 놈들이 호반의 갈대밭으로 향하고 있다! 어서 쫓아라!"

문득 거친 고함이 터져 나옴과 동시에 천강단원이 빠른 속도로 움직이기 시작했다.

"안 되겠다! 놈들이 갈대밭에 거의 다가섰다! 어서 암기를 날려라!"

누군가 외치는 고함이 터져 나오는 순간이었다.

쐐액! 쐐애액!

밤하늘에 거친 파공성이 울려 퍼지며 흰빛을 토해내는 빛
무리가 쇄도해 왔다.

'이런!'

순간, 우측을 맡아 내달리고 있던 장산의 얼굴에 다급한 표
정이 떠올랐다.

짙은 어둠 속에 무엇인가 흰빛이 번뜩이더니 어느새 십여
개에 이르는 암기가 지척에 이르고 있었다.

"타앗!"

달리 무엇을 생각할 여유가 없었다.

재빨리 검을 크게 휘돌리며 커다란 원을 그렸다. 그러자 어
둠 속에 희뿌연 검영이 둥글게 피어올랐다.

팅! 티디딩! 팅! 티잉!

곧바로 암기들이 세차게 날아들며 불꽃이 튀었다.

다행히 암기들은 검막에 부딪치며 바닥으로 떨어지거나
허공을 향해 튕겨 올랐다. 또한 일행의 빠른 움직임으로 인해
절반에 가까운 암기들은 이미 스쳐 지나간 상태였다.

'휴우!'

장산은 내심 안도의 한숨을 내쉬었다.

그의 한숨과 함께 일행은 무사히 갈대밭에 이를 수 있었다.
갈대밭에 들어서자 한 사내가 빠르게 신형을 드러내며 자신
을 소개했다.

“저는 사영이라고 합니다. 어서 이리로 오시지요.”

그는 말을 마친 후, 곧바로 앞장섰다.

이곳 지형에 익숙한 듯 갈대숲 사이를 거침없이 헤쳐 나가기 시작했다. 일행은 긴장된 표정으로 재빨리 그의 뒤를 따랐다.

잠시 후, 그가 안내한 곳에 도착하자 한 척의 나룻배가 준비되어 있었다. 사영은 신형을 돌려세우며 나지막이 입을 열었다.

“어서 오르시지요.”

일행이 잠시 머뭇거리자 그는 빠르게 말을 이었다.

“이 배를 타고 동정호를 지나 장강을 건너셔야 합니다. 놈들 역시 준비해 놓은 판목선이 있지만 서희가 적절한 조치를 취해놓았으니 바로 추격하기 어려울 겁니다. 하지만 반드시 오늘 밤 안으로 강을 건너셔야 합니다.”

그의 말이 끝나는 순간이었다.

챙! 챙! 챙!

“으악! 크아악!”

갑자기 갈대밭 뒤에서 병장기 부딪치는 소리와 함께 비명이 들려왔다. 순간, 그의 얼굴에 다급한 표정이 떠올랐다.

“자, 시간이 없습니다! 어서 오르시지요!”

“우리만 떠나가는 겁니까?”

장산이 의아해하는 표정을 짓자 그의 얼굴에 씁쓸한 미소
가 떠올렸다.

"그렇습니다. 하지만 부담 가지실 필요는 없습니다. 어차
피 이런 순간을 위해 살아온 저희니까요. 단지 부탁드리고 싶
은 말씀은 우리의 희생을 헛되이 하지 말아달라는 것입니다.
그것은 곧 여러분이 목적지에 무사히 도착하는 일이 되겠지
요. 꼭 살아서 돌아가셔야 합니다. 그래서 가끔은 저희를 기
억해 주시면 고맙⋯⋯."

그의 말은 더 이상 이어지지 못했다.

"으악! 크아악!"

"조심하라! 놈들이 은신하며 암기를 날리고 있다!"

"여기 한 놈을 잡았다! 어서 다른 놈들을 찾아라! 너희는
우측으로 향하고 나머지는 나를 따르라!"

여기저기서 외쳐 대는 노성이 가까워지고 있었다.

"자, 그럼⋯⋯."

사영은 고갯짓으로 인사를 한 후, 반대편을 향해 쏜살같이
내달리기 시작했다.

그의 움직임을 따라 갈대가 휘어지는 광경이 마치 배의 뾰
족한 뱃머리가 물살을 가르며 나가는 것 같았다.

"자, 빨리 오르시지요. 그의 말대로 우리는 어서 이곳을 빠
져나가야 합니다."

해월의 말에 안타까운 표정을 짓던 일행이 서둘러 나룻배에 올랐다.

곧 해월과 사공천이 선수와 선미에 걸터앉아 힘차게 노를 젓자 나룻배가 서서히 갈대밭을 벗어나기 시작했다.

그러나 천강단원이 내지르는 노성은 계속해서 일행의 고막을 두드렸다.

"저기다! 저기 또 한 놈이 있다!"

"저쪽으로 놈이 도주하고 있다! 어서 신호를 보내 전방을 차단하라! 나머지는 모두 전력으로 놈의 후미를 쫓아라!"

삐익! 삐이익!

곧이어 부산스러운 움직임과 함께 날카로운 초적(草笛)의 기이한 음향이 밤하늘에 울려 퍼졌다.

'어서 빨리……!'

선상에서 멀어지는 갈대밭을 바라보던 장산의 얼굴에 안타까움이 떠올랐다.

조금 전, 자신들이 이곳을 벗어날 수 있도록 적을 유인하던 사영의 후미로 갈대가 휘어지며 대여섯 개의 줄이 이어지고 있었다.

'아, 안 돼!'

하지만 안타깝게도 하늘은 더 이상 그의 도주를 허락하지 않았다.

전방에서 갈대밭을 가르는 두 개의 줄이 빠르게 이어지며 급격히 거리가 가까워지고 있었다.

'아아……!'

한순간, 그의 움직임이 멈춰 서는 것이 보였다.

동시에 전후에서 다가서던 여러 개의 줄이 둥그렇게 모여들며 사위는 고요한 침묵에 빠져들었다.

챙! 챙! 챙!

"크아악!"

병장기 부딪치는 소리가 몇 번인가 울리더니 귀에 익숙한 비명이 터져 나왔다.

그것은 사영이 토해내는 한 맺힌 울부짖음임에 틀림없었다. 그것도 잠시, 누군가의 노성이 밤하늘에 울려 퍼졌다.

"아직 검설화를 포함한 여러 놈이 남아 있으니 더 이상 이 안에서 헤매지 말고 갈대밭 밖으로 철수하라! 그리고 불을 질러 버려라! 그래서 놈들이 튀어나오면 족족 잡아다가 포를 뜨거라! 계집을 사로잡아 옆에 앉히고, 놈들의 포를 안주 삼아 거나하게 술판을 벌일 것이다!"

'진정 이대로 떠나야만 하는가?'

장산의 미간은 심하게 찌푸려져 있었다.

이대로 도주하기에는 차마 발길이 떨어지지 않았다. 아직 일영이 갈대밭에 홀로 남아 적의 이목을 흩뜨리기 위해 고군

분투하고 있었다.

'좀 더 강한 무인이었더라면……'

그랬다. 만일 자신이 그랬다면 지금의 안타까운 광경은 벌어지지 않았을 것이다.

영문도 모른 채 가슴을 졸이며 도주해야 하는 안타까운 사연 따윈 생각할 필요도 없었다.

'후후후!'

하지만 현실은 그렇지 못했다.

그저 일행과 함께 무기력하게 이곳을 떠나가는 것이 전부일 뿐이었다.

'장산아! 장산아!'

미웠다. 자신이 미웠다. 진정 이리도 허무하게 꼬리를 말고 내빼야 하는 자신이 너무나 미웠다.

화르륵! 화르륵!

갑자기 호반의 갈대밭을 훤히 밝히는 거센 불길이 치솟아 오르는 것이 보였다.

때마침 불어온 바람의 영향 때문인지 불길은 거세게 주변으로 옮겨 붙었다. 세차게 타오르는 거친 불꽃이 매캐한 연기 속에 시커먼 그을음을 날리며 빠른 속도로 번져 나가고 있었다.

"저기다! 한 놈이 튀어나왔다!"

"놈은 부상을 당했다! 어서 쫓아라!"

어둠이 짙게 내린 동정호반의 갈대밭에는 천강단원이 토해내는 거친 노성과 함께 무섭게 솟구쳐 오르는 화마의 광란만이 존재할 뿐이었다.

# 귀향만리(歸鄕萬里)

굽이굽이 흘러가는 장강의 물길을 따라 그 광대함을 자랑하는 드넓은 평야가 펼쳐져 있었다.

그곳을 지나자 그 끝이 보이지 않을 만큼 기나긴 야산 지대가 모습을 드러냈다. 제법 험준한 지형이건만 사방이 훤히 트여 있는 소로를 가로지르며 묵묵히 발걸음을 재촉하는 사 인이 있으니 바로 악양을 떠나온 장산 일행이었다.

"사매, 견딜 수 있겠어?"

해월의 물음에 진령이 힘없이 고개를 끄덕였다.

하지만 괜찮다는 응답과는 달리 그녀의 고운 아미는 잔뜩 찌푸려져 있었다. 그녀뿐 아니라 함께 걷고 있는 일행 역시 힘에 겨운 듯 신형이 무거워 보였다.

문득 광검이 땀방울로 가득 찬 민머리를 쓰다듬으며 해월을 바라보았다.

"이보게, 해월 도장. 아무래도 안 되겠네. 예서 잠시 쉬었다 가세나. 너무 힘에 겨워 더 이상 발걸음을 옮기지 못하겠구먼."

그의 말에 일행의 신형이 일제히 멈춰 섰다.

"그렇게 하시지요. 저 역시 양발에 바위를 매단 것 같습니다. 왕 형의 말대로 잠시 쉬어가도록 하는 게 좋겠습니다."

사공천까지 거들고 나서자 해월의 시선이 장산을 향했다.

"사숙, 잠시 쉬어가시는 것이 어떻겠습니까?"

"예, 그렇게 하십시오."

"자, 그럼 모두 저쪽으로……."

일행은 해월의 안내에 따라 수풀 속으로 향했다.

나무로 뒤덮여 있는 널따란 바위 앞에 이르자 모두 등을 기대앉으며 지친 몸을 추슬렀다.

특히 진령과 광검의 얼굴에는 피로한 기색이 역력했다. 두 사람은 아예 눈을 감은 채 곯아떨어진 모습이었다. 광검은 어느새 코까지 골고 있었다.

'상당히 피곤했나 보구나.'

그 모습을 잠시 바라보던 장산이 쓴웃음을 지었다.

악양에서 도주할 당시 그들이 몸을 실었던 나룻배의 규모가 작아 직접 장강을 거슬러 가기에 무리가 있었다. 따라서 강을 가로질러 건넌 후, 강릉으로 향한 지 사흘째 접어든 상태였다.

일행은 그동안 노숙과 이동 중에 잠시 휴식을 취하는 것 외에는 오로지 강행군을 이어왔다. 당연히 사람들의 눈에 띄지 않는 외진 산기슭을 택해 이동해 왔으니 적지 않은 피로가 누적된 상태였다.

문득 장산의 시선이 해월을 향했다.

"태극검문에 당도하려면 얼마 정도의 시간이 필요할까요?"

그의 물음에 해월이 고개를 가로저었다.

"딱히 단정하기 어렵습니다. 이곳 야산 지대만 통과하면 곧바로 강주의 외곽 지역이라 할 수 있지요. 현재의 이동 속도라면 하루 안에 도달할 수 있는 거리입니다. 하지만 거기에서부터 태극검문에 이르는 길이 문제이지요. 더 이상 누군가 우리 앞을 막아서는 일이 없다면 다행이지만……."

그는 잠시 말끝을 흐리더니 미간을 좁히며 말을 이었다.

"또 다른 불청객이 기다리고 있다면 얘기가 달라집니다. 험난한 길이 될 수밖에 없지요. 지금까지 외진 곳을 택해 이동해 왔기에 그들의 이목을 피할 수 있었지만 이곳을 벗어나면 상황이 달라집니다. 곧바로 노출될 가능성이 높지요. 아무튼 그 지역만 무사히 통과할 수 있다면 더 이상의 걸림돌은 없을 겁니다."

장산이 고개를 끄덕이며 진령에게 시선을 향했다.

'으음!'

그녀는 무릎을 모아 고개를 파묻은 채 곤히 잠들어 있었다.

장가계에서 보았던 당찬 여인의 모습과는 전혀 다른 것이다. 잔뜩 주눅이 들어 있는 모습에 측은하다는 생각마저 들었다.

'대체 태극검문 내에는 무슨 일이 벌어지고 있다는 말인가?'

그랬다. 그 점만은 도무지 이해되지 않았다.

어찌 무림제일문이라는 곳의 금지옥엽이 한밤에 기습을 당할 수 있으며, 여러 무리의 먹잇감으로 전락한 것인지 뚜렷한 이유를 알 수 없었다.

'쉽지만은 않겠구나.'

문득 태극검문 내에서의 생활이 결코 순탄치만은 않겠다는 생각이 뇌리를 스쳐 갔다. 동시에 그녀를 보호해 주어야겠다는 강한 책임감을 느꼈다.

솔직히 톡톡 자신을 쏘아붙이며 무시하는 언행을 할 때면 볼기를 때려주고 싶은 생각이 들었다. 아니, 때로는 눈물이 쏙 빠지도록 혼을 내주어야겠다고 마음먹은 적 역시 한두 번이 아니었다.

'숙부님……!'

하지만 그녀는 바로 남이 아닌 선숙부의 친손녀였다.

그의 크나큰 은공을 생각하면 그녀의 안위를 지켜주어야 할 의무가 있는 것이다. 그렇게 잠시 생각에 잠겨 있는 사이 해월의 목소리가 들려왔다.

"사숙, 개인적으로 물어보고 싶은 말이 있습니다."

"예? 아, 예. 어서 말씀하시지요."

"다름이 아니라, 삼천의 일인인 태극검신 어르신께서는 어떠한 분이셨는지요? 워낙 전설적인 인물이라 꼭 한번 뵙고 싶었던 것이 사실입니다."

해월이 물음에 장산이 고개를 끄덕였다.

"그러셨군요. 저는 숙부께서 대단한 무인일 것이라는 생각은 했지만 그렇게 유명한 분인 줄은 미처 몰랐습니다. 어려서부터 늘 곁에 계시던 분이라 달리 특이한 점을 느끼지 못했지요. 그저 무공을 가르치실 때면 엄한 사부의 모습이셨고, 평소에는 자상한 아버님과 같은 분이셨습니다."

"그런데 무림에 대해서는 특별한 말씀이 없으셨습니까?"

"예, 거의 언급하신 적이 없습니다. 저 역시 질녀를 포함한 사질들이 방문한 후에야 비로소 그분의 신상에 대해 알 수 있었으니까요. 다만 가끔씩 무림에 대해 이야기할 때면 항시 조심해야 한다는 말씀을 하신 것이 전부였습니다. 심한 부상을 당하신 후에는 훗날 태극검문을 방문하라는 말씀을 남기신 것이 전부였지요."

순간, 해월의 얼굴에 묘한 표정이 떠올랐다.

곧이어 천천히 고개를 가로젓더니 조용히 입을 열었다.

"어르신께서는 사숙의 무림행을 원치 않으셨던 거군요. 괜히 저희들로 인해 험한 곳으로 향하게 된 것은 아니신지……."

그가 말끝을 흐리자 장산이 고소를 지었다.

"부담 가지실 필요는 없습니다. 몰랐으면 모르되 태극검문 내에 문제가 있다는 사실을 알았으니 조금의 도움이라도 될 수 있으면 하는 바람일 뿐이지요."

"하지만……."

"하하하, 괜찮다니까요. 현경상의 문구에 보면 이런 말이 있습니다. 마음을 지극히 텅 빈 무정(無情) 상태로 유지하여 인위(人爲)의 모든 탐욕에서 벗어나 시시비비에 휘말리지 말 것이며 스스로 그러한 자연(自然)함에 내맡겨라."

순간, 해월의 눈이 휘둥그레졌다.

"예? 무슨 말씀이신지?"

"사람의 힘과 의지로 자연의 순리를 거역하며 천명을 어길 수는 없습니다. 그러니 마음을 텅 비우고 천지만물의 변화에 자연스럽게 순응하라는 뜻이지요. 즉, 흐르는 물과 같은 삶을 살라는 것입니다. 그런 관점에서 보면 제 행보 역시 그러한 변화의 일부분을 따르는 것이라 할 수 있지요."

"흠흠! 그러한 심오한 뜻이 있었군요."

해월이 헛기침을 하며 슬그머니 시선을 돌렸다.

'허, 그것참!'

문득 얼굴이 벌겋게 달아올랐다.

자신 역시 도문에 몸을 담은 지 어언 이십오 년의 세월이 흘렀다. 그동안 공동에서 보아왔던 글귀 중의 하나가 대도(大道)라는 말이었고, 나름대로 도에 대해 세법 공부를 이루었다고 자부하는 편이었다.

사실 그의 엉뚱한 행동 이면에는 그러한 자신감이 내포되어 있었다. 틀에 짜여 있는 모든 격식에서 벗어나고자 하는 숨은 의도가 있었던 것이다.

그런데 이 나이 어린 사숙이 설파하는 도에는 왠지 모르게 알 듯 말 듯 묘한 여운이 남았다.

하지만 안타깝게도 그것이 무엇인지 깨닫기에는 아직 공부가 부족했다. 그렇게 잠시 고개를 갸웃거리고 있을 때였다.

마치 천둥이 내려치듯 고막을 세차게 두드리는 사공천의

웃음이 들려왔다.

"하하하! 천상의 백옥루(白玉樓)에서 왕림하신 형님께서 오늘에야 비로소 커다란 난관에 봉착하셨군요."

"그게 무슨……."

"여태껏 형님을 알고 지낸 이후로 오늘처럼 얼굴이 붉어지는 것을 본 적은 처음인 것 같습니다. 혹여 형님이 설파하던 그 심오한 도에 심각한 문제가 발생한 것은 아닌지요?"

"허! 그 사람 참!"

잠시 머뭇거리던 해월이 재빨리 평상시의 넉살 좋은 얼굴로 돌아왔다. 곧이어 큰 입을 벌리며 시커먼 목구멍을 드러냈다.

"이보게, 사공 아우. 세상에 길을 가자면 평탄한 길이 있고, 오르막이 있으면 내리막길도 있는 것일세. 또한 돌아가는 길이 있는가 하면 지름길도 있는 것이지. 따라서 비록 가는 길은 달라도 최종 목적지인 대도에 이르기만 하면 되는 것일세. 그것이 바로 도인들이 원하는 진인(眞人)의 길이 아니겠는가?"

이번에는 사공천이 멍한 표정을 지었다.

"허! 역시 형님이십니다. 참으로 대단하십니다. 그 뜻을 알수 없는 묘한 도력 앞에 절로 고개가 숙여질 뿐입니다."

"흠흠! 뭐, 그럴 것까지야……. 그냥 그렇게만 알고 있으면 되는 것일세. 그런데 이상하구먼. 오늘따라 왜 이리 날이 더울꼬?"

해월은 머쓱한 표정을 지으며 슬그머니 시선을 돌렸다.

어디선가 시원한 바람이 불어와 일행의 주위를 스쳐 지나 갔다. 그럼에도 먼 산을 바라보는 그의 이마에는 금방이라도 굴러 내릴 듯 구슬땀이 주렁주렁 매달려 있었다.


*      *      *


어둠이 짙게 내린 야산 지대의 깊숙한 지점에는 오랜 세월 의 흔적을 느끼게 해주는 폐찰이 하나 자리하고 있었다.

'대웅보전(大雄寶殿)!'

큰 불당의 처마 아래 웅혼한 필체로 쓰여 있는 낡은 현판만 이 이곳의 옛 영화를 말해주듯 애처롭게 매달려 있었다.

앞뜰에는 기와 조각들이 어지러이 흩어져 있고, 그 사이로 누군가의 진한 손때가 배어 있는 목탁 하나가 굴러다니고 있 었다.

무엇인지 모를 한 많은 사연은 세월 속에 말없이 묻히고, 주인 잃은 빈 대웅보전만이 세상의 야속함을 원망하며 오늘 도 외로이 서 있었다.

'일암(一岩)!'

그 안에는 어둠 속에 한 노인이 바위가 되어 좌정한 채 조용히 눈을 감고 있었다.

주위가 온통 어둠에 잠겨 있어 정확한 용모를 파악할 수는 없었지만 왠지 풍기는 기도가 심상치 않아 보였다. 일체의 움직임 없이 좌정해 있는 그의 주위로 고요한 정적이 흐르며 무거운 기류가 흐르고 있었다.

'으음!'

문득 천년 고목인 양 미동도 없던 그의 신형이 꿈틀거렸다. 곧이어 천천히 눈을 뜨자 날카로운 안광이 번뜩이더니 사라졌다.

그는 옆에 놓여 있던 검을 집어 들고는 서서히 신형을 일으켜 세웠다. 그리고는 전혀 흐트러짐 없이 일정한 보폭을 유지하며 대웅보전을 나섰다.


휘이이잉!

거센 밤바람이 야산 지대의 소로(小路)에 휘몰아치고 있었다.

"허! 이거야 원, 오늘따라 왜 이리 바람이 거세게 부는 거야?"

그 소로 위를 잔뜩 미간을 찌푸린 채 투덜거리며 걸어가는 거한이 있으니 바로 광검이었다.

그의 뒤로는 이남일녀가 세찬 바람에 옷깃을 여미며 따르고 있었다. 워낙 좁은 길이라 광검이 앞장을 서자 나머지 일행은 그를 방패 삼아 조금은 바람을 피할 수 있었다.

그가 걸음을 멈추며 뒤를 돌아다보자 일행 역시 일제히 멈춰 섰다. 그들의 시선은 일제히 그를 향하고 있었다.

"이보게, 해월 도장. 얼마나 더 가야 하는 것인가?"

"아, 예. 저 앞의 굽어진 길이 보이지요? 그 모퉁이를 지나면 바로 보일 겁니다."

"그런데 왜 매번 폐찰만 찾아다니는 것인가? 폐찰이 아닌 중들이 머물고 있는 곳을 찾아야 그나마 밥 한술이라도 제대로 얻어먹을 것이 아닌가?"

"그거야 남의 눈에 띄지 않기 위해서……."

그의 말은 더 이상 이어지지 못했다.

광검이 손을 휘휘 내저으며 말을 자르고 나섰다.

"허! 그것은 자네의 괜한 기우일세. 부처님을 모시는 중들이 생활하는 절간이네. 설마 그런 곳까지 놈들이 와서 칼부림을 하겠는가? 아무리 외진 곳인 장가계라 할지라도 불상이 놓여 있는 절간 내에서는 다툼을 피하고 있는 실정일세."

그가 뿌듯한 표정으로 고개를 끄덕이자 해월의 인상이 심하게 구겨지고 말았다.

'에구구! 태상노군(太上老君)이시여! 어찌 이리도 팔자에 없는 심한 곤욕을 치러야 한다는 말씀입니까?

어둠 속에 잘 보이지 않지만 그는 할 말을 잃은 듯 어이없는 표정을 짓고 있었다.

무림에 대해 익숙지 않은 광검과 동행하다 보니 피곤한 점이 한두 가지가 아니었다. 도무지 머리는 왜 달고 다니는지 이해가 되지 않을 정도였다.

아무런 생각 없이 보고 느끼는 대로 행동하며 시도 때도 없이 물어오는 통에 이만저만 피곤한 것이 아니었다.

그나마 장산은 가만히 있으니 그러려니 하지만 그는 그렇지 못했다. 분명 자신과 현격한 품위의 차이가 나지만 천적이 따로 없었다.

요 며칠 사이 자신의 의견을 피력한답시고 두서없이 말을 내뱉는 통에 머릿속이 극도로 혼란스러웠다.

특히 심심하면 가슴을 세차게 두드려대며 사내대장부 광검을 외치고 있으니 이제는 그 사내대장부라는 소리만 들어도 온몸에 두드러기가 날 판이었다.

'에휴!'

해월이 천천히 고개를 가로저었다.

달리 도를 깨우칠 필요가 없었다. 그와 함께 있다 보면 귓가에 들려오는 온갖 잡소리에 무덤덤해야 하고, 마음을 비워야 심신이 피곤하지 않았다. 선인들처럼 텅 빈 마음을 유지해야 하는 것이다.

그의 마음을 아는지 사공천이 거들고 나섰다.

"왕 형, 아직 무림에 대해 잘 몰라서 그런 말을 하는 것입니다. 강호에는 참으로 다양한 무인들이 있지요. 정정당당함을 내세우며 명예를 중요시하는 이들이 있는가 하면 온갖 수단과 방법을 가리지 않는 이들도 많습니다. 그렇다면 그들이 사찰이라고 문제를 일으키지 않을까요?"

그는 잠시 뜸을 들이더니 말을 이었다.

"절대로 아니지요. 자신의 목적을 위해서라면 장소는 결코 문제되지 않습니다. 그 어떤 짓도 서슴지 않을 테니까요. 제아무리 고수라 할지라도 자칫 방심하다가는 힘 한번 써보지 못하고 당하는 곳이 비로 무림입니다. 경삭심을 갖고 항시 조심 또 조심해야 하지요. 조심해서 나쁠 것이 없다는 말입니다."

"흠흠! 그런가?"

광검이 애써 헛기침을 하며 신형을 돌려세웠다.

그의 논리 정연한 주장에 반박할 말이 떠오르지 않는 것이다. 그의 침묵과 함께 일행이 잠시 발걸음을 쉬었다가 막 모퉁이를 돌아섰을 때였다.

'응……?'

문득 광검의 뒤를 따르던 장산의 미간이 좁아졌다. 동시에 재빨리 광검의 등을 잡아끌며 옆으로 밀쳐 냈다.

"허억! 왜 그러는 것인가?"

광검이 흐트러진 중심을 잡으며 장산을 바라보았다.

예상치 못한 그의 행동에 일행 역시 일제히 신형을 멈춰 서며 빠르게 병장기를 꺼내 들었다. 하지만 영문을 모르겠다는 듯 의아한 표정을 지으며 그에게 시선을 향했다.

일행의 시선을 의식한 듯 그는 천천히 턱으로 전방을 가리켰다. 하지만 검병을 꽉 움켜쥔 손과 어둠 속을 꿰뚫는 시선만은 흔들림없이 한곳에 집중되어 있었다.

"사숙, 무슨 일……?"

해월이 질문을 하려다가 깜짝 놀라 입을 다물고 말았다.

'무량사(無量寺)!'

전방에는 담벼락이 무너져 내려 내부가 훤히 들여다 보이는 폐찰이 하나 놓여 있었다. 바로 일행이 쉬어가기 위해 찾아온 무량사였다.

이곳 역시 한때 일부 학승(學僧)들이 불도에 매달려 수행에 정진하던 장소였다. 하지만 언제부터인가 승려들이 하나둘 떠나가고, 지금은 누구의 발길도 닿지 않는 버려진 절간이 되어 있었다.

그 황량한 폐찰의 뜰 한가운데 누군가 조용히 서 있는 것이다. 워낙 어둠 속에 주변과 잘 동화되어 있어 주위의 사물과

식별하기조차 어려웠다.

"웬 노인이……?"

광검 역시 긴장이 되는지 말을 맺지 못했다.

그만큼 고요히 서 있는 그의 기도가 일행을 압도하기에 충분했다. 그렇게 서로 간에 묘한 무거운 침묵이 흐르고 있을 때였다.

마치 천년 고목과 같던 그의 신형이 움직이며 중후한 목소리가 흘러나왔다.

"허허허! 천년만년 유지될 것 같던 천하의 태극검문도 삼십 년을 채 넘지 못해 그 뿌리째 흔들리는구나!"

'저 노인은 누구……?'

진령은 할 말을 잃은 채 넋 나간 표정을 지었다.

난생처음 보는 노인의 입에서 태극검문이란 말이 튀어나온 것도 모자라서 자신 역시 혼란스러운 내용을 잘 알고 있는 듯 탄식에 가까운 말을 내뱉고 있으니 황망하기 이를 데 없는 것이다.

그녀의 신형이 휘청거리는 사이 해월이 빠르게 나섰다.

"실례지만 누구신지요?"

그의 말은 평소와 달리 공손하기 이를 데 없었다.

자신의 눈에 비친 노인의 기도가 심상치 않았던 것이다.

그는 분명 자신의 사부이자 현 공동의 장문인인 운허자에 비해 결코 아래가 아니었다. 그런 그가 한밤중에 자신들의 앞을 막아서고 있으니 왠지 길보다는 흉이 많을 거라는 느낌이 들었던 것이다.

"허허허! 네가 바로 공동의 골칫덩어리라고 불리는 해월이로구나. 내가 누구인지 궁금하더냐?"

"예? 아, 예… 에."

해월이 당황스런 표정을 짓자 노인이 천천히 말을 이었다.

"구세기라 한다."

"구세기, 구세… 예? 혹여 혈교의 남혈림을 이끌고 있다는 남천 구세기 본인이란 말입니까?"

"그렇다. 강호에서 모두 그렇게 부른다고 하더구나."

'어찌……!'

순간, 해월을 비롯한 사공천과 진령의 얼굴이 새파랗게 질려갔다. 그의 말이 사실이라면 일행이 이곳을 무사히 벗어날 가능성은 희박했다.

그런데 어찌 그가 일행의 행보를 알고 있으며 혼자의 몸으로 이곳에 나타난 것인지 전혀 감을 잡을 수가 없었다.

'혹여 내부의 누군가가?'

그랬다. 그렇게밖에 생각할 수 없었다.

그의 말을 유추해 보면 누군가 진령의 행보에 대해 여기저기 정보를 흘린 것이 틀림없었다. 그래서 악양으로부터 지금

에 이르기까지 일행은 영문도 모른 채 고스란히 당하고 있는
것이다.

'큰일이구나!'

해월의 얼굴에는 낭패스런 표정이 역력했다.

아무리 생각해 봐도 이곳을 벗어날 있는 뾰족한 수가 없는
것이다. 그나마 수하들을 이끌고 오지 않은 것이 천만다행이
라 할 수 있었다.

하지만 상대가 남천이다 보니 이곳을 벗어나는 것이 왠지
희망에 불과하다는 생각이 들었다. 그저 암담한 현실 앞에 가
슴이 답답해질 뿐이었다.

그렇게 잠시 서로 간에 조용한 침묵이 흐르고 있을 때였다.

"혹 서 사신 중의 한 명인가요?"

문득 조용히 바라보던 진령의 입에서 힘없는 목소리가 흘
러나왔다. 그러자 남천이 묘한 표정을 지으며 입을 열었다.

"사신이라……? 내막이 궁금하기도 하겠지. 하지만 어찌
상대에 대해 말해줄 수 있겠느냐? 내가 이곳까지 발품을 팔아
가며 온 이유는 비록 적의 입장이라 할지라도 한 무인으로서
흠모했던 태극검신의 손녀가 잡놈들에게 놀아나며 목숨을 잃
어야 하는 현실이 안타까웠을 뿐이다."

곧 눈빛을 반짝이더니 그녀를 직시했다.

"어차피 북망산(北邙山)에 들어야 할 상황이라면 내 직접

네 목숨을 거두는 일이 그나마 그에 대한 예의라는 생각이 들었다. 그래서 이곳에서 너희들을 기다리고 있었던 것이니라. 자, 이제 시간이 된 것 같구나. 자칫하면 쇠파리들이 몰려들 수 있으니 예서 그만 끝을 맺어야겠다.”

그의 말이 끝나는 순간이었다.

“헉!”

전방에 서 있던 해월의 입에서 헛바람 켜는 소리가 흘러나왔다.

갑자기 흰빛이 번쩍이는가 싶더니 어둠을 가르는 일선이 미간을 향해 형언할 수 없는 속도로 날아들었다.

‘아아!’

순간, 그는 머릿속이 하얗게 비어가는 것을 느꼈다.

너무도 빠르고 강력한 검의 위력 앞에 무엇을 해야 할지 아무런 생각도 떠오르지 않았다. 그저 아우성치는 본능의 외침을 따라 재빨리 신형을 뒤로 날릴 뿐이었다.

‘이런……!’

하지만 안타깝게도 검의 궤적을 채 벗어나지 못한 채 쇄도해 오는 일검에 막 미간이 꿰뚫릴 것만 같은 순간이었다.

채— 앵!

눈앞에 번뜩이는 섬광과 함께 날카로운 쇳소리가 주변에 울려 퍼졌다.

그사이 그의 신형은 검의 영향권을 벗어날 수 있었다. 곧바로 정신을 가다듬고 보니 앞을 막아선 신형 하나가 시선을 가득 메워왔다. 바로 장산이었다.

'사숙!'

갑자기 왠지 모를 짜릿한 감흥이 일며 감동의 물결이 전신 세맥으로 퍼져 나갈 때쯤이었다.

"호오! 제법이로구나! 무령섬(無靈閃)을 막아내다니!"

남천의 입에서 감탄 섞인 목소리가 흘러나왔다.

곧이어 장산의 전신을 찬찬히 훑어보더니 말을 이었다.

"허! 젊은 나이에 대단한 성취를 이루었도다. 아직 무림에 자네와 같은 청년고수가 있다는 말은 들어보지 못했거늘… 자네는 누구인가?"

"장산이라 합니다."

"장산……?"

문득 남천의 고개가 갸웃거려졌다.

나름대로 무림에 해박한 지식을 지녔다고 자부하는 그였지만 처음 들어보는 생소한 이름이었던 것이다.

"내 그동안 너무 무림에 무관심했던가?"

그는 천천히 고개를 가로젓더니 장산을 직시했다.

"흐음! 몇 년만 지나면 장담할 수 없는 고수로 성장할 수 있겠지만 안타깝게도 예서 멈춰주어야겠네. 태극검신의 손녀와 함께 있었다는 사실을 원망하게나."

그의 말이 끝나는 순간이었다.

마치 물보라가 널리 퍼져 나가듯 흰빛의 검영이 그의 신형 주위로 형성되며 크게 출렁거렸다.

쐐애애액!

동시에 밤하늘에서 새하얗게 쏟아지는 별 무리가 되어 육안으로는 구분하기 어려운 속도로 천돌을 향해 쇄도해 왔다.

"아!"

장산은 자신도 모르게 탄성이 흘러나왔다.

일체의 변식을 제외한 간결한 흐름 속에 묵중함이 담긴 정말 이상적인 검초였다.

하지만 그것은 보는 이의 느낌일 뿐 엄청난 속도로 쏘아져 오는 검의 위력 앞에 쭈뼛쭈뼛 머리카락이 솟구치고 온몸에 소름이 돋아나는 것을 느꼈다.

더 이상 감탄만 하고 있을 수는 없었다. 혼원심공을 극성으로 운용해 끌어올린 진기를 쏟아내며 태극일원검의 이초 지도유강의 흐름을 떠올렸다.

"지도유강!"

장산의 입에서 낭랑한 외침이 터져 나왔다.

순간, 형언할 수 없는 속도로 밤하늘을 가르는 새하얀 검신과 함께 희뿌연 기운이 솟구쳐 올랐다. 그 기운은 곧 두 개의

상이한 기운으로 형성되더니 쇄도해 오는 묵직한 일검과 세차게 맞부딪쳤다.

퍼버벙!

거친 폭음과 함께 장산의 신형이 심하게 뒷걸음질쳤다.

‘흐흑!’

재빨리 오른발을 뒤로 쭉 뻗어 중심을 잡은 그의 얼굴에는 낭패한 기색이 역력했다. 입가로는 가는 선혈이 흘러내리고 미간은 잔뜩 찌푸려져 있었다.

들끓어오르는 진기를 간신히 억누르고 있는 사이 남천의 감탄 서린 목소리가 귓가에 들려왔다.

“정녕 감탄스럽구나! 젊은 나이에 그토록 위력적인 태극일원검을 펼치다니……! 하시만 여기까지다! 상당한 경지에 오르기는 했다만 더 이상의 성취를 이루지 못했다면 예서 멈춰주어야겠다!”

그의 말이 끝나는 순간이었다.

갑자기 그의 신형 주위로 강력한 기운이 형성되기 시작했다. 극성으로 진기를 끌어올린 듯 살을 에는 듯한 한기가 느껴졌다.

‘으으……!’

장산은 마치 북설이 몰아치는 벌판의 한가운데 서 있는 느낌이었다.

하지만 그것도 잠시, 차가운 기운은 곧 매섭게 변하며 예리하게 살갗을 파고들기 시작했다.

그 여파에 비릿한 그 무엇이 식도를 따라 빠르게 치밀어 오르고 있지만 그것을 느낄 시간이 없었다. 어느새 직선의 공간을 가로지르는 희뿌연 검영 하나가 엄청난 속도로 쏘아져 오고 있었다.

'흐흑!'

장산은 엄청난 검의 위력 앞에 당혹감을 감출 수 없었다.

온몸을 옭아매는 듯 강한 압박 속에 마치 전신을 난도질할 것 같은 흰빛의 기운만이 존재할 뿐이었다. 왠지 이것이 마지막일 거라는 생각이 뇌리를 스쳐 가는 순간이었다.

보이는 것에 얽매이지 말고 들리는 것에 집착하지 마라. 모든 것은 자연(自然)하는 변화일 뿐, 내 눈과 귀가 만들어내는 허상에 불과하도다. 텅 빈 마음으로 바라보면 천지의 스스로 그러한 움직임이 보일 것이니라.

문득 번개처럼 머릿속을 스쳐 가는 현경상의 문구가 있었다.

'아……!'

갑자기 엄청난 황홀감이 전신을 꿰뚫었다.

극히 짧은 순간임에도 미간 가까이에 이른 검영의 흐름이
또렷이 보였다. 그렇게 빠르게만 보이던 검이었건만 이상하
게도 한 걸음 한 걸음 내딛는 발걸음처럼 그 검로가 확연히
느껴지고 있었다.

문득 장산의 검이 형언할 수 없는 속도로 허공을 갈랐다.
동시에 쏟아져 오는 희뿌연 검영과 세차게 맞부딪쳤다.

번쩍! 푸쉬시시식!

"크흐… 흑!"

번뜩이는 섬광과 함께 외마디 비명이 터져 나왔다.

동시에 장산의 신형이 세차게 튕겨 나가며 거칠게 땅바닥
에 나뒹굴었다. 그의 전신은 크고 작은 자상(刺傷)으로 뒤덮
인 채 갈라진 외복 사이로 쉴 새 없이 붉은 선혈이 스며 나오
고 있었다.

"사숙……!"

"백미 장산이!"

순간, 해월과 광검이 튕겨지듯 그에게 달려갔다.

두 사람이 재빨리 신형을 일으켜 세웠지만 그는 이미 정신
을 잃은 듯 힘없이 축 늘어져 있었다.

'으음!'

반면 그들을 노려보고 있는 남천의 동공은 붉게 물들어 있
었다.

멀쩡히 서 있기는 하지만 그 역시 상태가 좋지 않은 상황이었다. 회심의 일검이 보기 좋게 깨졌을 뿐만 아니라 내부가 심하게 진탕되어 진기가 마구 날뛰고 있었다.

'허! 태극일원검에도 저러한 검로가 존재했던가……?'

그는 지금 어이가 없었다. 아니, 어이가 없다 못해 넋이 나갈 지경이었다.

예상치 못한 기이한 검로를 떠올리니 그저 황망할 뿐이었다. 그나마 백미청년의 내력이 불완전했으니 망정이지 자칫 자신의 신형이 두 동강 날 뻔했던 것이다.

어느새 그의 굳게 다문 입술 사이를 비집고 가는 선혈이 내비치고 있었다.

'이대로 두면 안 되겠구나!'

그의 얼굴이 붉어지다 못해 터질 듯 부풀어 올랐다.

답답한 것은 직접 마주치고도 그가 펼친 검의 정확한 흐름을 읽지 못했다는 점이다.

뿐만 아니라 자신의 자부심을 송두리째 앗아간 백미청년을 그대로 놔두기에는 자존심이 허락지 않았다. 왠지 목이라도 베어야만 직성이 풀릴 것 같았다.

더욱이 모골이 송연해지게 만든 그를 지금 베지 못한다면 훗날 혈교의 커다란 적이 될 것이라는 절박한 심정이 밀려들었다. 그야말로 전혀 예상치 못한 장소에서 잠룡을 만난 것이다.

'으으으……!'

남천은 전신 혈도를 바늘로 찌르는 듯한 고통 속에서도 진기를 극성으로 끌어올렸다.

동시에 온혈이 터져 나갈 듯 크게 부풀어 오른 진기를 쏟아 내며 오늘의 자신을 있게 해준 혈령무무검(血靈無無劍)의 최절초 혈령파천황(血靈破天荒)을 떠올렸다.

"혈령파천황!"

밤하늘을 뒤흔드는 그의 커다란 외침이 장내에 울려 퍼졌다.

고오오오!

순간, 주변의 나뭇잎들이 거칠게 휘날려 오르며 시간이 일시 정지했다.

사위는 무거운 침묵 속에 짓눌리며 그 사이로 꿈틀거리는 혈선 하나가 번개를 방불케 하는 속도로 허공을 갈랐다. 그 혈룡이 요동치듯 떨어져 내리는 긴 혈선은 정확히 장산의 정수리를 향하고 있었다.

"왕 형! 사숙을……!"

문득 심상치 않은 기운을 느끼고 있던 해월이 그의 신형을 밀쳐 내며 사공천과 함께 신형을 날렸다.

두 사람이 내력을 쥐어짜 내며 펼친 복마검과 벽운진천검(碧

雲振天劍)이 빠르게 허공을 갈랐다. 곧 세 개의 상이한 기운은 허공을 격하며 세차게 맞부딪쳤다.

번쩍! 번쩍! 푸쉬시시식!

갑자기 밤하늘을 수놓은 두 개의 섬광이 번뜩였다.

"크흐흑!"

"끄으으으……!"

순간, 두 개의 신형이 내팽개쳐지듯 튕겨지며 거칠게 뒷걸음질쳤다.

동시에 입에서 피분수를 내뿜으며 심하게 땅바닥에 나뒹굴었다. 바로 해월과 사공천이었다.

'흐으… 흑!'

하지만 한 걸음 물러선 남천의 얼굴에도 낭패한 기색이 역력했다.

머리카락은 온통 흐트러져 산발이 되고 목에는 굵은 핏줄이 터져 나올 듯 시퍼렇게 돋아나 있었다.

장산과의 부딪침으로 인해 진기가 뒤엉킨 상태에서 무리하게 혈령파천황을 시전하고, 해월과 사공천이 극성으로 펼친 검의 위력 또한 약하지 않았기에 상당한 충격을 받은 것이다.

"후욱! 훅! 훅!"

그는 숨을 내쉬기가 불편한 듯 가쁜 숨을 몰아쉬었다.

하지만 일행을 노려보는 눈매만큼은 한파가 몰아치듯 날카롭기 그지없었다.

'으으으! 나 남천이 한낱 이따위 애송이들에게 당하다니…….'

그는 지금 어이가 없다 못해 환장할 지경이었다.

남혈림을 이끌고 있는 자신이 생각지도 못한 복병들을 만나는 바람에 체면을 심하게 구긴 것이다. 그리고 그 사건의 중심에는 바로 눈썹의 반쪽이 허옇게 세어 있는 백미청년이 있었다.

'검설화와 저 청년만큼은 반드시……!'

그의 노기로 얼룩진 얼굴이 터지도록 달아올랐다.

동시에 다시 한 번 혈령파천황을 펼치기 위해 극성으로 진기를 끌어올리는 순간이었다.

'크흑!'

갑자기 그의 미간이 심하게 찌푸려졌다.

임맥상의 몇 군데 혈도에서 살을 에는 듯한 날카로운 통증이 느껴진 것이다. 지금의 몸 상태로 진기를 끌어올리기에는 심각한 모험이 필요했다.

하지만 이대로 물러설 수는 없었다. 비록 주화입마를 당한다 할지라도 검설화와 백미청년의 목만은 꼭 베어야겠다는 생각이 머릿속을 가득 메웠다.

'이제 그만 끝을 내자꾸나!'

고통을 참아내며 극성으로 진기를 끌어올리던 그의 신형이 갑자기 멈칫거렸다.

'누구……?'

무엇인가 강하고 예리한 기운 하나가 빠른 속도로 장내를 향해 쏘아져 오고 있었다.

그것은 결코 좌시할 만한 수준의 기운이 아니었다. 분명 무시할 수 없을 만큼의 무위를 지닌 인물임에 틀림없었다. 잠시 머뭇거리는 사이 그 기운의 인물이 빠르게 장내에 들어섰다.

"청룡 아저씨!"

순간, 진령의 입에서 커다란 외침이 터져 나왔다.

그녀의 얼굴에 환한 표정이 떠오르는가 싶더니 커다란 두 눈에 이슬이 차오르기 시작했다. 곧이어 빗줄기가 되어 두 볼을 따라 흘러내렸다.

"아가씨!"

청룡이라 불린 초로인의 고함이 장내를 뒤흔들며 빠르게 남천과 장산 일행 사이를 막아섰다.

대략 칠 척쯤 되어 보이는 큰 키에 팔뚝의 꿈틀거리는 근육이 마치 바위를 연상케 하는 인물이었다.

그런데 왠지 그 생김새가 심상치 않아 보였다.

광검과 비교해 얼굴 하나 정도의 키 차이가 있을 뿐, 험악스러워 보이는 인상과 커다란 체격이 별반 다를 게 없었다.
언뜻 보면 부자간으로 보일 정도였다.

아무튼 철탑을 연상케 하는 그가 남천 앞을 막아서자 장내
의 분위기는 삽시간에 달라졌다.

'어떻게 저자가?'

문득 남천의 얼굴에 당혹감이 서렸다.

그는 눈빛만 번뜩이고 있을 뿐 그늘이 드리워진 표정에는
당황스러워하는 기색이 역력했다.

'태극검문에 있어야 할 인물이 어찌 알고 이곳에 왔다는
말인가?'

그는 갑자기 머릿속이 복잡해지는 것을 느꼈다.

전혀 예상치 못한 인물이 등장하며 앞을 막아선 것이다. 다
름 아닌 사신(四神) 중의 일인인 청룡이었다.

'낭패로구나!'

그랬다. 참으로 당황스러웠다.

사실 제아무리 태극검문의 수호영이라 불리는 사신이라
할지라도 그들 중 두세 명이 나선다면 모를까 청룡 일인만으
로는 그의 상대가 될 수 없었다.

하지만 그것은 그가 정상적인 몸 상태일 때의 얘기였다. 지
금은 가볍지 않은 내상을 입은 상태이기에 자칫하다가는 큰
낭패를 당할 수밖에 없었다. 상대하기가 매우 껄끄러운 상황

인 것이다.

문득 그를 주시하던 청룡이 조심스럽게 입을 열었다.

"허허허! 천하의 남천께서 무슨 일로 이 궁벽한 곳까지 왕림하신 것인지요?"

험악한 용모와는 달리 그의 억양은 의외로 침착했다.

다만 혹시 모를 사태에 대비하는 듯 취하고 있는 자세에는 일체의 빈틈이 없었다.

순간, 남천의 눈에 이채가 서리더니 빠르게 사라졌다.

"흐음! 내 귀 문(門)을 너무 가볍게 생각한 것 같구려. 새는 바가지인 줄 알았더니 아직까지는 단단한 씨앗이 박혀 있었구려."

"허허허, 잘 보셨습니다! 아직은 이빨로 깨문다 할지라도 쉽게 깨질 바가지가 아니지요. 아마도 썩어 문드러진 씨앗 몇 개가 남혈림을 이끌고 계신 남천의 눈과 귀를 홀린 것 같습니다."

그의 말에 남천의 굵은 눈썹이 꿈틀거렸다.

"흥! 결국 내가 놀아났다는 말이구려."

"그 무슨 말씀을……. 어찌 남천께서 그들의 농간에 휘말렸겠습니까? 조그만 일을 크게 부풀려 헛소문을 퍼뜨린 그들의 잘못이겠지요. 남천께서는 잠시 그 점을 착각하신 것이고요."

“크흠! 인정하기는 싫지만 틀린 말은 아닌 것 같소이다.”

남천의 말을 끝으로 장내에는 침묵이 흘렀다.

극히 짧은 순간이었지만 그의 눈빛에는 수많은 변화가 오고 갔다. 재빨리 주판을 퉁겨보았던 것이다.

‘역시 청룡이로구나!’

잠시 후, 남천의 고개가 끄덕여졌다.

그는 노련한 생강답게 현실적인 타협을 원하고 있었다.

서로 간에 부딪침으로 인해 양패구상당하는 일을 극히 꺼리고 있는 것이다. 그래서 자신의 체면을 살려주면서까지 떠나갈 것을 종용하고 있었다.

‘그것참!’

그는 자신이 몸 상대를 정확히 꿰뚫어 보고 있었다.

그렇다면 아쉽기는 하지만 굳이 위험을 감수해 가면서까지 더 이상 부딪칠 필요는 없었다. 필시 강공책을 택한다면 목숨을 걸어야 할 판이었다.

하지만 이대로 물러서기가 상당히 애매했다. 자칫 남천이란 명성에 큰 오점을 남길 수 있는 것이다.

‘보통내기가 아니야!’

그런데 그 문제를 간단히 청룡이 해결해 주었다.

자신의 행보를 내부의 적대 세력 탓으로 돌리며 물러날 수 있는 최소한의 명분을 제공한 것이다. 따라서 자신은 떳떳하

게 떠나갈 수 있고, 그 역시 검설화를 안전하게 데리고 돌아
갈 수 있는 것이다.

'이렇게까지 나오는데 굳이 부딪칠 필요는 없겠지.'

그랬다. 그 역시 노련한 생강이었다.

태극검문과 혈교가 정면으로 부딪치지 않는 현 상황에서
굳이 목숨을 걸어가면서까지 그와 맞설 필요는 없었다.

판단은 냉정하고 결정은 신속했다. 그는 잠시 장산을 주시
하더니 시선을 돌려 진령을 바라보았다.

"허허허! 역시 태극검신답구나! 어금니 하나만큼은 아주
단단히 박아놓았어. 하지만 어금니 하나에 만족하지 말아라.
한 번 깨진 쪽박은 그 무엇으로도 메울 수 없으니 더 이상 쪼
개지지 않도록 잘 관리하기 바란다."

그는 말을 마침과 동시에 빠르게 신형을 돌려세웠다.

곧이어 한 마리 비룡이 되어 장내를 떠나갔다. 그의 신형이
막 일행의 시선에서 사라질 때쯤이었다.

청룡이 두 눈을 부릅뜨며 진령에게 다가섰다.

"아가씨! 어디 다친 곳은 없으십니까?"

"흑! 와주서서 고, 고마워요…… . 흑흑흑!"

그녀는 말을 맺지 못한 채 마구 서러움을 토해내며 그의 품
으로 뛰어들었다.

청룡은 흐느껴 우는 그녀의 신형을 보듬어 안으며 천천히

얼굴을 들어 올렸다. 그리고는 흘러내리는 빗줄기를 정성껏 옷깃으로 닦아주었다.

"제때에 도착할 수 있어서 정말 다행이었습니다. 그런데 어찌 제게 한마디 말도 없이 떠나셨는지요? 만일 염 노야라는 인물이 보낸 이영이란 친구가 아니었다면 정말 큰일 날 뻔하지 않았습니까?"

"죄, 죄송해요, 아저씨! 당시에는 그 누구도 믿을 수가 없었어요. 흑흑흑!"

청룡은 흐느껴 우는 진령을 일으켜 세우며 입을 열었다.

"무사하셨으니 됐습니다. 이제 끝난 일이니 그만 눈물을 거두세요. 이렇게 눈물을 흘리시면……."

문득 옛일이 떠오르는 듯 그의 얼굴에 잔잔한 미소가 피어올랐다.

"허허허! 그리고 보니 툭하면 눈물을 흘리시던 어린 시절의 울보로 되돌아간 느낌입니다."

하지만 그 아스라이 떠오르던 기억은 오래가지 못했다. 갑자기 귓속을 후벼 파는 시끄러운 목소리가 들려왔다.

"소문주가 울보였다고요?"

순간, 그의 얼굴에 떠올랐던 자애로운 표정이 순식간에 사라지고 말았다.

곧이어 본래의 험악한 인상으로 되돌아오더니 마치 탁탑

천왕(托塔天王)을 보는 것 같은 부리부리한 눈매를 부릅뜨며 목소리의 진원지로 시선을 향했다.

‘응? 이놈은 뭐야?’

그는 자신의 눈을 의심할 수밖에 없었다.

그곳에는 광목천왕을 보는 것 같은 거한이 눈을 부라리며 자신을 바라보고 있었다. 바로 광검이었다.

조금 전까지 거구의 사내가 쭈그리고 앉아 있다는 사실을 알았지만 자신보다 클 거라고는 예상치 못했다.

‘뭐 이렇게 생긴 놈이 다 있어?’

사실 안면공에 있어서만큼은 현 무림에서 손가락 안에 든다고 자부하던 그다.

그런데 눈앞에 보이는 사내는 결코 자신의 아래가 아니었다. 오히려 자신보다 한 수 위인 것이다.

잠시 넋 나간 표정으로 바라보던 청룡이 궁금한 표정을 떠올리며 물었다.

“네놈은 누구냐?”

순간, 광검이 눈을 끔뻑거렸다.

갑자기 예상치 못한 질문이 날아들었던 것이다.

‘내가 누구냐고?’

잠시 근사한 소개말을 떠올리는 사이 벼락과 같은 고함이 들려왔다.

"야, 이 미련 곰퉁이 같은 놈아! 귓구멍이 쳐 막혔느냐? 어르신께서 누구냐고 묻고 있지 않느냐? 어서 대답하지 못할까?"

하지만 역시 광검이었다.

그의 노성에 전혀 주눅이 들지 않은 채 오히려 희한한 물건을 보듯 상대의 아래위를 찬찬히 훑어보기 시작했다.

잠시 후, 의아하다는 표정을 떠올리며 반문했다.

"지금 내게 묻고 있는 것이오?"

순간, 청룡의 인상이 심하게 구겨졌다.

동시에 눈썹이 역팔자로 휘어지더니 험한 인상이 더욱더 험악해졌다. 두 눈을 부릅뜨고 있는 그의 얼굴은 터져 나갈 듯 붉으락푸르락거리고 있었다.

"이런 미련 곰퉁이 같은 놈을 보았나? 네놈은 눈을 모양으로 달고 다니느냐? 여기 멀쩡한 놈이 네놈 말고 누가 있더냐?"

그의 노성에 광검이 주위를 둘러보았다.

'어? 정말 그러네.'

그의 말대로 장내에 몸이 성한 이는 자신뿐이었다.

장산은 아예 의식을 잃은 상태이고, 해월과 사공천은 창백한 안색으로 좌정한 채 운기조식에 몰입해 있었다.

잠시 일행을 둘러보던 광검이 묘한 표정을 지으며 민머리를 긁적였다. 그리고는 막 청룡에게 시선을 향하는 순간이었다.

"야, 이 똥통에 처박혀 뒈질 놈아! 내 말이 말 같지 않느냐?"

청룡이 붉어진 얼굴로 노성을 토해내자 광검이 투덜거리듯 입을 열었다.

"그것참! 무슨 노인네가 그리도 목청이 큰 것이오? 귀 안 먹었으니 조용히 물어보시오. 나는 장가계에서 비파문의 적호단을 이끌던 제일 용사로서 사내대장부 중의 대장부인 광검 왕달치라 하오."

"뭣이라? 비파… 가 어쩌고 적호… 뭐라는 집단의 단주였다고?"

"비파가 아니고 비파문이오. 그리고 적호단은 자랑스러운 토가족의 용사들로 뭉쳐진… 크흑!"

그의 말은 더 이상 이어지지 못했다.

갑자기 생각지도 못한 일각이 강하게 정강이를 파고든 것이다. 무엇인가 날아든다고 느꼈을 때는 이미 뼈마디가 부서지는 듯한 통증이 뇌리를 뒤흔든 뒤였다.

퍽! 퍽! 퍽!

하지만 발길질은 거기서 그치지 않았다.

정강이에서 시작하더니 무릎과 허벅지를 지나 하복부와 거퀄에 이르기까지 쉴 새 없이 이어지고 있었다.

‘큭! 크흑!’

정말 마른하늘에 날벼락이 따로 없었다.

상대의 동작은 커다란 덩치에 어울리지 않게 실로 기민하기 이를 데 없었다. 어떻게 상대해 볼 만한 그런 움직임이 아니었다. 그저 눈앞에 희뿌연 발그림자만이 어른거리고 있을 뿐이었다.

‘크흑! 크흐… 흑!’

어느새 시커멓던 하늘이 샛노랗게 변해갔다. 엄청난 통증 앞에 소낙비에 파르르 떨고 있는 가엾은 나뭇잎이 되어 몸부림쳐야만 했다.

워낙 강력한 위력이기에 반격은 고사하고 방어할 엄두조차 나지 않았다. 그저 일끼이 닐아를 때마다 황천을 오가는 느낌일 뿐이었다.

그렇게 무지막지한 고통은 계속되었다.

“크으으! 크아악!”

결국 그는 더 이상의 고통을 참아내지 못하고 돼지 멱따는 소리를 내질렀다.

아무런 생각도 떠오르지 않았다. 그저 맞을 때마다 느껴지는 극심한 통증에 절로 허리가 구부려졌다. 머릿속이 하얗게 비어가며 어서 이 무시무시한 고통의 시간이 멈춰주었으면 하는 바람뿐이었다.

그런 그의 간절한 마음이 하늘에 닿았는지 갑자기 몽롱해지는 의식 속에 천상의 옥구슬 굴러가는 듯한 고운 음성이 들려왔다.

"아저씨, 그만 용서해 주세요. 저희에게 많은 도움을 주신 분이에요."

순간, 청룡의 발길질이 거짓말처럼 멈추었다.

"예? 아가씨께서 이 미련한 놈으로부터 도움을 받으셨다고요?"

"예, 아저씨. 장가계를 떠나올 때부터 줄곧 저희와 함께 동고동락해 왔어요."

"그래요?"

그가 고개를 갸웃거리는 순간이었다.

"컥! 커억! 끄으으……!"

그제야 광검이 제자리에 주저앉으며 거친 숨을 내뱉었다. 진령 덕분에 끔찍한 고통에서 겨우 벗어난 것이다.

하지만 청룡은 분이 풀리지 않는 듯 여전히 씩씩거리며 목청을 돋우었다.

"아무리 그래도 그렇지, 이런 싹수가 노란 놈을 보았나? 감히 뉘 앞에서 맞먹으려 드는 것이냐? 내가 그렇게 만만해 보이더란 말이냐?"

"그게 아니고……."

"뭣이라? 어디서 함부로 주둥이를 놀리는 것이냐? 아직 네 놈이 정신을 차리지 못한 게로구나!"

청룡의 오른발이 또다시 꿈틀거리는 순간이었다.

양 콧구멍에서 붉은 콧물이 주르륵 흘러내리고, 양 눈언저리가 푸르뎅뎅하게 변한 광검이 기겁을 하며 바짓가랑이를 잡고 늘어졌다.

"아이쿠! 잘못했습니다. 뭔지 잘 모르지만 다시는 안 그러겠습니다."

청룡이 잠시 그의 널따란 등짝을 노려보더니 험악한 표정을 거두었다.

"그 말이 참말이더냐?"

"예, 그렇습니다. 물론이지요."

"그래? 그렇다면 내 이번만은 아가씨를 봐서 용서해 주도록 하마."

그가 고개를 끄덕이며 흡족한 미소를 떠올렸다.

곧 턱짓으로 바닥에 쓰러져 있는 장산을 가리키며 말을 이었다.

"보아하니 저기 쓰러진 청년의 상태가 좋아 보이지 않는구나. 어서 그를 조심스럽게 업도록 하여라."

"예? 누굴 말씀하시는 겁니까?"

순간, 청룡의 미간이 또다시 찌푸려졌다.

“야, 이 미련 곰퉁이 같은 놈아! 네놈의 눈에는 저기 저 눈썹의 절반이 허옇게 세어 있는 청년의 안색이 심각해 보이지 않는다는 말이냐?”

“예? 아, 예. 심각해 보이네요. 심각해 보이고말고요.”

광검은 머쓱한 표정을 짓더니 힘없는 걸음으로 장산에게 다가갔다.

곧 그를 둘러업고는 눈을 끔뻑거렸다. 그의 얼굴에는 어떻게 하면 좋겠느냐는 표정이 떠올라 있었다.

잠시 그 모습을 바라보던 청룡이 운기 중인 해월과 사공천에게 시선을 향했다.

“시간이 너무 지체되었구나. 이제 너희들도 그만 운기를 멈추어라. 서둘러 이곳을 떠나는 것이 좋겠다.”

그의 말에 두 사람이 운기를 마치며 신형을 일으켜 세웠다.

창백한 얼굴의 해월이 걱정스러운 표정을 지으며 잠시 장산을 바라보았다. 곧 청룡에게 시선을 향하며 물었다.

“지금 움직여도 될까요?”

“으음! 비록 위험 부담이 있더라도 태극검문으로 향하는 것이 나을 게다. 두 시진이면 당도할 수 있는 거리이니 빠르게 움직인 후, 치료하는 방법을 택하자꾸나. 저 청년을 돌보기 위해 근방에서 머뭇거리다가 또 다른 놈이 나타나기라도 하면 그때는 정말 악수를 두는 꼴이 될 것이다.”

일행이 일제히 고개를 끄덕였다.

그의 말대로 우선은 태극검문에 들어서는 일이 중요했다. 자칫 누군가에게 발목을 잡힌다면 그야말로 난감하기 이를 데 없는 상황인 것이다.

"자, 어서 가자꾸나. 적지 않은 소음이 퍼져 나간 상태이니 놈들이 몰려올 수 있을 게야. 아가씨는 내가 보호할 테니 너희 둘은 저 청년을 업고 있는 곰 같은 놈의 좌우에서 호법을 서도록 해라."

그는 말을 마침과 동시에 지체없이 신형을 돌려세웠다.

곧이어 진령을 등에 업고는 미끄러지듯 내달리기 시작했다. 잠시 그 모습을 바라보던 일행 역시 빠르게 내달리며 그의 뒤를 따랐다.

휘이이잉!

어디선가 한줄기 바람이 불어와 그들이 머물렀던 자리를 스쳐 지나갔다.

그들이 있던 자리에는 주변의 나뭇가지에서 떨어져 내린 가랑잎만이 쓸쓸히 휘날리며 땅바닥에 나뒹굴고 있었다.

『백미검선』 제1권 끝